晚鳴軒
的
詩詞芬芳

增訂新版

葉慶炳

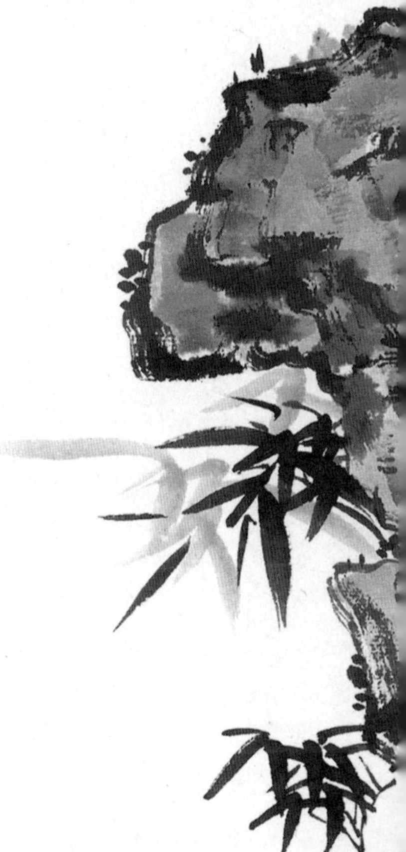

感動生命，揮灑文學色彩

——葉慶炳其人其文

葉慶炳教授，治學嚴謹，是學術界敬重的學者；一生從事教育工作，春風化雨，桃李滿天下，國內許多在大專院校主持中文系所及執教的老師都是出於他的門下；在學術殿堂之外，他親近社會，以書齋「晚鳴軒」為名，寫出許多膾炙人口的好散文，成為當代重要的散文家。

在一篇名為〈我是一枝粉筆〉的文章中，葉慶炳這樣寫著：「當粉筆灰飄盡的時候，粉筆本身將一無所有，這蒼白的生命，本來不需要為自己保留一點粉屑。」道出自己對教育工作的無悔與執著。而他立志於百年樹人工作，早在小學五年級時萌芽，由於擔任級長，長期替老師抄黑板，他立志當老師。

葉慶炳先生，民國十六年生，浙江餘姚人。在大陸時完成江蘇學院中文系一年級學業，時局動亂，民國三十六年來台，轉入台大中文系，生命從此與台大中文系緊緊相連。他是台大中文系第一屆畢業生，畢業後由助教一路至教授，期間擔任兩任系主任，於民國七十九年自服務四十年的台大退休，一日未曾相離，八十二年病逝。享年六十七歲。

教授「中國文學史」，葉教授親撰教材，一部《中國文學史》，到現在仍是許多學校中文系的教本，與台大外文系系主任顏元叔合作，負責《中外文學》中國文學方面的論文，主編「中國文學論叢」。古典文學外，他更鼓勵學生從事新文藝創作並身體力行，五十歲開始寫散文，起步晚，所以一系列創作就以「晚鳴軒」為總名。著有《長髮為誰留》、《秋草夕陽》、《誰來看我》等文集，這一系列文章，葉教授本著唐人「文章合為時而著，詩歌合為事而作」的精神書寫，言之有物，深入淺出，以平易近人之筆，貼近群眾，抒發知識份子對社會的意見和期許，絕無掉書袋的陳腐氣，文字清通簡明，更讓人讀之有味而且文如其人，在溫柔敦厚中有幽默，所以擁有廣大的讀者群，並贏得第一屆中興文藝獎章散文獎。

民國六十八年，他接任台大中文系主任，提倡學院文藝走向社會。他認為外文系學生可以從外國文學名著中學得許多寫作技巧，中國古典文學中豐富的文學遺產，對中文系學生而言，更是得天獨厚，所以他在系內舉辦徵文，與《中華日報》副刊合作推出「台大中文週」，對當時還是學生的作家簡媜、林黛嫚、吳淡如、蔡珠兒等的文學生涯起了關鍵性的影響。

葉教授一生研究古典小說、古典詩詞，對古典文學普及化的工作也從未間斷，「小說妖」、「小說鬼」外，最具影響力的就是《晚鳴軒愛讀詩》、《晚鳴軒愛讀詞》二書，多年來更是各界人士一窺古典文學堂奧的最佳鑰匙。

古典詩詞可以拓展意境和磨練文字，葉教授認為讀古典文學不是中文系的專利品，所以他想藉著寫雜文的方式，將古典詩詞介紹給讀者，「文字很通俗，內容很中國」，更重要的是，他點出詩詞中的寓意，指引出人生可能的方向，領略做人處世的道理。《晚鳴軒的詩詞芬芳》，就是「愛讀詩」、「愛讀詞」二書的精選。

「古典詩歌的芬芳，現代雜文的趣味，做人處世的箴言」是葉教授這系列文章的寫作動機。本書分上下二輯，上輯「愛讀詩」，原詩作者從佚名至白居易，年代從東漢到唐代。下輯「愛讀詞」從五代至元代，作者由馮延巳至元好問。內容涉及愛情、友情、讀書、人生價值判斷等。

葉教授以今人今事與原詩詞比照說明，先對原詩詞的分段、層次、佈局、結構等做簡明扼要的說明，並旁徵博引其他相關詩詞，圍繞同一主題，以今事印證，喜怒哀樂，今古皆同。葉教授以淵博的知識，信手拈出許多史實與有趣故事，更增加文章的可讀性，他更不忘與讀者同樂，點出該詩個人喜愛的原因，然後不忘提示做人處事之道，真正做到寓教於樂。

《晚鳴軒的詩詞芬芳》，讓人悠游古今。讀一首詩或一闋詞，等於領略一種人生境界，看另一種人生風景。

——編　者

葉慶炳小傳

葉慶炳，筆名青木，自號其齋曰晚鳴軒，民國十六年元月十四日生於浙江省餘姚縣，民國八十二年九月十四日因肺癌病逝於臺大醫院，享年六十七歲。葉先生於教學、研究之餘，仍從事文學創作，內涵深厚，發人深省，計有《中國文學史》、《漢魏六朝小說選》、《長髮為誰留》、《誰來看我》、《晚鳴軒愛讀詩》、《晚鳴軒愛讀詞》等著作多種。

其自少便孺慕中國傳統文化且立志為師，資質聰穎，勤奮好學，深受師長所器重。十九歲時進入江蘇學院就讀中文系，後因渡海來台，遂於民國三十六年轉入台大中文系就讀。畢業後，擔任臺大中文系助教一職，爾後十餘年間，由助教升任講師、副教授、教授並兼任臺大中文系系主任，作育英才無數。直至六十四歲退休為止，在臺大中文系歷經粉筆生涯凡四十年。

葉教授終其一生，致力於中國文化的傳承與創新，重視不同領域學術的交流與發展，在當時保守的學術風氣下，葉教授摒棄「學者不應該拋頭露面」的八股觀念，兼職寫作，因他認為身為一個教授，不能老是關起門來，自絕於社會；應該將所見所聞，付諸筆墨，對社會人心有所進言，並參與關心整個社會，對國家、文化做積極的建議。

基於「言之有物，讀之有味」的寫作原則，葉教授以其豐厚的古典文學涵養，結合對生命的熱忱與敏銳的洞察力，創作出一篇篇激勵人心的絕妙文章，在潛移默化之中，將中國文化扎根於每一位讀者的心靈深處，尤以《晚鳴軒愛讀詩》、《晚鳴軒愛讀詞》系列，更是影響深遠。

目錄

感動生命，揮灑文學色彩——葉慶炳其人其文 003
葉慶炳小傳 007

上輯 晚鳴軒愛讀詩

下山逢故夫——佚名〈上山采蘼蕪〉 017
同心而離居——佚名〈涉江采芙蓉〉 026
羅敷自有夫——佚名〈豔歌羅敷行〉 033
死當長相思——舊題〈蘇武詩四首〉之三 043
功成不受爵——左思〈詠史八首〉之一 050

時還讀我書……056
——陶淵明〈讀山海經十三首〉之一
言笑無厭時……064
——陶淵明〈移居二首〉
只可自怡悅……072
——陶弘景〈詔問山中何所有，賦詩以答〉
風多飛無力……079
——吳均〈贈杜容成〉
風吹草低見牛羊……086
——佚名〈敕勒歌〉
念天地之悠悠……093
——陳子昂〈登幽州臺歌〉
願君學長松……103
——李白〈贈韋侍御黃裳二首〉之一

以色事他人——李白〈妾薄命〉……110
但覺高歌有鬼神——杜甫〈醉時歌〉……119
安得廣廈千萬間——杜甫〈茅屋為秋風所破歌〉……130
百馬飲一泉——李益〈飲馬歌〉……137
還君明珠雙淚垂——張籍〈節婦吟〉……145
身窮心不窮——白居易〈我身〉……154

下輯

晚鳴軒愛讀詞

歲歲長相見——馮延巳〈長命女〉 165
一場愁夢酒醒時——晏殊〈踏莎行〉 174
為伊消得人憔悴——柳永〈鳳棲梧〉 181
楊柳岸曉風殘月——柳永〈雨霖鈴〉 192
月上柳梢頭——歐陽修〈生查子〉 201
但願人長久——蘇軾〈水調歌頭〉 208
也無風雨也無晴——蘇軾〈定風波〉 217

覺來小園行徧——蘇軾〈永遇樂〉……225
桃溪不作從容住——周邦彥〈玉樓春〉……235
來往洪濤裡——陳瓘〈卜算子〉……243
學詩謾有驚人句——李清照〈漁家傲〉……250
老來可喜——朱敦儒〈念奴嬌〉……260
此生誰料，心在天山，身老滄洲——陸游〈訴衷情〉……269
少年聽雨歌樓上——蔣捷〈虞美人〉……275
但力行好事，休問窮通——陳人傑〈沁園春〉……285

問人間情是何物——元好問〈摸魚兒〉 294
十年滴盡傷時淚——段成己〈滿江紅〉 303
特載：長憶葉公／顏元叔 310
附錄：葉慶炳大事年表 317

上輯

晚鳴軒愛讀詩

下山逢故夫

上山采蘼蕪，下山逢故夫。長跪問故夫：「新人復何如？」

「新人雖言好，未若故人姝。顏色類相似，手爪不相如。」

「新人從門入，故人從閤去。」

「新人工織縑，故人工織素。織縑日一匹，織素五丈餘。將縑來比素，新人不如故。」

——古詩八首之一．《玉臺新詠》卷一

這首古詩所寫的是一位被休的女子邂逅故夫時所作的一段交談。作者不詳，大概產生於東漢時代。

詩的第一句「上山采蘼蕪」，重點在「上山」，不在「采蘼蕪」。因為有「上山」，才有下一句的「下山」。至於「上山」採什麼，無關宏旨。蘼蕪是一種香草，風乾後可做香料。這位婦人「上山」可以採茶，可以採桑，但她偏是「采蘼蕪」，我想主要是為了押韻。

第二句「下山逢故夫」，重點在「逢故夫」，不在「下山」。如果這位婦人「下山」而不曾「逢故夫」，就沒有下面這一番對白，當然也就沒有這首詩了。所以，「下山逢故夫」一句是整首詩的關鍵，而「逢故夫」三字尤其重要。

你可曾想過：一位被男方逼迫離了婚的現代婦女，在百貨公司購物或在電影院前排隊買票時，驀地望見她過去的丈夫迎面而來，她會有怎麼樣的反應？掉轉頭眼不見為淨？狠狠瞪他幾眼表示積憤未消？還是關切地上前問問他的近況？我想，前兩種情況比後一種情況更為可能吧！可是，這首詩裏的這位古代女性卻表現了後一種情況。你看，她「長跪問故夫：新人復何如？」

我第一次讀這首詩在初中時代。當我從國文課本讀到「長跪問故夫」這一句，心裏立刻有一種不平之感。她幹麼要向他下跪？那時據我所知，下跪是行大禮：求神，拜佛，祭祖，向長輩賀年拜壽，都得下跪。但是一個已經被休的妻子，幹麼還要向故夫下跪？當然不可能是為了求求他再把自己娶回去。那時候，我在班上以勇於發問出名。等國文老師講完這首詩，我立即舉手把我的不平之感說了出來：

「老師，這個女人為什麼要向她的故夫下跪？」

「唔，唔，這個……這個……」

我這一問，可把那位只有高中畢業學歷的國文老師問住了。年輕的讀者可能會覺得奇怪，怎麼高中畢業就能教初中？如今在臺灣，就是大學畢業要謀一個國中教師的職位還真不容易哩！但我說的是四十年前的事情。那時候，在我家鄉要找大學畢業生，大概找不出多少位。如果他大學畢業，早已到各大都市「高就」去了，誰還回到小縣來教初中？因此之故，請高中畢業的來教初中，也就成了常有的事。你想，高中畢業，能讀多少古籍，能懂多少古事。難怪那位國文老師和我一般見識，把「長跪」當作跪下來要叩頭講，因而對這個女子為何向她的故夫長跪一事百思不得其解。過了幾年，讀書漸多，才知道古人席地而坐，坐時兩膝據地，臀部放在腳跟上；如果把腰股直起來，上身聳起彷彿加長了，就叫「長跪」。民國三十六年我來到臺灣，住的是日本式房屋，於是也親自體驗了席地而坐和長跪的滋味。長跪固然比坐要有禮貌，但絕不是為了要向對方叩頭拜拜。詩中女子對她的丈夫長跪，只是為了便於多聊幾句而已。

然後，這位被休的女子以一句「新人復何如」開始了和故夫之間的交談。從這句問話裏，你不難體會到一絲關懷之情。雖然她面對的人已另有新人，但究竟過去曾是同床共枕的夫妻。一夜夫妻百夜恩，這種恩情豈是有生之年所能輕易忘懷的！當然，這句「新人復何如」，多多少少含有與那位接替她的位置的新人比一比的念頭，但這種念頭的產生，仍然是基於對故夫的一絲舊情。

接下去，是故夫的答詞：「新人雖說好，但還是不及故人姝。容貌倒相差不多，只是手藝及不上你。」姝，好也。習慣上用來形容女子貌美，但從下文看來，此處的姝字並不專指容貌美好，而是泛指。顏色，當然是指容貌。手爪，指手爪上的功夫，特別指下文織素而言。如果你把手爪解作手爪本身，可以是可以，在古代男女授受不親的社會，的確也只有做丈夫的才能知道前妻和後妻的「手爪不相如」。只是這樣講的話，和下文織縑織素的比較連不上關係，所以還是把手爪引申為手藝較妥。

故夫的回答，多少替這位女子帶來了一絲勝利感：「嘿！我道新人有多好，原來還比不上我！」這一絲勝利感剛自心頭掠過，懷疑和委屈也隨之而起：「他說的是真話？還是為了不使我難堪，故意這樣說？」「如果我真的比新人強，為什麼我會落到被休的地步？」終於，她忍不住幽幽地口吐怨言：「新人從門入，故人從閤去！」彷彿說給故夫聽，又彷彿說給自己聽。

古代沒有新式標點，因此當我們替這首詩加上新式標點時，把「新人從門入，故人從閤去」兩句標成這位女子的話，還是標成故夫的話，有待我們審慎選擇。如果把這兩句看作故夫的話，那麼這首詩就變成只有「新人復何如」一句出自這位女子之口，下文全是故夫的答詞，不免顯得單調。而且把這句納入故夫的答詞之中，那就變成了普通的敘述，那裏比得上把這兩句當作這位女子的話，使她在如怨似訴中表現出複雜的情緒來得感人。

「新人從門入，故人從閤去」兩句，完全是文學的語言。當時的事實絕不是「當新人堂堂皇皇從正門進來，故人只好暗中從旁門離開了」。休妻在前，再娶在後，中間應該有一段日子的間隔。也就是說，故人離去，新人入門，不可能在同一時間發生。但是作者為了表現故人的悲淒與新人的榮寵，故意把兩事對比而言，甚至把「新人從門入」置於「故人從閤去」之上，這一來，榮寵的更榮寵，而悲淒的更悲淒。再者，新人之來固然是「從門入」，故人之去也並非絕對不能「從門去」；如果這家人家有門無閤，根本非「從門去」不可。但是作者為了加強對比的效果，偏讓故人「從閤去」。閤，旁門也。連正門都不讓她走，直接的作用是使悲淒的更悲淒，間接的也就顯出榮寵的更榮寵。當然，上句用「門」，下句用「閤」，也含有使字面不重複的考慮。這情形正如前文「新人雖言好，未若故人姝」的「好」和「姝」。

文學的語言，最忌落實解釋，詩句如此，文句亦然。從前我教《左傳》，教到〈鄭伯克段於鄢〉，就遇到過這種情形。鄭武公之妻姜氏，因生長子鄭莊公時難產，受盡驚嚇，從此憎惡這個兒子。漸漸地，母子之間意見越來越深，到了互不相容的地步。鄭莊公曾發下誓言：「不及黃泉，無相見也！」後來他接受了孝子潁考叔的諷勸，願與母親相見，但格於當初許下的誓言，不得不曲解誓言，掘了隧道，在「黃泉」之下與母親會見。《左傳》載母子在隧道中相會的情形說：

> 公入而賦：「大隧之中，其樂也融融。」姜出而賦：「大隧之外，其樂也洩洩。」遂為母子如初。

曾經有一位同學問我：「鄭莊公唱著歌從隧道的一端進入，母親姜氏唱著歌從隧道另一端走出，他們母子如何會面？」這位同學就因太落實而引起誤解。「公入而賦」，是指會面前莊公的喜悅，而姜氏的喜悅亦暗含在內；「姜出而賦」，是指會面後姜氏的喜悅，而莊公的喜悅亦已暗含在內。一「入」一「出」，時間有先有後。只是作者為了渲染這一次「黃泉」相會帶給母子倆的無比歡欣，將兩者相提並論，彼此烘托而已。

題外話就此打住，言歸正傳。詩中這位女子所說的「新人從門入，故人從閤去」，含有懷疑故夫所說的「新人雖言好，未若故人姝。顏色類相似，手爪不相如」是否由衷之言的用意。這一點，故夫察覺到了。為了表明他說的完全是由衷之言，他加上了一段具體的說明。他以「新人工織縑，故人工織素。織縑日一匹，織素五丈餘」來比較，得到「新人不如故」的結論。縑是黃絹，素是白絹，就質而言，素精於縑。一匹是四丈，就量而言，五丈多於一匹。新人善於織價值較次的黃絹，日產四丈；故人善於織價值較高的白絹，日產五丈。兩相比較，說「新人不如故」，一點也不虛。

現代男人比較兩位女士的優劣，一定會從學識、性情、品行、容貌各方面著眼。而這首古詩中的故夫比較前妻後婦優劣的主要著眼點，竟然是她們每日織成布帛的質與量。這當然是由於時代不同，生活情況不同，觀念亦隨之而異。在這位故夫的時代，一般家庭娶個媳婦，主要就是為了生產。生男育女是生產，織布也是生產；前者為了傳宗接代，後者為了衣食所需。一個媳婦如果肚子不爭氣，生不出一個兒子來，那就犯了「七出」之條第一條「無子」重罪，非接受被休的命運不可。如果織布的技術差，產量少，也算不得好媳婦。因此女子嫁到夫家之後，一方面得曲意奉承夫君，祈求早日懷孕生子，好在夫家立定腳跟；一方面得努力做個織布機器，為夫家帶來衣食，增加財富。你看，產生於漢末的〈孔雀東南飛〉一詩中的那位苦命女子劉蘭芝，還不是「十三能織素，十四學裁衣」？嫁到焦家之後，還不是「雞鳴入機織，夜夜不得息」？所以這位故夫以前妻後婦織布的成績來評定那一位妻子好，在當初毋寧說是正常的現象。事實上，即使到了近代，務農人家娶媳婦還有著眼點在增加勞動人口的哩！

這首詩寫到「新人不如故」就戛然收住。可以想像的，這位女子和他的故夫將相對唏噓，然後站起來各走各的路。固然是「新人不如故」，但故人究竟已經被休，這既成事實誰也不能改變。現代男女的婚姻自由得很，有些少不更事的歡喜冤家，一高興就結婚，不高興就離婚，結結離離，離離結結，渾不當一回事。但是在古代，社會有禮俗，家庭有家法，那能允許如此胡鬧？

一對夫妻能夠白頭偕老，恩愛不移，自是人世一大幸福。萬一情不投意不合，中道仳離，至少不必變成仇敵，尤其不該彼此傷害。這是我對婚姻的看法，也是我愛讀這首古詩的原因。你看，詩中女子邂逅故夫，依然流露著關懷之意；雖然想到自己被休種種，不能無怨，但卻怨而不怒。再看故夫的回答，也是十分誠懇坦率。我同情這位女子，也不責怪這位故夫。頗有人對故夫的休妻別娶不諒解，我卻不作如是想。因為我們既不知道這位女子被休是犯了「七出」中的那一條，也不知道把她休了是故夫的主意還是故夫家人的主意，如此，我們怎能貿然責備故夫？

只有人與人之間和諧友善，這世界才是人類理想的生活場所。這首古詩中，連業已仳離的夫婦都能在邂逅相逢時坐下來友善地談談，不由得我不喜歡。但願你看後能有同感。

同心而離居

人生在世，有許多悲苦無奈的事。同心而離居，應該算得上是其中之一。從下面這首古詩，你可以感覺到這份悲苦無奈吧！

涉江采芙蓉，蘭澤多芳草。
采之欲遺誰？所思在遠道。
還顧望舊鄉，長路漫浩浩。
同心而離居，憂傷以終老！

——古詩十九首之六．《文選》卷二十九

這是一首描寫客居遠方的遊子思念妻子的詩。短短八句，含蘊著無邊的離情憂思。但在詩的頭二句，作者暫時把離情憂思藏起來，不讓讀者察覺。芙蓉即是荷花，生長在水裏。蘭也多長在水澤邊；第二句的「芳草」，指的就是蘭。一二兩句共用一個動詞「采」字。這兩句寫一位男子在涉江的時候，採起幾枝荷花；在走近澤畔的時候，採起幾枝蘭花。古時有採香草贈佳人結恩情的習俗，所以單看頭兩句，還以為這位男子採花是為了獻給心上人，這不是挺幸福的嗎？直到第三句「采之欲遺誰」一問，第四句「所思在遠道」一答，立即峰迴路轉，幸運兒變成了傷心人。原來這位男子是個背鄉離井的遊子！「我採了這些花要送給誰？我想念的妻子在老遠老遠的故鄉！」一轉念之間，離情憂思就像海浪一般一波又一波襲來。他情不自禁回頭向妻子所在的故鄉方向望去，望不到故鄉的雲，望不到故鄉的樹，展開在他眼前的只有漫漫浩浩無盡的長路。「長路漫浩浩」是相當奇絕的句法。「漫漫」與「浩浩」本來都有無邊不盡的含義，這裏卻把「漫漫」由疊字省成單字，來形容「浩浩」，又用「漫浩浩」來形容「長路」。而「長路」之「長」，本來就已含有無邊不盡之意。這一來，真顯得這條路長之又長。就是這條長之又長的路阻隔了他和妻子，使他們各在路的一端不能相會。在電影裏，導演為了要表現一個人的孤單寂寞，常用無垠的大地為背景，讓此人像一個小黑點似地在無垠大地緩緩移動。「長路漫浩浩」所展示的，也就是這幅畫面。詩寫到這裏，遊子的離情憂思已表現無遺，全詩就在遊子的感嘆聲中結束：「同心而離居，憂傷以終老！」夫妻同心，理應共相廝守。但他們卻長久分開兩地，會合無由，在這有生之年，怎不憂傷終老！

「同心而離居」足以使人「憂傷以終老」，誰也能夠想像。但是反過來說，「離心而同居」，如何？據我的想像，一樣是人生悲苦無奈之事，足以使人「憂傷以終老」。你試想，一對情不投意不合的男女，只因為某種錯誤的因素，例如家庭干預、利害關係，或一時感情衝動等，結成了夫婦；到了實在不堪共同生活的時候，偏偏又因其他種種因素，例如宗教信仰、家族顏面以及別的利害關係，不能考慮離婚一途；這該有多痛苦！遇到必須攜眷參加的應酬，兩口子不得不雙雙出動，並且在他人面前做出伉儷情深狀。沒有第三者在場的時候，兩口子立刻換上一副「撲克」面孔，誰也不理誰。即使是在陽春三月，這個有名無實的家也冷如冰窖。這種生活，誰受得了？所以說，「離心而同居」，一樣的「憂傷以終老」，其程度可能還較「同心而離居」有過之而無不及，只是沒有詩人來把它描寫一番而已。「離心而同居」屬於夫妻間的隱私，即所謂家醜。家醜不宜外揚，這也許就是不見描寫「離心而同居」的悲苦無奈的詩歌的原因所在。

我認為最理想的夫婦生活是「同心而同居」，這毋須解釋。其次是「離心而離居」。既然已經「離心」，不如協議分手，我走我的陽關道，你走你的獨木橋，各自尋找幸福去。如果落到「同心而離居」，這刻骨的相思，如何消受？更不幸落到「離心而同居」，這悠悠歲月，如何挨過？

我愛讀這首古詩，並不是想設身處地品嚐品嚐「同心而離居」的滋味；那種滋味不嚐也罷。我是由於喜歡這首詩的寫作技巧，才把它收入《晚鳴軒愛讀詩》。你看第三句「采之欲遺誰」，這不是神來之筆嗎？首兩句這位男士沿途採荷採蘭，完全是習慣性的動作。以前他總是順道採些鮮花帶回家贈送妻子。這次直到他已將荷和蘭握在手中，才猛省自己已是天涯遊子，和妻子隔了「長路漫浩浩」，無從相見。這首詩首兩句告訴我們江蓮既開，澤蘭亦放，一片美麗風光；末五句卻為我們帶來滿紙愁雲慘霧。這轉捩點就在第三句「采之欲遺誰」。清代周濟曾在《介存齋論詞雜著》裏稱讚南宋吳夢窗的詞，他說：「夢窗每於空際轉身，非具大神力不可。」我願借用這兩句話，來稱讚這首古詩。「采之欲遺誰」，不也是空際轉身的絕妙功夫嗎？晉代張華的情詩有句云：「佳人不在茲，取此欲誰與？」明明就是「采之欲遺誰？所思在遠道」的翻版。

寫到這裏，我想起了我在大學時代讀過的一篇短篇小說。由於年代久遠，休說這篇小說題目是什麼作者是誰我已說不出來，連在那裏讀到的我都忘了。但是因為我認為這篇小說可能使用了「采之欲遺誰」的手法，它的故事我始終記得。下面就是這個故事的要點：

某君夫婦於臺灣光復後來臺。某君一直供職銀行界，物質生活相當富裕，但精神上卻十分空虛。因為他們結婚快二十年，就是沒有生育。到臺灣不到一年，某君夫人出於意外地懷孕了。第二年，生下了一位白白胖胖的男孩。這一對夫婦對生育原已絕望，沒想到年近半百，竟然天賜麟兒，這一份興奮與喜悅，真非言語所能形容。孩子滿月周歲，他們都大宴親朋，不在話下。孩子成了這個家庭的中心人物，有吃不完的營養品，穿不盡的新衣，玩不及的玩具。可惜好景不常，在孩子四歲那年，霍亂流行，奪走了孩子的生命。某君承受不住這麼沉重的打擊，終於精神錯亂，被送進了療養院。在療養院住了將近一年，康復出院，並且恢復到銀行上班。銀行忙碌的工作，同事友好的態度，復職後第一天，他過得很起勁。下午下班了，他搭行裏的交通車回家，完全回復到過去的生活情況。他在巷口下車，到巷口小店去買一包奶油巧克力。這是他的孩子愛吃的，以往他每天下班回家，總要在巷口小店買一包奶油巧克力。小店老闆娘不必等他開口，就會自動把奶油巧克力拿給他。但是這次，老闆娘不但沒有拿奶油巧克力給他，反而用驚訝的眼光朝他看。他覺得自己身上並沒有什麼不對，也就不曾理會。他買了奶油巧克力興匆匆回家，按了兩長兩短電鈴。這是他從前和孩子約好的暗號，兩長兩短，就表示爸爸回家來。他把拿奶油巧克力的手高高舉起，以前他總是以這樣的姿勢逗開門出來的愛子玩。結果，門開了，出現的不是愛子，而是妻子。他正想問：「孩子呢？」發現他的妻子愣住在那裏，而且接著哭出聲來。他吃了一驚，趕緊問：「哭什麼？孩子病了？」不是孩子病了；孩子早已「走」了，不會再病。是他自己病了。可憐的他，又被送進才出來幾天的那家療養院。

三十年前我讀這篇小說，當我讀到這對夫婦臨老得子，不禁會心一笑。臺灣光復後幾年間，大陸來臺夫婦意外得子的事情常有所聞。有的夫婦在大陸久婚不育，但是一到臺灣，竟然懷了孕；有的夫婦的孩子都進了高中大學，但一到臺灣，竟然又生下一兩個比哥哥姐姐小了十來歲二十歲的小弟小妹。我的熟人當中就有幾個這種例子。我想大概是寶島的水土氣候飲食容易使人懷孕吧！這許多意外來到人間的男孩女孩，如今也已個個年近「而立」了。

接著，當我讀到這位父親恢復到銀行上班的第一天，忘了他的愛子早已離開人世，依然在巷口小店習慣地買愛子喜歡吃的奶油巧克力，準備回家逗逗他，我的心就往下沉。我先是為這位無法承受失子之痛打擊的父親難過，接著我佩服這篇小說的作者賺人熱淚的一招真高明，終於我的心頭顯現出兩句詩句：「采之欲遺誰？所思在遠道！」只是原詩所思之人雖在遠道，無論這遠道是如何漫漫浩浩的長路，終究還是在同一世界上，說不定能有相逢的一天。而這篇小說中的遠道，卻是幽明殊途，人天永隔！

就因為這一首古詩，使我永遠記得這篇小說的故事。每年，我在教室裏講到這首古詩，總忍不住要把這個故事重述一遍。

我想，這篇小說的作者多半讀過這首古詩，並且為「采之欲遺誰」這句神來之筆所吸引。我甚至想，這位作者根本就是從「采之欲遺誰」獲得了靈感，構思了這個故事，這也不是絕對不可能的事。

羅敷自有夫

如果你是一位年輕美貌的女子，在大庭廣眾之下突然有一位有財有勢的冒失鬼公然向你展開追求攻勢，你要怎麼辦？嚇得花容失色，拔腳就跑？太沒有風度了！懾服於他的財勢，和他虛與委蛇一番？太便宜他了！嚴詞峻拒，給他一點顏色看？太使人難堪，說不定對方惱羞成怒，釀成意外事件。以上都不是好辦法，還是我傳授你一個錦囊妙計吧！我這錦囊妙計，得之於下面這首古樂府：

日出東南隅，照我秦氏樓。

秦氏有好女，自名為羅敷。羅敷喜蠶桑，采桑城南隅。青絲為籠係，桂枝為籠鉤。頭上倭墮髻，耳中明月珠。緗綺為下裙，紫綺為上襦。

行者見羅敷，下儋（擔）捋髭須（鬚）。少年見羅敷，脫帽著帩頭。耕者忘其犁，鋤者忘其鋤。來歸相怒怨，但坐觀羅敷！

使君從南來，五馬立踟躕。使君遣吏往，問是誰家姝。

「秦氏有好女，自名為羅敷。」

「羅敷年幾何？」

「二十尚不足，十五頗有餘。」

使君謝羅敷：「寧可共載不？」

羅敷前置詞：「使君一何愚？使君自有婦，羅敷自有夫。東方千餘騎，夫婿居上頭。何用識夫婿？白馬從驪駒。青絲繫馬尾，黃金絡馬頭。腰中鹿盧劍，可直千萬餘。十五府小史，二十朝大夫，三十侍中郎，四十專城居。為人潔白皙，鬑鬑頗有鬚。盈盈公府步，冉冉府中趨。坐中數千人，皆言夫婿殊。」

——〈豔歌羅敷行古詞〉．《宋書．樂志》

既然錄了原詩，少不得要加一番說明。這首詩原來分為三章，但我為了說明方便，把它分成以上九個段落。首段兩句是全詩發端，以作者第一人稱的口吻道出，用意在引出正文。這種發端方式，在民間歌謠中常見。「照我秦氏樓」，如果譯成語體文句，是「照在我們秦家的樓上」。「秦氏樓」之上冠以「我」字，表示作者對羅敷有一份親切感，作者是站在羅敷一邊的。作者這種立場，從後面的詩句中很容易感覺到。

從次段起，正戲上演，作者開始用第三人稱口吻敘述故事。「好女」意謂美女。羅敷是古代一位美人的名字，因此有不少人學她也以羅敷為名。除了這首詩裏的羅敷之外，長篇敘事詩〈孔雀東南飛〉有這麼兩句：「東家有賢女，自名秦羅敷。」不又是一個羅敷嗎？也一樣是姓秦的呢！這種情形古今都有。漢朝光武帝還沒有做皇帝的時候，聽說陰麗華長得美貌無比，曾經表示：「仕宦當作執金吾，娶妻當得陰麗華。」此後，不知道有多少女子的名字叫做麗華。如今我們的影視界，也還有一老一少兩個李麗華呢！「自名為羅敷」一句，可不能講成「自己取個名字叫羅敷」，講成「本名叫羅敷」大概還可以。事實上，「自名為某某」是漢樂府的慣用語，左延年〈秦女休行〉也有「秦氏有好女，自名為女休」的句子。把「自」字看成沒有意義僅為湊足五言句子的字，也許更合適。

接著一句是「羅敷喜蠶桑」。既然她喜愛養蠶採桑，那麼「采桑城南隅」乃是自然不過的事。她採桑有什麼配備？有「青絲為籠係，桂枝為籠鉤」。籠係指籃子的絡繩，籠鉤指籃子的提柄。她的頭髮梳成什麼樣子？「頭上倭墮髻」。倭墮髻又名墮馬髻，把髮髻歪在一邊，作搖搖欲墮之狀。這種髮型是後漢梁冀的風流妻子孫壽發明的，發明後曾經引起京城的婦女一窩蜂仿效。羅敷的耳部有什麼飾物？「耳中明月珠」。明月珠是一種寶珠，產自西域。她以明月珠作耳璫。她身上穿著如何？「緗綺為下裙，紫綺為上襦」。緗是杏黃色，綺是有細密花紋的綾類。你看她上身紫色綾製的短襖，下身杏黃綾製的裙子，穿著何其鮮豔，何其講究！

這第二段雖然點出了羅敷提著高級的採桑用具，梳著流行的髮髻，配著珍貴的耳璫，穿著色澤鮮豔質料講究的服裝，但究竟還沒有把羅敷的美貌寫出。為了使前文「秦氏有好女」的「好」字有個交代，為了使下文使君冒冒失失地向羅敷追求顯得不太突然，非把羅敷的美貌描寫一番不可。這就是第三段詩句的目的所在。但是美人之美，豈是正面描繪比擬所能表達出來的？在這裏，作者巧妙地避開了出力不討好的正面描繪，出之以烘雲托月的間接形容。作者借行者、少年、耕者、鋤者看到這位絕色美女時的反應，來表達羅敷美到什麼程度。「行者見羅敷」怎麼樣？放下擔子手摸髭鬚看得出了神。「少年見羅敷」怎麼樣？脫下帽子把頭巾重新整理一番。古人是先用頭巾束髮，然後再加上帽子。少年此一動作，目的在整理儀容，希望給對方一個好印象。這情形有點類似如今男士們面對佳麗時趕忙把西服領帶整理一下。耕者鋤者見了羅敷怎麼樣？都忘記了用犁耕田，用鋤除草，只是目不轉睛地看羅敷。更妙的是這些人回到家裏，為自己此行一事無成生氣，因為大好光陰都由於貪看羅敷看掉了。但是在當時實在忍不住不看。這情形正像有些同學明明晚間有功課要做，但卻被電視所吸引，一個節目一個節目看下去，結果把大好光陰虛度。事後又覺得後悔，對自己猛生悶氣。

你看，在城南隅耕作的或路過的男人個個看羅敷看得入迷發呆，羅敷的美貌可想而知。你能想像她多美，她就有多美。這種避實就虛烘雲托月的形容手法，後來董解元在〈西廂記諸宮調〉也使用過。〈西廂記諸宮調〉寫到崔相國夫人在普救寺替亡夫做清醮，夫人帶了女兒鶯鶯兒子歡郎來到佛堂時，一連用三支歌曲描寫鶯鶯之美。第一支歌〈青山口〉的後半說：「右壁個佳人，舉止輕盈，臉兒說不得的搶。把蓋頭兒揭起，不甚梳妝，自然異常。鬆鬆雲鬢偏，彎彎眉黛長。首飾又沒，著一套兒白衣裳，直許多韻相。」這還是從正面落筆。但接下去「雪裏梅」和「尾」二支歌曲，就一變為避主就賓的形容手法了。

雪裏梅：諸僧與看人驚晃，瞥見一齊都望。住了念經，罷了隨喜，忘了上香。選甚士農工商，一地裏鬧鬧攘攘，折莫老的少的，俏的村的，滿壇裏熱荒。老和尚也眼狂心痒，小和尚每掻頭束項。立掙了法堂，九伯了法寶，軟癱了智廣。

尾：添香侍者似風狂，執磬的頭陀呆了半晌，作法的闍黎神魂蕩颺。不顧那本師和尚，聒起那法堂。怎遮當。貪看鶯鶯，鬧了道場。

這兩支歌表面上寫眾和尚見了鶯鶯後所引起的一陣騷動，事實上正極力反襯鶯鶯的美豔。和尚們騷動得越厲害，鶯鶯越美豔。你看：這許多和尚見了鶯鶯，經也不念了，隨喜也停了，香也忘了上。老和尚、小和尚、法堂、法寶、智廣、添香侍者、執磬頭陀、作法闍黎，發狂的發狂，發呆的發呆，軟癱的軟癱，可以說是醜態畢露。可見鶯鶯小姐之美，真到了顛倒眾「僧」的地步。董解元的寫作技巧在這裏發揮得淋漓盡致，只是為了反襯鶯鶯之美，讓諸位法師大出其醜，未免有失厚道。如果說董解元這段筆墨就是從漢樂府豔歌羅敷行學來，那麼他只學到了寫作技巧，沒有學到溫柔敦厚的精神。在豔歌羅敷行裏，行者、少年、耕者、鋤者雖然看羅敷看得入迷，卻並不

羅敷自有夫

曾被恣意醜化。

當行者、少年、耕者、鋤者都看羅敷看得出神的時候，大地是多麼的安靜。但是接下去第四段「使君從南來，五馬立踟躕」，卻破壞了這幅安靜的畫面。漢世稱太守為使君，太守的馬車用五馬。這位太守官職雖然不算小，做到太守年紀該也已有一大把，但為人卻不夠穩重。他來到城南隅，先是驚訝那裏的一切似乎都靜止了，然後他察覺到所有人的眼光都盯在一點——一個採桑女子，終於他發現採桑女子是一位絕世佳人。於是他派屬吏上前打聽這個採桑女子是誰，又打聽她今年青春幾何，然後太守進一步命屬吏去問羅敷，是否願意上五馬車來共載而去。「寧可共載不？」拿肉麻兮兮的西洋式國語來說，可以說成「我有光榮請你上車去兜風嗎？」見美人而向旁人打聽她的姓名和年齡，是人之常情。但是素昧平生就要美女登車與我偕行，那就未免太像個「急色兒」了。這位太守大概以為天下美女都無力抗拒豪華車子的誘惑，事實上也的確有看到豪華車子就神魂顛倒的美女，但並非個個美女都是如此，羅敷就是後者的代表。遇到羅敷，太守先生可是自討沒趣了。

五段「秦氏有好女，自名為羅敷」，是旁人回答屬吏而屬吏又轉稟太守的話。六段「羅敷年幾何」，是太守問屬吏而屬吏又轉問旁人的話。七段「二十尚不足，十五頗有餘」，又是旁人回答屬吏而屬吏轉稟太守的話。本來羅敷幾歲就是幾歲，幹麼要來一個「二十尚不足，十五頗有餘」？這可從兩方面來解釋：就事而論，當時觀看羅敷的行人、少年、耕者、鋤者未必知道羅敷的確切年齡，只是約略估計，在十五至二十之間而已。就文而論，「二十尚不足，十五頗有餘」，能給讀者想像的餘地。你認為女子十六歲最美，她就是十六歲；你認為女子十八歲最美，她就是十八歲。這就是我所謂的文學的語言。八段「使君謝羅敷」，「謝」是問的意思。如果當作謝謝講，那就莫名其妙了。

九段，完全是羅敷的表演了。羅敷聽了太守屬吏轉達太守要請她同車的邀約，既未嚇得花容失色，拔腳就跑；也未懾服於太守的財勢，虛與委蛇；更未怒從心起，嚴詞峻拒。她根本不同太守屬吏答腔，同屬吏答腔無異浪費口舌，何必！你看，「羅敷前置詞」，她大大方方從從容容走到太守面前，用不溫不火的語氣發表了一大段談話，讓太守洗耳恭聽。無論就事而言，就文而言，都是妙招。

當羅敷緩步向五馬車走來，太守準是滿心高興。哈！又一個美女上鉤了。等到聽了羅敷開宗明義的三句話：「使君一何愚？使君自有婦，羅敷自有夫。」彷彿淋了一頭涼水，才暗叫不妙。羅敷第一句話「使君一何愚」，乾脆極了。試想一個有婦之夫竟然動起有夫之婦的腦筋來，冒著內憂外患的危險，這還不算愚不可及？縱然家裏的黃臉婆吃醋可以置之不理，也須防對方的丈夫放你不過。接著，羅敷把自己的丈夫好好誇耀了一番，用意無非是教太守回去照照鏡子，憑你也配來打姑娘我的主意！

羅敷先告訴太守：「東方千餘騎，夫婿居上頭。」東方指夫婿任官的地方，在那裏，夫婿是數一數二的人物。接著告訴太守：要認識我的夫婿不難。騎著白馬而後面跟著少壯黑馬的那位長官，就是我的夫婿。夫婿所騎的馬，尾部繫有青絲，頭上有金色的絡頭籠著。還有，他腰間所佩的鹿盧劍，價值千萬有餘。他是如此的與眾不同，你看到準認得出來。再接下去，羅敷背出了夫婿的履歷：「十五府小吏，二十朝大夫，三十侍中郎，四十專城居。」專城居，也就是官拜太守之意。夫婿四十歲就官拜太守，五馬車我早已坐厭了，你還拿它來獻寶！羅敷又告訴太守夫婿多漂亮多有威儀：「為人潔白晳，鬑鬑頗有鬚。」更進一步說出夫婿走起路來多有派頭。「盈盈公府步，冉冉府中趨。」盈盈、冉冉，都是緩步貌。最後，羅敷以「坐中數千人，皆言夫婿殊」兩句作結，與開頭的「東方千餘騎，夫婿居上頭」兩句前後呼應。數千人都說夫婿人才出眾，這還假得了？

這首詩就這樣在最耐人尋味之處出人意表地結束，結束得和「上山採蘼蕪」一詩異曲同工。以下的情形你不難想像：太守垂頭喪氣地乘五馬車離去，圍觀的行者、少年、耕者、鋤者齊聲為羅敷喝采：我們的羅敷硬是要得！這些人回家之後，今晚的家常閒話大概也離不開美麗能幹的羅敷和那位自討沒趣的太守大人了。

如果你真相信羅敷有這麼一位了不起的夫婿，那就大錯特錯了。從二人年齡看，那位夫婿足夠做她的老爹還有餘。古代原配夫婦年齡不可能如此懸殊，除非是續絃或姬妾。即使是續絃或姬妾，羅敷也不可能拋頭露面到城南隅來採桑。何況此詩開頭就說：「日出東南隅，照我秦氏樓。秦氏有好女，……」何嘗有羅敷已嫁的跡象？所以這位「夫婿」，只是羅敷心目中之白馬王子而已。羅敷就憑這位虛構的夫婿，婉拒了許多自己並不中意的追求者。一個年輕美貌的女子，如果沒有準備一套應付各種各樣追求者的手法，那怎麼成？當然，虛構一個理想夫婿也得有點本領，必須要說得頭頭是道，煞有介事，才能把對方矇住。

如果你是一位年輕美貌的女子，為隨時要應付自己不中意的追求者煩惱，這首詩的故事對你頗有參考價值，是不是？而且不用我明說，相信你已知道我的錦囊妙計是什麼了。

死當長相思

《文選》有蘇子卿詩四首，我最愛讀的是第三首；第三首中，我最愛讀的是最前兩句和最末兩句。請看這首詩：

結髮為夫妻，恩愛兩不疑。
歡娛在今夕，嬿婉及良時。
征夫懷往路，起視夜何其。
參辰皆已沒，去去從此辭。
行役在戰場，相見未有期。
握手一長歎，淚為生別滋。

努力愛春華，莫忘歡樂時。
生當復來歸，死當長相思！

——《文選》卷二十九

我喜歡這首詩的最前兩句，因為我認為夫妻之間，應該「恩愛兩不疑」。如果彼此疑忌，對方對自己冷淡了些，就以為對方已移情別戀，不再愛自己；對方對自己熱情了點，又以為對方有了外遇，作賊心虛，故意巴結自己：夫妻關係發展至此，真是痛苦。如果在結婚之前，雙方就斤斤計較，互談條件，口說無憑，立下書狀，彷彿商業往來，簽約成交，這種婚姻，準不能維持多久，不結也罷！要結婚，就得「恩愛兩不疑」。

古人比今人早婚，因此「結髮為夫妻」是常事。《文選．李善注》說：「結髮，始成人也。謂男年二十，女年十五時。取笄冠為義也。」如今就很少男二十女十五就結婚的例子。想想男子二十，大學還沒有畢業，用錢還得伸手向家裏要，結婚簡直是討罪受；女子十五，才讀國中三年級，連高中聯考都還不曾報名，就做了小媳婦，多可憐！現代男女，遲婚的多，所以「結髮為夫妻」的例子漸不可見，而「禿髮為夫妻」

的例子越來越多。我和我妻就是「禿髮為夫妻」。我們結婚之時，她已過三，我已望四；她的頭頂心已呈稀稀疏疏之狀，我的前額髮根也已向後方「轉進」了一公分有餘。不過，是「結髮為夫妻」，還是「禿髮為夫妻」實在無關宏旨，要緊的是「恩愛兩不疑」。

接下去「歡娛在今夕，嬿婉及良時」兩句，有承先啟後的作用。承先，是為「恩愛兩不疑」作注腳。這對恩愛夫妻的生活是如此這般：他們享受每一個歡娛的今夕，他們把握每一個嬿婉的良時。嬿婉，意謂安順、美好。啟後，是引出下文的離別。今夕是他們所能擁有的最後一個歡娛的今夕，也是他們所能把握的最後一個良時，因為明朝他們就要離別。是什麼原因使他們非離別不可？是由於「行役在戰場」。如果丈夫為了別的原因遠行，還可以考慮攜眷偕行。可是出征，那就非把嬌妻留在家裏不可了。你幾曾聽說軍人到戰場殺敵帶著嬌妻一道去的？

明朝就要離別，今夕縱然想歡娛，想把握這最後一個美好的良時，能嗎？或者說，還有這份心情嗎？沒有了！沒有了！你看：「征夫懷往路」，丈夫的心早已飛向遙遠的前方。「起視夜何其」，他起來看看天色如何，怕一覺睡過了頭，趕不上隨隊出發的時間，這可不是玩的。如果你要搭明晨六點的火車，你能安安穩穩酣眠到五點多才醒來?恐怕不可能吧?像我這種緊張大師,這一夜準是不得好睡,大概挨不到四點就起牀準備動身了。「何其」的「其」音「姬」,是語助詞。當這位丈夫看到天空「參辰皆已沒」,天將破曉,是該走的時候了,不得不狠起心腸,「去去從此辭」!「參」讀作「森」,與辰俱是星名。「去去」這字連用,在詩詞中習慣來表示離去的決心。像蔡琰〈悲憤詩〉的「去去割情戀」、柳永〈雨霖鈴〉的「念去去千里煙波」等都是。

「行役在戰場」,可不像我到中南部講演一次那樣輕鬆。到中南部講演,事先對方已買好回程車票,可以準時北返。上戰場,可就「相見未有期」了。分手的時候明明是生離,然焉知不成死別?所以我到中南部講演,最多和老妻說一聲「我走了」,就興匆匆地出門,連手都不必握一下。但這位出征的丈夫,就忍不住要和妻子「握手一長歎,淚為生別滋」。〈九歌.少司命〉:「悲莫悲兮生別離,樂莫樂兮新相知。」在這裏「生」「新」二字互文,都是「始」的意思。剛交到知己的時候最快樂,剛別離的一剎那最悲傷。如果「生別離」作和死別相對的生離解,是生離最悲?還是死別最悲?生離還有重逢的希望,死別卻是人天永隔!那就不能說「悲莫悲兮生別離」了。這裏的「淚為生別滋」,也正宜解作臨別之際淚落不止。

做丈夫的尚且淚落不止，想那位嬌妻一定已哭得像個淚人兒。於是丈夫不能不安慰嬌妻一番：「努力愛春華，莫忘歡樂時。」春華指青春歲月。我走後，你要珍惜你的青春歲月，千萬保重。寂寞時，想想我們曾經擁有的歡樂生活，也會帶給你一絲慰藉。

最後，這位丈夫給了他的妻子最堅定的保證：「生當復來歸，死當長相思！」從這兩句詩裏，我看到了人間最深厚最真誠的夫妻之情。鍾嶸《詩品》曾經推崇古詩十九首中的部分作品說：「文溫以麗，意悲而遠，驚心動魄，可謂幾乎一字千金。」在我看來，古詩中最夠資格被推崇為「驚心動魄，可謂幾乎一字千金」的，莫過於「生當復來歸，死當長相思」兩句了。在所有表示夫妻之愛的誓言中，還有什麼句子比這兩句更深沉有力？每次我面對這兩句詩，總是以朝聖者的心情來讀它。我替這位妻子想，她的丈夫「生當復來歸」固然可喜可賀，萬一不幸「死當長相思」，傷心之餘，仍不失可資自慰之處，究竟她曾擁有如此深深愛她的一位夫君！

唐人陳鴻的《長恨歌傳》，曾經借楊貴妃之口說出她和唐明皇之間的一個密誓。天寶十載七夕夜半，唐明皇和楊貴妃有感於牛郎織女故事，曾向天許一個密誓：「願世世為夫婦！」好一個「願世世為夫婦」！真夠意思！但我總覺得這話不及「生當復來歸，死當長相思」來得感人。「生當復來歸，死當長相思」在我們人情之中，相信很多人都有這一片真情；「願世世為夫婦」，就恐怕不是一般人能說的誓言了。你看我這樣說，也許想摸清楚我的底細，問問我是否願意許一個「願世世為夫婦」的誓言。如果你真有這個意思，最好請你自己先想想願不願意。

到了元人白樸的《梧桐雨》雜劇，就有了妙事。此劇描寫唐明皇和楊貴妃的愛情故事。作者先採用史傳的記載，寫上楊貴妃和安祿山的一段曖昧事跡，接著又採用《長恨歌傳》的描寫，楊貴妃照樣和唐明皇在七夕許下願生生世世為夫婦的密誓。這一來，置可憐的唐明皇於何地？當然，這只是作者白樸無意的疏忽，絕不是存心使唐明皇難堪。

要不要「願世世為夫婦」，還是緩議吧！此生未卜他生休，何必想得太多。一對夫婦能夠「恩愛兩不疑」，萬一到了不得不別離的時候，能有「生當復來歸，死當長相思」的存心，這就夠了。以目前社會上怨偶之多，這樣的境地也不是每一對夫婦所能達到哩。讓我也許下一個願，願天下怨偶都來讀這首詩。讀熟了，見賢思齊，說不定有助於夫妻關係的改善。放著正經事不做，把大好時光精神浪費在夫妻嘔氣上，值得嗎？

附帶聲明一點：這首詩的作者，《文選》題蘇子卿，就是蘇武。近代文學史家多數認為西漢時代不可能有這麼好的五言古詩，因而推測這是後人託名蘇武之作。就此詩風格而論，擬作年代不至於在建安之後。這說法大致可信。但本文純粹就詩抒感，不擬涉及作者考據。無論這首詩是出自蘇武之手，或是後人託名之作，詩照樣是好詩，不是嗎？

功成不受爵

有一種人，他讀書學仕，不是為了權勢，不是為了利祿，只是為了報效國家，肯定自己。比起一味鑽營權勢利祿的官迷來，這種人才是國家真正需要的，這種人才是值得我們尊敬的。晉朝的左思就是這種人。他的〈詠史八首〉，不知道曾感動多少有才能有抱負的士人。八首之中，我最愛讀第一首。詩是這樣的：

弱冠弄柔翰，卓犖觀群書。
著論準過秦，作賦擬子虛。
邊城苦鳴鏑，羽檄飛京都。
雖非甲冑士，疇昔覽穰苴。

長嘯激清風，志若無東吳。
鉛刀貴一割，夢想騁良圖：
左眄澄江湘，右盼定羌胡。
功成不受爵，長揖歸田盧。

——《文選》卷二十一

前四句為一段。左思自言才學出眾，口氣相當自負。古代男子二十歲成人加冠，那時體猶未壯，所以叫做弱冠。柔翰指毛筆。「弱冠弄柔翰」似乎沒有什麼了不起，但是看了這一句的進一步說明「著論準過秦，作賦擬子虛」，可就了不起了。二十歲的年輕人，作起論來可向賈誼的〈過秦論〉看齊，寫起賦來可以和司馬相如的〈子虛賦〉比擬，那不是天才是什麼？還有那句「卓犖觀群書」，卓犖指才華絕異，觀群書指學識淹博，合起來就是才學兼優。即使左思說的句句是實話，絕無一絲誇大，而由自己口中說出，究竟難免給人一種狂妄的印象，不是麼？

這就是年輕人。左思寫這首詩，在晉武帝太康元年滅吳之前，那時他才不過接近三十歲的人。年輕人，尤其是像左思這種有才的年輕人，有幾個懂得謙虛？年輕人的眼睛彷彿長在額角頂上，眼光像高射砲彈，投射向高遠的天空，一般人不在他們眼裏。他們在家裏，覺得父母思想落伍，做起事來畏首畏尾。在學校，覺得教授講不出什麼大學問，上不上課無關宏旨；甚至認為同學庸俗不堪，不屑與之為伍。看起報刊文章，覺得這篇不行，那篇差勁。如果自己動筆，一定比別人高明。隨著年齡的增加，兩眼才漸漸下移。到了哀樂中年，眼睛才移到正常的部位。這時，才明白別人並不像自己所想像那樣不濟，自己也並不像自己所想像那般高明。如果到了中年還像年輕時候自以為文曲星下凡，智多星降世，此人多少有點不正常。但是反過來說，年紀輕輕就虛懷若谷，老成持重，此人也未必正常。人生難得幾年狂，年輕人有點狂妄之氣，原諒他吧，他得意不了多久的。

「邊城若鳴鏑，羽檄飛京都」兩句，寫那時候國家的處境。鳴鏑，指發射時能鳴叫的箭，古人稱它為嚆矢，今人稱它做響箭。檄是文書，寫在一尺二寸長的木簡上，用來徵召或罪責曉慰。檄文插上鳥羽，表示緊急，就叫羽檄。這兩句是說：邊城苦於戰爭，告急文書飛快地傳送到京城。左思做這首詩的時候，晉朝北境在和羌胡交戰，南方則在和東吳對壘。

當國家有難的時候，就是國民奮起報效國家的良機。尤其是身受國家教育之恩的知識份子，這份報國的意願更為熾熱。左思就是如此。從「雖非甲胄士」到「右盼定羌胡」八句，左思熱切地透露了報國的壯志。他表示：「我雖然不是頭上戴盔身上披甲的戰士，但也曾讀過兵法，懂得武略。」疇昔意謂已往。穰苴，春秋時齊國人，姓田氏。因軍功被尊為大司馬。後來齊威王使大夫追論古司馬兵法，穰苴也在追論之列，因稱司馬穰苴兵法。當然左思所謂穰苴，並非專指司馬穰苴兵法，而是泛指一般兵法。

左思又表示：「我放聲長嘯，嘯聲激盪起清風；我滿懷壯志，根本不把東吳看在眼裏。」魏晉人會長嘯的很多，竹林七賢之一的阮籍就是著名的例子。有一天，阮籍在蘇門山遇到了有名的道士孫登，他想和孫登討論道者養生的學問。但孫登說什麼也不理他。阮籍自覺沒趣，長嘯了一陣，就獨自下山。才走到半山，他聽到山谷中彷彿有鸞鳳之音在回響，歷久不歇，原來這就是孫登在長嘯。阮籍這才服了。我不知道長嘯是怎生嘯法。六十六年八月二十三日一大早，我在溪頭林區遊覽，看看前無古人，後無來者，忽然有股衝動想試著長嘯一番。我真的一路走，一路嘯。我所謂嘯，其實和叫差不多。休說沒有鸞鳳之音，說是火雞叫還差不多。我想古人一定不是這般嘯法，但古人去我已遠，我問誰去？左思「志若無東吳」這句話，口氣也夠大的。東吳由於有大江天險，晉朝群臣都不敢對東吳貿然用兵；當時主張伐吳而且堅信有勝算的，只有羊祜、張華等極少數幾個大臣。而左思年紀輕輕的卻作此豪語，真是後生可畏。

左思又接著說：「鉛刀雖鈍，最好能有試著一割的機會。我雖才劣，也夢想著要實現我的良圖。」左思的良圖是什麼？就是下二句「左眄澄江湘，右盼定羌胡」。眄和盼都是看的意思。晉的京城在洛陽。江湘即東吳，地在東南，故稱左眄。羌胡地在西北，故稱右盼。當時蜀漢已先滅亡，晉如能把東吳滅掉，三國就復歸大一統。如果再把羌胡滅了，晉的北境就從此無事。這是晉朝君臣共同的願望，也是左思的良圖。

「功成不受爵，長揖歸田廬」兩句，是這首詩的末段，是左思人生的終極目標，也是我把這首詩列入本書的關鍵。首段四句左思透露了青年才俊的狂妄自負，我以了解和容忍的態度接受，但並不鼓勵。因為年輕狂妄往往是遭忌的原因，影響嚴重時可以使此人終身懷才不遇。至於中間十句，左思寫出對多事的祖國有一份報效的良圖，這是年輕人應有的懷抱。你看眼前的事，自從美國卡特政府片面宣佈自民國六十八年起和中華民國斷交，我國各界人士奮起救國，出錢出力，多麼令人感動。尤其是各大學的男女同學，表現更為出色。平日在校園裏看到的那份懶懶散散的神情不見了，一個個激昂慷慨，顯示出無比的愛國熱情。你如果去找他們聊聊，準保他們每人都能說出一大套報國的良圖來，絕不比左思的遜色。因此對左思這番良圖，我佩服是佩服，但我明白當時懷有這番良圖的人士一定不少。能說得出「功成不受爵，長揖歸田廬」的人，可能就只有左思一人了。這兩句實在了不起，不是一般追求功名利祿的士大夫所能說得出來的。

「功成不受爵，長揖歸田廬」，這是幹麼？要歸田廬，那就乾脆躲在田廬算了，何必辛辛苦苦出去建功立業？功既建，業既立，卻又捨棄了受之無愧的官爵，回到田廬去吃老米飯，閣下莫非吃錯了藥？的確，左思的境界太高了，不是一般庸俗的士大夫所能了解。左思高就高在這裏。他要「左眄澄江湘，右盼定羌胡」，是為了報效國家，同時以報效國家來肯定自己的人生價值，並不是為了高官厚祿。他的人生價值由於良圖的實踐得以完成，高官厚祿並不能帶給他什麼。如果不能再對國家有所貢獻，徒然尸位素餐，那是人生價值的負數，雅非左思之所願。啊，左思，你太了不起，我敬愛你。我見過無功想爵的人，也見過無功受爵的人，就是不曾見過「功成不受爵」的人。因此我只有反覆地吟詠你這兩句詩，藉此領略你的千古高情。

時還讀我書

韓愈為了鼓勵他的兒子韓符用功讀書，曾經特地作了一首二百七十字的詩給韓符。他告訴韓符：「人之能為人，由腹有詩書。」前一句「人之能為人」的兩個「人」字，涵義不同。上一「人」字指「自然人」，下一「人」字指「文化人」。「自然人」和「文化人」是我杜撰的名詞。凡是人類所生，只要不是怪胎，都是「自然人」；與讀書不讀書無關，就是白癡也是「自然人」。「自然人」經由讀書，識天人之際，通古今之變，然後就成為「文化人」。「文化人」在整個人類文化活動上居於指導地位，「自然人」則僅僅居於不知不覺接受的地位。必須把人分成這兩個層次，才能圓滿地解釋韓愈這兩句詩。韓愈說：「（自然）人所以能為（文化）人，由於他腹有詩書。」反過來說，腹無詩書，仍然是人，只是「自然人」而已。如果不把「人」字分成這兩個層次，那麼，腹有詩書的是人，腹無詩書的不是人？在韓愈時代，讀書是少數人的事。那屬於絕大多數的腹無詩書的人知道了韓愈在這麼說，心中是何滋味？

當然，韓愈這首詩的主旨在強調讀書的重要，不在討論「人」的定義。說讀書重要，那是真重要。古往今來能夠立德立功立言的不朽人物，沒有一個不讀書。我所謂讀書，並不專指在求學時代啃教科書。事實上，一個人如果在求學時代的讀書量超過離開學校以後的讀書量，此人從書本上所獲是極有限的；必須離開學校以後的讀書量遠超過求學時代的讀書量，才能畢生受用不盡。人生在世，有讀不完的書，正好像有賺不完的錢。你如果看到此處就大搖其頭，怪我不該把書和錢比擬，一香一臭，不倫不類，那你的觀念就落伍了。我認為一個人想賺錢並沒有什麼不對，只要賺之有道。沒有錢，如何生活？沒有錢，拿什麼去買書？總不能做「雅賊」呀！你如果能愛書如愛錢，這一生就夠充實了。

為考試而讀書，那是痛苦的事；此人一旦不考試了，自然不再讀書。必須把讀書當作日常生活不可或缺的一部分，才是理想的境地。你應該每天抽空讀一會書，彷彿和師長、朋友、親人相處，從他們那裏獲得指引和安慰。陶淵明就是這個樣子讀書的。我說一首我喜愛的陶詩給你聽，這首詩說出了陶淵明的讀書樂。

孟夏草木長，遶屋樹扶疏。
眾鳥欣有託，吾亦愛吾廬。
既耕亦已種，時還讀我書。
窮巷隔深轍，頗迴故人車。
歡然酌春酒，摘我園中蔬。
微雨從東來，好風與之俱。
汎覽周王傳，流觀山海圖。
俯仰終宇宙，不樂復何如。

——〈讀山海經十三首〉之一．影紹熙本陶集

先說前四句，「孟夏草木長」點明作詩的季節。一年四季，一季三月。每季第一月稱「孟」，第二月稱「仲」，第三月稱「季」。以夏季來說，「孟夏」就是四月。扶疏，枝葉繁茂貌。首句「草木長」只是概說，次句「遶屋樹扶疏」就說得比較具體。由「樹扶疏」引出三句「眾鳥欣有託」，由「屋」引出四句「吾亦愛吾廬」。鳥因有枝葉繁茂的樹木可以棲身而欣喜；和鳥一樣，淵明也愛他的住屋。不但淵明愛他的住

屋，我也愛我的住屋。淵明所愛的「吾廬」是自己的產業，我所愛的住屋則一直是公家宿舍；我連公家宿舍都如此喜愛，淵明愛他自己產業的「吾廬」也就更理所當然了。十五年前臺大第一次配給我住的眷屬宿舍只有一房一廳，勉強夠我們夫婦倆容身。但是我們出門旅行時，無論住多麼高級的旅社，總覺得不如住一屋一廳的蝸居來得舒適。並不是我心痛豪華套房的昂貴租金，而是由於我對套房的一桌一椅毫無感情。我這樣說，不知道你是否有同感。

五六兩句，陶淵明就說到讀書了。淵明是一介寒士，他要在一家衣食有著落之後才能抽空讀書。「既耕亦已種」就表示衣食有了著落，然後才「時還讀我書」。耕種工作都在春季進行，到了孟夏，農事稍閒，正是讀書的好時光。古時候，純農家子弟很少讀書，像「既耕亦已種，時還讀我書」這種話，只有陶淵明這種家道中落轉以耕種自給的士大夫才能說。如今由於九年國民義務教育的實施，農家子弟個個都能「既耕亦已種，時還讀我書」。對我們一般人來說，也應該在「既×亦已×」之後，「時還讀我書」。像我，就是「既教亦已改，時還讀我書」。教指教課，改指批改作業。你呢？如果你「既×亦已×，從來不讀書」，那真是糟天下之大糕，趕快下決心改過吧！

七八兩句，陶淵明表示他有適合讀書的環境。窮巷，可以解釋成偏僻的小巷，也可以解釋成走不通的死巷。無論採那一說，都可和下文「隔深轍」連貫。隔是隔絕，轍是車輪軋過的痕跡；車愈大，轍愈深。「窮巷隔深轍，頗迴故人車」，表示淵明住所所在的巷子，大車進不來；難得有老朋友驅車來訪，到巷口也只好回頭而去。當然，老朋友要是有決心拜訪淵明，在巷口停車步行進來也行。不過淵明這兩句詩的目的在說明他和世人交往很少，因此在工作餘暇能有時間讀書。如果天天家裏高朋滿座，出門到處趕場赴宴，那就不容易靜下心來讀書了。

九至十二句寫淵明讀書的情趣。他不是正襟危坐像和尚唸經那樣讀書，也不是像學生在考試前夕惡補那樣啃書，他是很悠哉游哉地讀書。他平時酷愛杯中物，當一卷在手，再加上春酒一杯，新鮮蔬菜一碟，樂何如之！古時候釀酒都在冬天，至春天而成，所以叫做春酒。孟夏時節，春酒當然還有得喝。「歡然酌春酒，摘我園中蔬」，還是人為的情趣；「微雨從東來，好風與之俱」，就是天助人興了。微雨好風，帶給人多麼舒服的感受！住在都市高樓大廈冷氣套房裏的人們是難得享受微雨好風這種情趣的。

比起陶淵明的讀書環境和情趣，我自慚不如的有兩點：我住在四樓，樓下就是車輛往來不絕的大馬路，老朋友開車來可以直達樓梯口，可是我的居住環境不及淵明府上僻靜。此其一。我沒有田園，也就沒有「園中蔬」可摘。此其二。但我也有兩點勉強可和淵明比擬。我看書時雖不一定飲酒，但飲酒時總喜歡一卷在握。此其一。我的晚鳴軒朝南偏東，春夏之交，在陽臺憑欄時也常能享受到「微雨從東來，好風與之俱」的樂趣。此其二。

詩的最後四句，淵明說出了他讀的是什麼書以及從書中得到什麼心情。「汎覽」「流觀」都是瀏覽的意思。他本是「好讀書，不求甚解」的人。《周王傳》指《穆天子傳》，寫的是周穆王駕八駿西遊崑崙和西王母相會的故事。山海圖就是《山海經》圖。早期流行的《山海經》附有圖畫，後來就只賸下經了。這兩本書所記的都是神話和傳說。《穆天子傳》表現了東土和西土兩大地域的宇宙觀。東土有正統雄性之王，西方荒遠之地則設一雌性之王，東西相對，雄雌相配。《山海經》表現了以本土為中心的宇宙觀，由本土向東南西北四方作有系統的擴大延伸。古人對宇宙的看法，主要也就是這兩種。淵明瀏覽這兩本書後的感覺是「俯仰終宇宙，不樂復何如？」俯仰意謂俯仰之間，形容時間短暫。在頃刻之間就走遍了整個宇宙，這樣還不快樂的話，怎樣才快樂？

當然，陶淵明不會天天讀《山海經》和《穆天子傳》，他也讀經史子集。因之他讀書的快樂也不僅僅是「俯仰終宇宙」，而是一生受用不盡。他早年有過用世之志，並在用世與隱退的矛盾中苦悶過；中年以後，認清了自己的性格不適合仕途，更重要的是看清了晉室大勢已去，回天乏力，於是立定決心歸隱田園，從此獲得了生命的和諧。是什麼力量使他找到一條最適合他的路？是什麼力量使他的生命由矛盾苦悶轉向和諧自得？主要的力量來自讀書。

不僅是陶淵明，我們每一個人都有個性有理想。但是個性和理想必然會和社會現實發生摩擦，因為社會現實本來不是依照任何個人的性格和理想構築成的，它總是先個人的誕生而存在，所以在任何個人和社會現實之間不可能若合符節，摩擦衝突在所難免。而社會現實的形成有其客觀的全面因素，它不可能為任何個人有所改變，因此，個人必須修正自己去適應社會。個人一方面要保持自己的個性和理想，一方面又不得不適應這個社會，這中間可以說困難重重；多少矛盾苦悶，都由此而起。有人因堅持自我毫不遷就社會現實，終於在遍體鱗傷之後不支倒下；有人屈服於社會現實，完全放棄了自我，活著等於不活；也有人經歷矛盾苦悶之後，終於獲得和諧，既保全了自我，又能適存於社會。能夠走向成功道路的，只有上述第三種人。只有多讀書，識天人之際，通古今之變，以人類累積的智慧為個人的智慧，才能成為上述第三種人。你看，讀書何等重要！讀書吧！讀書是唯一不依靠他人而能使自己的生命價值和生活境界提升的動力。無論你工作多忙，家累多重，把握「既×亦已×」的時刻，「時還讀我書」。不必計較每天能讀多少，只要持之以恆，你必然會把「既×亦已×，從來不讀書」的同儕拋落在身後極遙遠的地方。

言笑無厭時

生活在今日社會，特別是都市人家，相信多數人都有過搬家的經驗。以我自己為例，獨身時期搬來搬去不說，單說成家之後，這個家就曾經在四個地方住過。少則半年，多則八年。現在的所謂晚鳴軒，也不見得是我終老之地，說不定將來還得搬上一二次。就因為搬家是多數人有過的經驗，於是也成了多數人搭得上口的話題。

但在古代農業社會，人們安土重遷，搬家就不像今日一般被看作家常便飯。詩人陶淵明如果不是由於他坐落在柴桑縣柴桑里的老家慘遭回祿，大概不會徙居到南里的南村。他搬到新居之後，對新居新生活非常滿意，作了兩首移居詩。這兩首詩，在我這個已有四次搬家經驗的人讀來，特別覺得親切，而且感慨繫之。

先看第一首：

昔欲居南村；非為卜其宅；
聞多素心人，樂與數晨夕。
懷此頗有年，今日從茲役。
敝廬何必廣，取足蔽床席。
鄰曲時時來，抗言談在昔。
奇文共欣賞，疑義相與析。

詩的開頭四句，說明自己老早有意搬到南村住家，不是為了卜知南村的屋宅大吉大利，是為了聽說那裏有許多素心人，自己喜歡和素心人天天晨夕共處。「數晨夕」的「數」，是屢次的意思。古代一般人擇居，先要占卜屋宅的吉凶；但君子卻不卜屋宅的吉凶，而考慮那裏的鄰居好不好，對自己或家人是否合適。在左傳昭公三年，晏子就提到「非宅是卜，惟鄰是卜」的諺語。至於《列女傳》所載孟母三遷以教孟子的故事，更是家喻戶曉。陶淵明為自己擇居，就看中了多素心人的南村。所謂素心人，指心性素樸的人。淵明本人便是不偽善不矯揉造作的素心人。

第五句「懷此頗有年」，此句指移居南村的願望。第六句「今日從茲役」，茲役指移居這件事。如果柴桑里的舊宅不遭火災，陶淵明不見得能下定決心移居南村。火災後，舊宅雖告修復，但終究因陋就簡，這才有移居之事。

南村的新居如何？看「敝廬何必廣，取足蔽床席」兩句，顯然新居並非華廈，也不寬敞。我們知道淵明夫婦有子五人，還有僕人。這麼一家人家，如果是在今日，起碼也得四房兩廳三衛才夠住。少了一衛，每逢早晨尖峰時間，那真慘不能忍。淵明當時雖說「破舊的屋宅何必求大，只要能遮蔽床和席也就夠了」，事實上，要擠得下這一家人，房間絕不只一兩間。

淵明新居雖然並不寬敞，但生活在那裏卻是樂趣多多。這種樂趣，詩的第三四兩句曾經預期，詩的最後四句得到實現。「鄰曲時時來」是最主要的一句。鄰曲指鄰居，也就是第三句所謂素心人。如果「鄰曲」不「時時來」，那就沒有下文了。鄰居來做什麼？有時候「抗言談在昔」，有時候「奇文共欣賞，疑義相與析」。抗言指熱烈地對談，在昔指往事。他們談往事如此來勁，可見這些往事是彼此所熟悉的；否則就成了唱獨腳戲，無從抗言了。淵明和鄰居共同欣賞奇文，分析疑義，可見這些鄰居都懂詩文，不是普通農夫；如果是普通農夫，淵明就只能和他們「相見無雜言，但道桑麻長」了。這些鄰居，現在能考知的就有顏延之、殷晉安等人。從這最末四句詩看，淵明在南村新居的確很快樂。大家都知道〈五柳先生傳〉是淵明自況。他在傳中自稱「閒靜少言」，但在南村卻與鄰居「奇文共欣賞，疑義相與析」。遇到素心人做鄰居，彷彿淵明的個性都變了。

再看第二首：

春秋多佳日，登高賦新詩。
過門更相呼，有酒斟酌之。
農務各自歸，閑暇輒相思。
相思則披衣，言笑無厭時。
此理將不勝，無為忽去茲。
衣食當須紀，力耕不吾欺。

——兩首俱據影紹熙本陶集

這首詩的前八句，淵明把住在南村和鄰居和樂相處的情況寫得淋漓盡致。這八句，每四句為一段落。前四句言春秋佳日去登高賦詩，還招朋引友，有酒共享。你看，「過門更相呼」，寫來多麼熱鬧，簡直就像又是同學又是鄰居的年輕人在辦郊遊。次四句言農務餘暇，心裏想起那一位芳鄰，立刻披衣出門，到那位芳鄰家去談笑個沒有完。淵明本有四海之內皆兄弟也的胸襟，他曾經給兒子們寫信，告訴他們「當思四海皆兄弟之義」。他又在雜詩十二首的第一首說：「落地為兄弟，何必骨肉親？」意思是說，人生下來就應該彼此視同兄弟，何必要同胞骨肉才相親。何況淵明的鄰居都是素心人，當然更願和他們和樂相處了。

每一個人都希望永遠保有歡樂美好的生活。陶淵明也在敘述住在南村和鄰居和樂相處的樂趣之後，說出他這種願望：「此理將不勝，無為忽去茲。」此理，指前文所敘和鄰居相處的樂趣。將，豈也。茲，指南村新居。這兩句是說：這種和素心人相處之樂豈不比什麼都美好？那就不要輕易離開這南村新居。看樣子，陶淵明有意在這裏長住了。

本來這首詩寫到「此理將不勝，無為忽去茲」就可以結束，但是淵明卻又加上兩句：「衣食當須紀，力耕不吾欺。」紀，經紀、經營之意。這兩句是說：衣食必須經營，而努力耕種可以獲得衣食，這絕不是欺騙我們的話。陶淵明這首詩大談和南村鄰居相處之樂，正談到興頭上，突然冒出這兩句揭示一衣一食得來不易的掃興話，相當出人意外。這就是陶淵明之為陶淵明。他雖是晉代大司馬陶侃的曾孫，陶侃在世時，妻妾好幾十個，家僮一千多人，財產數也數不清，但是到了淵明之世，家道早已衰落，窮到連生活都成了問題。淵明如果不出來謀個一官半職，就得在家耕植，才能勉強餬口。他雖然為與鄰居和樂相處感到欣喜，卻沒有忘記一家大小的生活問題，生活問題必須自己解決。說得更實在一點，如果他不能解決一家大小的生活問題，他也將失去和鄰居共處的樂趣。因此，他以「衣食當須紀，力耕不吾欺」兩句作結，更可看出他對和鄰居相處之樂的珍惜。

一個人對自己想要而得不到的東西特別嚮往，這是人之常情。我喜歡淵明這兩首移居詩，就因為我雖然搬過幾次家，卻不曾有過淵明搬家那種樂趣。我只能藉著讀這一首詩，獲得跡近畫餅充飢式的樂趣。畫餅固然不能充飢，但比連個餅的紙上圖樣都看不到總要好些，不是嗎？

淵明搬家，搬到他嚮往已久的住著許多素心人的南村，單是這一點我就辦不到。我搬家，都是學校調整宿舍。學校有新蓋成的宿舍，如果一切條件比我現在住的宿舍要優，我就申請調整，搬到新宿舍住。所謂一切條件，主要的包括宿舍大小、周圍環境、坐落地段等等。關於宿舍大小，雖然我對此並不奢求，但起碼也得夠住。舍下人口從二口增加到四口，宿舍也由一房一廳調整到三房兩廳。如果四口之家仍住一房一廳，那怎麼受得了？此所以宿舍大小不能不考慮。至於周圍環境，當然也有選擇。四周都是違建的地方不能住，颱風一來就淹水的地方不能住，有工廠污染的地方不能住，附近有綠燈戶的地方不能住。這不算苛求吧？還有坐落地段是否適當，關係我到學校、太座到菜場、孩子讀書等是否方便，都不能不考慮。但是千考慮，萬考慮，我就是不考慮新居四周住的是不是都是素心人。事實上，由於現代社會五方雜處，根本無法辨別那一個地區住的都是素心人。即使到高級住宅區買一棟高級別墅，左鄰右舍也不見得是高尚人士，說不定左鄰是奸商，右鄰是毒販。從前孟母遷離墓地，遷離市場，最後在學校附近定居，終於把孟子教育成大儒。如今假使住家在一所管理不良的學校附近，所受太保太妹的騷擾，恐怕非身歷其境者所能體會。孟母如果活在此時此地，我就想不出她老太太要搬家搬到那裏去才好。

還有，陶淵明和鄰居之間的種種樂事，在我來說，也是可想而不可得。以我目前的情形來說，我所住的學校宿舍，共有七棟雙併式四樓公寓，住了教授副教授五十六戶人家。大多數住戶搬來已滿三年，三年來宿舍裏也發生過大大小小不少事情。同時，每天大家看報，報上也經常有各種各樣的奇文。按理說，我們之間也可以「鄰曲時時來，抗言談在昔」；「奇文共欣賞，疑義相與析」；也可以「過門更相呼，有酒斟酌之」；「相思則披衣，言笑無厭時」。但是，事實上卻是「鄰曲時不來」。我們之間，彼此無事不登三寶殿。電話裏能談的事，都利用電話解決。非面談不可的事，也往往到對方門口「立談」，輕易不到人家客廳「坐談」。至於為了閒談到鄰居家升堂落座，那是絕無的事。休說自己沒有時間，即使有，還得想想對方有沒有時間。鄰居們似乎個個和我一般忙得不可開交，每天工作項目排得緊緊的，如果家裏來個不速之客聊上一陣，準會把整個生活秩序弄得大亂。就這樣，鄰居之間的交誼幾近於零。既然「鄰曲時不來」，那還有什麼下文可說？

不但鄰居，就是親友之間都有這種現象。有些親友明明就住在同一市區，卻可以幾年不相知聞。每年有一個賀年卡來往，還算保持著一絲連繫；如果連賀年卡都不寄，將來收到的可能就是一紙訃聞了。近在咫只而邈若天涯，這種人際關係實在冷漠得可怕。誰都不願過這種生活，可是誰都得過這種生活。當社會發展到某種形態，個人就只有過這種形態的生活；你願意也好，不願意也好。

和陶淵明比起來，我擁有許多他當年不可能擁有的事物，但是也失去了許多他當年曾經擁有的事物。得失之間，究竟如何，我不敢去想。

只可自怡悅

山中何所有？嶺上多白雲。
只可自怡悅，不堪持寄君。

——《全梁詩》卷十一

你喜歡這首詩麼？我喜歡。

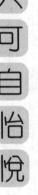

這首詩的題目是〈詔問山中何所有，賦詩以答〉。作者陶弘景。陶弘景是《南齊書．處士傳》中的人物，由此可以想見他很清高。他隱居在句容縣句曲山修道訪藥。皇帝問他山中有什麼值得喜愛的，他就寫了這首詩作為答覆。

山中何所有？山中有的東西多著哩！草木鳥獸果蔬等等，無所不有。但陶弘景偏偏不說，卻說了「嶺上多白雲」。因為草木鳥獸果蔬等等雖然出自山中，但照樣可以移置到皇帝的園囿。事實上，只要那座山中發現了草木鳥獸果蔬的珍品，地方官吏還不是千方百計弄到手運往京城讓皇帝先睹先嚐？因此這種種珍品對皇帝來說，嘸啥稀奇。只有白雲這東西，地方官吏不論有多大能耐，也無法裝滿一箱，進呈御前。也許你要說：藍天白雲，無所不在。在十里紅塵的京城，抬起頭一樣可以看到天空的朵朵白雲。但那白雲怎能和嶺上的白雲相比？京城所見的白雲，距離我們人體高不可測，雲自雲，人自人。而嶺上所見的白雲，就在人的身邊腳下。你可以走進白雲之中，白雲中有你，你身上有雲。我在雨天遊溪頭森林時，就經驗過這種奇妙的感覺。做皇帝的固然要什麼有什麼，但是要讓肌膚和白雲相親，還是得勞駕到嶺上來，坐在金鑾殿上是絕對辦不到的。

鐘鼎山林一直是我國古代知識分子追求的兩個人生理想，擁有其中之一，即足以產生生命的自足感。沒有人能同時擁有兩者，必須選擇其中之一。世俗之人追求的當然是榮華富貴，而清高之士追求的則是山林隱逸。陶弘景是一位高士，他嚮往自由自在的適性生活。這種生活不為物欲所役，不為禮俗所拘。從這個觀點看，帝王將相並不足羨。這就是我國古代許多高士敢於傲視帝王公侯的原因。陶弘景以「嶺上多白雲」

來回答皇帝那句「山中何所有」，除了以空靈飄忽的白雲象徵自由自在無拘無束的生活形態，而且隱隱然有和皇帝分庭抗禮的用意。你做皇帝的有你的權勢，我沒有；我做隱士的有我的白雲，你可有？不但如此，陶弘景還乘勝追擊，緊跟著來上「只可自怡悅，不堪持寄君」二句。意思說：你連白雲都不能享有，真可憐！我本來應該拿一點白雲寄給你，但是我辦不到。很抱歉，我只能獨享嶺上白雲的樂趣。他這樣說，表面上看來是由於白雲這東西不易捉摸，不像一把寶劍一個美人一匹名馬那樣可以呈獻給皇帝。往深一層看，實在暗寓著這種山林生活的樂趣不是皇帝這種富貴中人所能了解的意思。如果皇帝能了解山林生活的樂趣，他又怎會問「山中何所有」？

我說過我喜歡這首詩。請別誤會我有意學陶弘景貴山林而賤鐘鼎，要做一個遺世獨立修道訪藥的隱者。事實上，今日知識分子的人生途徑已經不像古代非仕即隱非隱即仕那樣單純，即使有人想做昔日隱士，也未必做得成。我喜歡這首詩，是喜歡這首詩所透露的對生命的自足感。在我的生命裏，我也擁有一些「只可自怡悅，不堪持寄君」的東西。是這些東西，使我感覺不虛此生。

陶弘景擁有嶺上的白雲，便可傲視帝王公侯。我一生住在都市，不能像他那樣擁有嶺上的白雲；但我擁有教書和寫作的樂趣，一樣可以面對各行各業的傑出人物而無愧色。教書之樂有二，而獎金補助費等阿堵物不與焉。是那二樂？得天下英才而教育之，一樂也。得天下好書而閱讀之，二樂也。以前者來說，如果為師的時運不濟，也會教到天下蠢才，使教育工作事倍功半，甚至徒勞無功。但這種機會甚少，偶然遭遇，不必掛懷。以後者來說，從事各行各業的人如果有志，照樣可以在工作餘暇得天下好書而閱讀之。但那樣需要無比的恆心與毅力，不像教書的，他本身工作就非得不斷讀書不可，不容偷懶。至於寫作之樂也有二，同樣的稿費版稅等阿堵物不與也。是那二樂？把一己之生活經驗形諸筆墨，通過作品與讀者交流共鳴，一樂也。把個人對時事觀感公諸社會，藉以克盡作為一個知識分子的言責，二樂也。由於前者，我發覺自身的喜怒哀樂愛惡欲正乃許多讀者的喜怒哀樂愛惡欲，因之有一份吾道不孤的欣喜。由於後者，我的努力超越了追求小我的完足而進入追求大我的完足，因而使得生命更有意義。教書與寫作，只要從事其中一項就可產生生命的自足感，而我已兼而有之，快哉快哉！

但是教書或寫作帶給生命的自足感，和「嶺上多白雲」帶給陶弘景的自足感一般，也是「只可自怡悅，不堪持寄君」的。按理說，從事教書或寫作的同行應該都能了解這種自足感，事實不然。君不見，有的教書的或寫作的改行下海鬻歌，有的教書的和寫作的改行做起買賣。如果他們已從本行獲得自足，那又何必改行？

我有一位品學兼優的女弟子，她的父親是一位白手起家的大富賈。這位女弟子畢業之前，她的父親在一個美國駐臺北機構的餐廳邀宴親友，我也以老師身分被邀。席間，我誇獎了這位女弟子一番，然後向她的父親建議：

「令嬡學問很有基礎，最好考研究所試試。」

「考研究所？將來出來做什麼？」

「有機會的話，可以在大學任教或到學術機構擔任研究工作；最低限度也可做中學教師。」

「做大學教授目前一個月拿多少薪水？」

我據實以告。他聽了搖搖頭，又問：

「中學教師一個月拿多少？」我又說了一個約略的數字。

「才這麼一點！」這一次他驚嘆起來，語調中充滿著得意之情。「還不如我公司裏的一名收發！」

「是的，貴公司的待遇很高。」

我想接著說：「但是貴公司的收發不可能成為中學教師，中學教師也不會到貴公司去當收發。」但是發現我那位女弟子已經滿臉尷尬，坐不安席，舌頭緊急煞車，沒有把這兩句話說出來。

第二天，她到我研究室來，對昨晚的事情有所解釋。我在黑板上寫了一首詩給她看，寫的就是陶弘景這首〈詔問山中何所有，賦詩以答〉。我並且告訴她：「此詩最後一句不堪持寄君的『君』字，可以用來指令尊。」

教書這一項工作的樂趣和意義，真不是一般人所能了解的。

寫作也是一樣。在臺灣，市場這麼小，操筆之士如果想以寫作來養家活口，多半會一家人餓得體重減輕。但寫作的收入雖然不多，臺灣還是有那麼多人投入寫作的行列。由此可見稿費和版稅對作家固然不無小補，但作家寫作的主要動力並非來自稿費和版稅。有些人喜歡向我打聽稿費行情。我如果拿最高的行情告訴他，他會羨慕萬分地說：「哈，這真是生財有道！你老兄每月寫上萬把字，連書也不必教了。」如果拿最低的行情告訴他，他會不勝同情地說：「才這麼幾個子兒，你辛辛苦苦爬格子，幹嘛？」面對這種論調，我只有微笑不答。因為寫作一道，同樣是「只可自怡悅，不堪持寄君」。並不是人人愛寫作，人人能寫作。你對不愛寫作不能寫作的人大談寫作的樂趣和意義，那不是對夏蟲語冰？

被人認為「只可自怡悅，不堪持寄君」的事物，必然在此人心目中有某種價值感，擁有它，他的人生得以充實，他活著的意義得以肯定。偷來的搶來的事物，不論它多麼珍貴，不配稱為「只可自怡悅，不堪持寄君」，因為此人怡悅不起來，那東西只能給他罪惡感。

願你也喜歡這首詩，更願你擁有「只可自怡悅，不堪持寄君」的事物。

風多飛無力

當你看到梁朝吳均的〈贈杜容成〉詩，我要問你一個問題。詩是這樣的：

一燕海上來，一燕高堂息。
一朝所逢遇，依然舊所識。
問我來何遲，關山幾迂直。
答言海路長，風多飛無力。
昔別縫羅衣，春風初入帷；
今來夏欲晚，桑蛾薄樹飛。

——《玉臺新詠》卷六

詩的開頭四句是作者以第三者的口吻敘述：有一隻燕子從遙遠的海上飛來，另一隻燕子一直在華堂之上歇息，根本未曾遠行。終於有朝一日，兩隻燕子遇在一起，彼此發現原來是早就認識的。

第三句「一朝所逢遇」和第四句「依然舊所識」，重複了一個「所」字。一首詩字句可不可以重複，要看情形而定。如果重複能夠加強某種效果，不但可以，而且值得取法；否則，還是不要重複的好。前者往往是故意的重複，後者則是無意的疏忽。試舉幾個古詩中為了加強某種效果故意重複使用同一字句的例子：像「行行重行行」一詩，在開頭一句連續推出四個「行」字，立即給讀者一個印象：這位旅客已走過了漫漫長途。然後下文「相去萬餘里，各在天一涯。道路阻且長，會面安可知」陸續登場，就顯得順理成章。又像「上山采蘼蕪」一詩，詩中「新人雖言好，未若故人姝」；「新人從門入，故人從閤去」；「新人工織縑，故人工織素」；一再以「新人」「故人」並舉而言，不是加深了讀者對新人故人比較的印象？再像〈孔雀東南飛〉一詩，為了強調女主角所受的良好教育，先是由女主角自己說出：「十三能織素，十四學裁衣，十五彈箜篌，十六誦詩書。」後來又借她的母親之口說出：「十三教汝織，十四能裁衣，十五彈箜篌，十六知禮儀。」這種例子，在古詩中可說不勝枚舉。就以本文要談的這首詩來說，第一二兩句「一燕海上來，一燕高堂息」的「一燕」，就是故意的重複。因為這首詩的詩旨，就是藉此「一燕」和彼「一燕」的對比表達出來的。但是第三四句的兩個「所」字，顯然是無意的重複，應該避免。《藝文類聚》也收錄這首詩，三四兩句作「一朝相逢遇，依然舊相識」，依然重複了兩個「相」字，一樣不理想。理想的句子應該是「一朝相逢遇，依然舊所識」。上一句用《藝文類聚》，下一句據《玉臺新詠》。

第五句「問我來何遲」，忽然出現了個「我」字，於是全詩由作者的第三者口吻敘述轉變成為兩隻燕子中的一隻的第一人稱訴說。這個「我」，是「海上來」的這隻燕子自稱？還是「高堂息」的那隻燕子自稱？從下文看來，顯然答案是前者。所以這首詩如果單看前四句，兩隻燕子在此詩的地位無分軒輊；但是從第五句看下去，「海上來」的燕子成了主人翁，「高堂息」的燕子淪為搭配。

第五六兩句，也可以標點成下列形狀：

問我：「來何遲？

關山幾迂直？」

但是我總不大情願本來整整齊齊的五言詩中間有一句被標點符號腰斬，因此盡可能不採用這種標點法。這兩句話，上面省掉了主詞「牠」，也就是那隻「高堂息」的燕子。「海上來」的燕子訴說：「牠問我怎麼這般遲才來到，又問我這一路飛來經過了多少關山——包括曲折繞道和直線飛越。」

同樣的，第七八兩句也可以標點成：

答言：「海路長，

風多飛無力。」

我也以同樣的理由，不採用這種標點法。「答言」之上也省掉了主詞「我」，就是這隻「海上來」的燕子。「我」回答「牠」說，海上的程途太長，風又多，逆風而飛，十分吃力，因此來遲了。

最後四句，不必當作「海上來」的燕答覆「高堂息」的燕的話語，當作「海上來」的燕抒發一己感慨的話看即可。牠訴說：當我向海上飛去，春風剛吹進帷帳，人們剛開始裁縫羅衣；現在我飛回華堂，桑蛾已薄樹而飛，連夏天都已近尾聲了。這一去一來，費了春夏兩季。

這首詩是很富有寓言意味的。作者的目的不在講二隻燕子的故事，而在借這二隻燕子的不同遭遇說出人生不同的遭遇。在吳均那種崇尚門資的時代，一個人出生在什麼樣的人家，對他的一生有決定性的影響。生在帝王之家，他可能就是儲君，至不濟也是一位親王。生在高門巨室，也可以門蔭得到一官半職。這些都無需先天才華，無需後天努力。假使出生在漁樵之家，休說仕宦而至將相難如摘星探月，連讀書識字的機會都不容易得到。即使祖宗積德，出生寒門而有幸勤讀詩書，這一介寒士要在功名事業上和貴族子弟一較短長，真是談何容易。吳均有感於此，就寫了這首詩來說明這番道理。詩中的二隻燕子，一隻一直棲身於華堂之上，安逸無比；另一隻則經歷了千辛萬苦，飛越了重重關山，才來到華堂之上。這隻燕子還算是幸運的，不知道有多少「海上來」的燕子因「風多飛無力」而力竭倒下哩！

吳均這種感慨，在他之前的西晉左思也曾經有過。左思在他的代表作詠史八首的第二首就曾說過：

鬱鬱澗底松，離離山上苗；
以彼徑寸莖，蔭此百尺條。
世胄躡高位，英俊沉下僚。

地勢使之然，由來非一朝。

……

你看，長在澗底的巨松枝葉如此鬱鬱（鬱鬱，茂密貌），長在山上的樹苗枝葉如此離離（離離，下垂貌），但才有一寸粗莖幹的樹苗卻把百尺巨松遮蓋住了。這好比世家子弟沒有才幹也能官居高位，寒門子弟縱有才幹也只能陸沉下僚。為什麼會有這種事？原因很簡單，「地勢使之然」！樹苗長在山上，澗底松無法和它比高；人生在高門，貧寒才士同樣無力和他競爭。此事「由來非一朝」。左思這首詩開頭四句也像是寓言，但接著四句把寓意完全點明，毫無保留，痛快是痛快，但讀者可以回味之處卻相對減少。

從吳均這首詩的題目看，詩是贈送杜容成的。杜容成不詳為何許人。但《梁書·吳均傳》記載吳均「家世寒賤」，由於他「好學有俊才」，先後擔任過主簿、記室等幕僚職位，一生甚不得意。由此可以想知，詩中的「一燕海上來」正是吳均自況。這個推想正好用來解釋為什麼此詩前四句作者用第三者的口吻敘述，第五句開始忽然轉變為第一人稱的口吻。原來第五句「問我來何遲」的「我」字，既是「海上來」的「一

燕」，也是吳均自身。我想杜容成多半也是吳均一流人物，吳均贈這首詩給他，正寓有同病相憐之意。

如今是民主政治人人平等的時代，一個人只要有才能，肯努力，無論出身如何寒微，也會有在各行各業出人頭地的機會。但是無容諱言的，吳均這首詩所指出的人生不同境遇依然存在。可能你有一位同學，當年他在功課上遠不如你，甚至考試時還曾經向你發出求援訊號，但畢業之後，他靠著有財有勢的家庭背景，年紀輕輕的就身登高位，獨當一面。而你毫無人事關係，任憑自身如何努力，也仍然屈居於他之下。這時你有何感覺？如果你讀過吳均這首詩，我想你一定會把你的同學比作「高堂息」的那「一燕」，而把你自己比作「海上來」的這「一燕」；他的一切都是事半功倍，甚至不勞而獲，而你，卻已飽嚐了「風多飛無力」的艱辛。

你是「海上來」的燕子？還是「高堂息」的燕子？十九決定於你的家庭背景，個人不大有機會作此選擇。但是，我還是想問問你，假使你有機會作此選擇，你願意自己是這隻「海上來」的燕子，去忍受「風多飛無力」的艱辛以獲得成就？還是願意自己是另一隻「高堂息」的燕子，一切坐享其成？這就是當你讀完吳均這首詩時我要問你的問題。

風吹草低見牛羊

敕勒川，陰山下。
天似穹廬，籠蓋四野。
天蒼蒼，野茫茫，風吹草低見牛羊。

——〈敕勒歌〉．《樂府詩集》卷八十六

這是一首北朝民歌，原來用鮮卑語歌唱，後用漢字寫定，因此也可以說是一首早期的翻譯詩。

在談這首詩之前，我先要講一個和這首詩有關的歷史故事給你聽。

在北朝享國最久的魏國到了後期，分裂成東魏西魏。東魏的實權在高歡手裏，西魏的實權在宇文泰手裏，兩朝的皇帝都是傀儡。東魏孝靜帝武定四年（西元五四六年），高歡率軍圍攻西魏玉璧。玉璧守將韋孝寬堅守不降。雙方攻戰五十天，高歡的士卒死了十之四五，高歡本人也恚憤發病，不得不下令撤退。這時，西魏軍傳出消息，說高歡中弩受傷。高歡為了否認自己中弩受傷，安定軍心，勉強振作精神，坐著會見重要幹部。席間，高歡命他的親信鮮卑人斛律金唱敕勒歌。高歡自己也和著唱，唱著唱著，忍不住陣陣哀感，終於流下淚來。

講完這個故事，我聯想起另一個故事：

漢四年，高祖劉邦和西楚霸王項羽正在爭奪天下。一天，項羽在陣前要求和劉邦一對一決鬥，以決定天下歸誰。劉邦不但不答應，反而把項羽教訓了一頓。項羽大怒，命弓弩手一箭射中劉邦胸部。劉邦痛得站立不住，彎下腰去，但他恐怕士卒見了驚慌，影響士氣，立即順勢用手摸腳，宣稱：「敵人的箭射中了我的趾頭。」等回到營帳，才不支臥倒。不久，又接受張良的建議，強忍創痛，到各處勞軍，讓士卒看到自己好好的，免得士氣低落，影響大局。

你看，做一個領導人物多不容易！如果你一有痛苦就呼天搶地，喊爹哭娘，快別妄想做領導人物啦！

閒話表過，言歸正傳。這首〈敕勒歌〉，毫無疑問是敕勒族的一首民歌。敕勒族，亦稱鐵勒族，是匈奴的苗裔。北朝時居朔州（今山西北部）一帶。敕勒川，應該是敕勒族集居地區的河川名或地名。陰山脈，起於河套西北，綿亙綏遠、察哈爾、熱河三省，與內興安嶺相接。「敕勒川，陰山下」，點明了敕勒族人生活的地區。

穹廬就是氈帳，今俗稱蒙古包。「天似穹廬」，是個很妙的比喻。當然，以大小來說，穹廬和天扯不到一起；但是，從形狀來說，兩者的確有相似之處。敕勒族人夜夜睡在帳裏，仰臉望帳頂，圓圓的帳頂中間高起，四周斜垂。看慣了這種樣子，一旦在草原上仰天而臥，發現天也是中央高起，四周斜垂，極低處與大地連成一線，靈機一動，「天似穹廬，籠蓋四野」的妙喻就產生了。這樣的妙喻，敕勒族人個個能會意，而且個個都喜歡。因為住穹廬說不上是舒適的生活，但是一旦「天似穹廬」，這對住穹廬的敕勒族人真是一大慰藉。所以我覺得這兩句話對敕勒族人來說，是頗有心理建設功能的。這首歌愈流行，它產生的心理建設功能也愈大。

我們有句俗語：「三句不離本行。」敕勒族人說「天似穹廬，籠蓋四野」，也頗有這種意味。一個從來不住穹廬的人，絕對說不出這種話來。寫到這裏，我又想起一個故事來。你看，我的故事不少吧。「晚鳴軒愛讀詩」專欄之所以採雜文筆調談詩，而不學學我的朋友顏元叔教授那樣一本正經的析詩論詩，連詩骨子裏的骨髓是紅是白也要抽出來給讀者瞧瞧，一來又於怕自己沒有這份本事，二來由於怕讀者沒有這份耐心。如果我一本正經析詩論詩，我那能隨心所欲的講故事？現在請看一個故事：

竹林七賢之一的劉伶時常縱情飲酒，不守禮俗，有時候，他還在屋子裏裸體會見朋友。有人看不慣他這種樣子，出言譏刺他。他就說：「我以天地為房屋，以房屋為褌子。你們諸位為什麼鑽進我褌子裏面來？」

你看，劉伶這個人！他不怪自己無禮，還討別人便宜，說人家鑽到他的褌子裏面。聽說外國目前流行天體運動，成百上千的男女在風光迷人的海灘上赤條條相見，彼此彼此。可惜他們不知道一千七百多年前的劉伶；如果知道，大概會公推劉伶為天體運動之祖，並且在天體運動海灘上替他立一個紀念碑。

不過，以上這段話我只是借題發揮。我講劉伶裸體見客的故事，目的在說明只有住穹廬的人才會說「天似穹廬，籠蓋四野」。像劉伶，就只會拿房屋和天地相比，因為他是住房屋的。住在臺北市的我，也絕對不會說「天似穹廬，籠蓋四野」，不僅因為我不住穹廬，更因為從高樓圍繞的市區抬頭仰望天空，天只像一塊碎布，一塊被裁縫師剪裁用賸的不規則形狀的碎布。可憐的天，它應該像穹廬，它卻像了碎布。可憐的現代都市人，他應該看穹廬樣的天，他卻只能看到碎布樣的天。

詩的最後三句是一般人最喜愛的。蒼，青色。蒼蒼，深青色。青色而深，可見天高不可測。茫茫，廣大貌，形容野曠無極。詩句雖以「蒼蒼」形容「天」，以「茫茫」形容「野」，其實「蒼蒼」者豈止「天」，「野」亦「蒼蒼」。你看，「風吹草低見牛羊」，草何其茂密！可見「野」亦「蒼蒼」。同樣，「茫茫」者豈止「野」，「天」亦「茫茫」。「天」如不「茫茫」，那能「籠蓋四野」？所以「天蒼蒼，野茫茫」兩句，解釋時應加以糅合，才能使蒼天覆蓋下一望無際的青青草原作最飽滿的呈現。「風吹草低見牛羊」，是這首詩不能少的一句。沒有這句，彷彿看戲，幕已拉起，佈景已呈現在觀眾眼前，就是不見人物登場。必須人物登場，戲才上演。必須「風吹草低見牛羊」，這首詩才完成。真想不到這三句以「天蒼蒼，野茫茫」如此曠遠無極的空間開始，通過「風吹草低」的途徑，最後落在一群牛羊身上！妙哉妙哉！「吟成五個字，撚斷數莖鬚」的苦吟詩人，恐怕就連撚斷肋骨也寫不出這般自然渾成的妙句吧？

「風吹草低見牛羊」，一句七言句子，卻用上三個動詞。這種句法，後來詩詞中也偶有所見。就記憶所及，像張先那闋〈天仙子〉的名句「雲破月來花弄影」，像吳偉業名作〈圓圓曲〉的「破敵收京下玉關」，都是其例。這些擁有三個動詞的七言句子，粗看似乎差不多，其實變化不少，細分起來，至少也有十幾種句型。就以前面提到的三句來作例子，它們的名詞動詞排列方式，並不完全相同，可以說一句一個形式。但不論有多少形式，七言之中用上三個動詞，這三個動作一定能給人一氣呵成的感覺。你試著體會一下以上三個句子，不是有這種感覺嗎？

〈敕勒歌〉這首北朝民歌，可以說人人喜愛，但是喜愛之處未必全同。有人欣賞詩句自然渾成，不假雕琢；有人欣賞詩句所呈現的陰山下敕勒川一望無際的青青草原；也有人從詩句裏面領略到一份無可奈何的寂寞蒼涼。讀者由於個性和人生境遇的不同，各自從詩中找到了使他感動的部分。我願特別說一說這首詩所流露的無可奈何的寂寞蒼涼。天如此高，野如此曠，風如此疾，草如此茂。當風吹草低的時候，看到了什麼？看到的只是牛羊！面對蒼天、曠野、疾風、茂草，個人何其孤單，何其渺小！所見到的牛羊，絲毫無補於個人面對大自然時的無助和孤單之感。一個有抱負有鬥志的男兒，當他發現自己縱然盡心竭力也不能改變自身的處境，他從這首詩歌最先捕捉到的，不會是詩句的自然渾成，也不會是敕勒川的草原美景，而是瀰漫在青青草原上的那份寂寞蒼涼！因此，當斛律金一曲〈敕勒歌〉，高歡和著唱，唱著唱著，高歡終於忍不住掉下淚來。高歡一定覺得，自己就是那個佇立在「天蒼蒼野茫茫」的原野中「風吹草低見牛羊」的孤單無助的人。劉邦如果在廣武受傷時聽到〈敕勒歌〉，相信他也會落淚。項羽如果在垓下被圍時聽到敕勒歌，相信他一樣會「淚數行下」。

我喜歡這首敕勒歌。我欣賞它的詩句自然渾成，不假雕琢。在中國詩歌中，自然渾成如〈敕勒歌〉的找不出幾首。我也嚮往〈敕勒歌〉所勾畫出的那一望無際的青青草原，我的足跡從來不曾到過那種地方，讓我在那裏醉臥一宵或者在那裏滾來滾去，要我少活幾年我都願意。就是瀰漫在字裏行間的那份無可奈何的寂寞蒼涼，我也能領略一二。你想，我怎能不喜歡這首詩？

念天地之悠悠

前不見古人，
後不見來者，
念天地之悠悠，
獨愴然而涕下。

——陳子昂〈登幽州臺歌〉．《全唐詩》卷八十三

雖然陳子昂以感遇詩三十八首被當時的京兆司功王適推許為「是必為海內文宗」，但是我最喜歡的，還是他這首〈登幽州臺歌〉。這首詩歌《陳伯玉文集》（案：子昂字伯玉）不載，載於子昂友人盧藏用所撰《陳子昂別傳》，後為《全唐詩》收

入。《別傳》記載子昂作這首詩歌的背景是這樣的：武后萬歲通天（你看，這位女皇帝的年號也與眾不同，萬歲不夠，還要通天！）元年九月，建安郡王武攸宜率兵討伐契丹，陳子昂被邀出任參謀。武攸宜用兵不大高明，前軍失利。子昂一再直言勸諫，而且提供克敵之策。武攸宜認為是書生之見，不予接納，後來還把子昂的參謀職位免了，只讓他做軍曹，兼掌書記。子昂雖然體弱多病，但對報效國家卻懷有滿腔熱忱。一天，他登上薊北樓，想起戰國時樂毅得到燕昭王的賞識，官拜上將軍，率諸侯聯軍大敗齊國，威震天下；而如今自己卻得不到主將的重用，不免感慨萬千。他先作了覽古詩六首（《陳伯玉文集．卷二》），意有未盡，泫然流涕，又作了這首歌，後人題為〈登幽州臺歌〉。

這首詩歌短短四句，論字面簡直無需解釋。但是我還是要對末一句「獨愴然而涕下」稍作說明。愴然是悲傷貌。涕下是淚下，可不能講成流鼻水。在古代，涕指淚水，洟指鼻液，雖然涕洟二字可以通用，但涕字獨用時，習慣上總是指淚水。像《詩經》「涕泗滂沱」、「涕既隕之」、「涕零如雨」等句中的「涕」字，都是指淚水。只有王褒僮約中的「鼻涕長一尺」，在涕字上加一鼻字，才作鼻水解。而陳子昂這句「獨愴然而涕下」，涕下之上有愴然一詞，這涕下更非解成淚下不可。一個人悲傷時淚下是正常現象，如果有人一悲傷先不落淚而鼻涕直流，此人生理大概不大正常，恐怕得找個耳鼻喉科去看看了。

我所以要為涕下作這番說明，是有緣故的。不記得在幾年前，某報副刊登了一篇兩位華僑兄妹自美國來函，大意說他們熱愛祖國文化，正在從事中國古典詩的英譯工作。當他們要翻譯陳子昂這首〈登幽州臺歌〉時，發現這首歌的末一句有「獨愴然而涕下」和「獨愴然而淚下」兩種寫法，因此他們不知道究竟該譯成「涕下」還是譯成「淚下」。他們請教了幾位旅美的中國學人，都沒有得到肯定的答覆，這才投函國內報紙公開求教。這封海外來鴻刊出後，不幾天該副刊就收到不少國內學者的反應。就副刊披露的幾篇文字看，內容不外二點：第一，陳子昂這首詩的末句，各種版本都作「涕下」，沒有作「淚下」的。請問這對兄妹看到作「淚下」的，是何種版本。第二，「涕下」也好，「淚下」也好，英譯時反正都譯成「淚下」，與鼻水扯不上關係。有一篇讀者投書寫得相當尖酸，他拜託這兩位兄妹還是多研讀研讀中國古典詩，暫時不要做漢詩英譯的工作。在海外宣揚中國文化的精神可嘉，但是更重要的是量力而行。為了這件事情，我曾在教課時特別為中文系的同學打氣，保存發揚中國古典文學甚至整個中國文化，中文系的同學必須勇敢地肩負起這個責任。

「前不見古人，後不見來者」，這兩句話透露的是何等的寂寞！子昂雖然前不見古人，後不見來者，至少還有無數個「今人」和他並存在一個世界上，難道這無數個「今人」都不能解除子昂心頭的寂寞？是的，這無數「今人」不但不能解除子昂內心的寂寞，反而是使子昂感到寂寞的因素。你是否有過這種經驗，當你和許多志不同道不合話不投機的人在一起，你感覺到的不是快樂，而是寂寞；你恨不得立刻擺脫他們，獨個兒躲到自己的天地。假使你有過這種經驗，你一定能體會到子昂在「前不見古人，後不見來者」這兩句詩中所含蘊的寂寞的幾分之一。在陳子昂之前，三國時的阮籍在他的名著〈詠懷詩〉中也說過：「去者余不及，來者余不留。」語句和子昂的雖有出入，意思卻完全一樣。阮籍和陳子昂都是一生懷抱難伸的有志之士，他們不免會想，如果早生數十百年和古人並世，或者晚生數十百年和來者同時，說不定能夠遇到賞識自己的人，自己得以一展懷抱，使生命作最圓滿的呈現；偏偏不遲不早就生在這個時代，自己不得不委委屈屈過一輩子。在他們之前，商末周初之際，伯夷叔齊哥兒倆就不肯接受周室的俸祿，寧願隱居首陽山採薇而食，終於因營養不良而餓死。他們在餓死之前，唱出了他們的悲憤：「登彼西山兮，采其薇矣。以暴易暴兮，不知其非矣。神農虞夏，忽焉沒兮。我安適歸矣？于嗟徂兮，命之衰矣！」他們認為商紂固然是暴君，周武王父死不葬，以臣弒君，同樣是不孝不仁之人。他們所嚮往的是神農、虞舜、夏禹等聖人治理天下的時代，但是那時代早已過去，他們來不及趕上。由此可見，嚮往古之盛世是對現實不滿的昔人常有的心態。其實，即使他們前見古人，或者後見來者，也不見得一定有一展抱負的機會，因為人生的際遇非常複雜多變，並不單純的決定於世之盛衰。只是早生或晚生，多少有一份希望，不像生在此世懷抱難伸已經成了定局。只有宋代的英雄詞人辛棄疾在〈賀新郎〉一詞中大唱反調，說「不恨古人吾不見，恨古人不見吾狂耳。」據《古今詞話》記載，棄疾守南徐時，每逢開宴，必令侍姬唱這首〈賀新郎〉。但像他那種胸襟的人物，古今能有幾人？

我個人覺得，「前不見古人，後不見來者」，這兩句主要還是為個人懷抱難伸而發的生不逢時的感慨；次兩句「念天地之悠悠，獨愴然而涕下」，則已不局限於個人的得失之感，而擴大為人生與宇宙關係的探討。「天地之悠悠」說明了宇宙的無限性，但人生卻是極其有限的。以有限面對無限，個人的一生顯得何等渺小；庸庸碌碌過一生的人固然渺小無比，飛黃騰達得意了一輩子的人又何嘗不是如此。所以，當一個人以短暫的幾十年生命面對浩瀚莫測的時空時，能不徬徨驚悸而愴然涕下者幾希？

我對陳子昂感慨「前不見古人，後不見來者」的心意能夠了解，但並不像他那樣希望前見古人後見來者。我滿足於目前的工作，我知道我的能力只能做到這裏；我滿足於目前的生活，因為我對生活毫無奢求。我並不希望古人或來者給我更好的機會，那麼，我又何必前見古人後見來者？但是對「念天地之悠悠，獨愴然而涕下」這兩句，我卻深有同感。

雖然「念天地之悠悠，獨愴然而涕下」這兩句話出自陳子昂之口，但在他之前，早有哲人詩人發過這種感慨。例如莊子在〈養生主〉一篇開頭就說：「吾生也有涯，而知也無涯，以有涯隨無涯，殆已。」「知也無涯」，就是由於宇宙的廣大無限引起。又如古詩說：「浩浩陰陽移，年命如朝露。人生忽如寄，壽無金石固。萬歲相更送，聖賢莫能度。」同樣顯現出無限時空與有限人生的強烈對比。為了突破人生的有限性，早已有人想出種種辦法。有人致力於修道煉丹，祈求長生；有人倡言立德立功立言，所謂「三不朽」，使身雖滅而名長存；有人把死亡看成「縣解」，以消除人生與宇宙的對立。但是這種種方法有效嗎？求長生的還不是一個個死去？有人服錯了丹藥，反而比不服藥的死得更快。如果你是文史方面的學者，相信你能替歷史上為求長生結果服錯丹藥死得更快的「勇士們」開出一份名單來。立德立功立言，的確能使一個人身死而名不朽；但即使姓名隨著人類的文獻保存到一萬年十萬年，對無限的時空又算得了什麼？一萬年十萬年對地球的歷史來說已渺小得不成話，對整個宇宙來說就連「渺小」兩字也談不上了。至於把死亡當作「縣解」，人死了等於同歸自然，這種道家哲學對一般人來說未免玄之又玄，於事無補。總之，無論想出什麼辦法，都難以消除以有限人生面對無限宇宙所引起的徬徨和驚疑。還是那一句話，當一個人「念天地之悠悠」時，能不「獨愴然而涕下」者幾希？

當劉希夷寫出下面的詩句時，他顯然已在「念天地之悠悠」了：

今年花落顏色改，明年花開復誰在？
已見松柏摧為薪，更聞桑田變成海。
古人無復洛城東，今人還對落花風。
年年歲歲花相似，歲歲年年人不同。

——節錄〈白頭吟〉，《樂府詩集》卷四十一
《宋之問集》亦載此篇，題作〈有所思〉

當張若虛寫出下面的詩句時，他顯然也在「念天地之悠悠」了：

江天一色無纖塵，皎皎空中孤月輪。
江畔何人初見月？江月何年初照人？
人生代代無窮已，江月年年望相似。
不知江月待何人，但見長江送流水！

——節錄〈春江花月夜〉．《樂府詩集》卷四十七

當李白寫出下面的詩句時，他顯然也已在「念天地之悠悠」了：

青天有月來幾時？我今停杯一問之。
……
今人不見古時月，今月曾經照古人。
古人今人若流水，共看明月皆如此。

——節錄〈把酒問月〉．《李太白全集》卷二十

劉希夷、張若虛的年代，和陳子昂大致相同；李白較晚，陳子昂去世時，李白還是吃奶的嬰兒。以上三位和陳子昂同時或較晚的唐代詩人，都曾透露出他們以有限人

生面對無盡宇宙時的徬徨驚疑和自覺渺小的感覺，只是他們的措辭比較含蓄委婉，不像子昂那樣聲淚俱下而已。而事實上，抒發過這種感覺的又何止以上幾位詩人。

人生在世，能夠醉生夢死地活一輩子，有吃就吃，有喝就喝，有玩樂就玩樂，遇到與吃喝玩樂無關的事就立刻把腦子的開關關掉，停止思考。這種生活從某種角度看，未嘗不是一種「福氣」。古往今來，不知道已有多少這類「幸運兒」糊裏糊塗來到這個世界，然後又糊裏糊塗離開這個世界。但是，有一部分人卻喜歡想東想西，想前想後，想在無盡的宇宙中試著為自己找個落點。這一來，就難免要「念天地之悠悠，獨愴然而涕下」了。不是我生性殘忍，我多麼不希望你成為上文所說的「幸運兒」，我寧願你嘗試幾次「念天地之悠悠，獨愴然而涕下」的況味。這幾年來，我們已不只一次為多難的國家悲憤落淚，何妨再為人類共同的命運流點眼淚。這眼淚將會洗清我們的眸子，看向無盡的宇宙，並引導我們從事深沉而艱澀的思考。縱然這種思考得不到滿意的結論，彷彿雖入寶山而終於空手歸來，但既已進入過寶山，又何必在乎空手歸來。

你願試試看？當你心靈清明的時候，獨自反覆地體會陳子昂這首〈登幽州臺歌〉，再想想本文提到的一些相關詩句，你就會漸漸地感覺到你已開始以渺小無比的生命面對浩瀚無盡的宇宙，你的腳步正踩在古往今來多少哲人詩人留下的一個個腳印上。

願君學長松

古人讚美松樹的詩歌，我已以〈松柏有本性〉一文介紹過劉楨〈贈從弟三首〉中的第二首，但是我忍不住還要向你介紹李白〈贈韋侍御黃裳二首〉中的前一首。看起來似乎很湊巧，劉楨和李白讚美松樹的詩歌都用來贈送親友。那是因為松樹象徵君子，以松樹為題材的詩歌贈送親友，正含有祝福和期許之意。

請看李白這首詩歌：

太華生長松，亭亭凌霜雪。
天與百尺高，豈為微飆折。
桃李賣陽豔，路人行且迷。

春光掃地盡，碧葉成黃泥。
願君學長松，慎勿作桃李。
受屈不改心，然後如君子。

——《李太白全集》卷九

這首詩的結構很簡單。全詩十二句，每四句一段。首段詠松，次段詠桃李，末段說明詩旨。

先說首段四句。太華指西岳華山。亭亭形容松聳立的樣子，凌霜雪說明松不畏嚴寒的本質。松高百尺，又長在華山之上，越發顯得高挺無比。什麼風都不能把松吹折，因此，多大的風對松來說，也只是微飆而已。劉楨那首詠松的詩，為了表示松能耐風，因此強調「風聲一何盛」；為了表示松能耐寒，因此強調「冰霜正慘愴」。李白這首詩卻反過來強調松的高大和強有力，因而把霜雪和風寫得微不足道。「亭亭凌霜雪」意謂長松犯霜雪而挺立，「豈為微飆折」，把風吹長松寫成了「蚍蜉撼大樹，可笑不自量」。兩首詩的手法不同，目的一樣。

再說次段，陽豔同豔陽，指明媚的春日。「桃李賣陽豔」，意謂桃李在明媚的春日裏賣弄姿色。這個「賣」字，把桃李寫得輕薄極了。桃李既有姿色，又擅賣弄，「路人」見了，就不免「行且迷」。可惜豔陽天是短暫的，當「春光掃地盡」，春走得無影無蹤，桃李碧綠的葉子就爛成了黃泥。當然，桃李的花朵更比葉子先爛成黃泥。

松經年不凋，但它卻是寂寞的。在平時，世人的眼光都被繽紛的桃李所吸引；只有在萬物枯萎的嚴冬才能贏得世人的矚目和讚美。桃李的生命是短暫的，卻是十分絢爛的。絢爛一過，便一無所有。李白這首詩以松和桃李對比，顯然用意不在松和桃李本身，而在拿它們做比喻來說明兩種人生典型。

松樣的人生，不孳孳為名為利，只是在自己崗位上默默地克盡厥職。此人的職位升遷往往沒有孳孳為名的人快，此人的生活享受往往不及孳孳為利的人好，但是他毫無怨尤，照樣努力工作。因為他認為人生的價值在把自己貢獻給社會人群，不在個人一時的名利享受。因此，他不炫耀自己，不巴結上司，當然更不巴結上司的另一半以及小姐少爺。在平時，你可能把他當作一個平凡的人看，甚至你對他根本沒有印象；只有在他的同儕因貪污而坐了牢，或因投機而破了產，你才能發現他的高風亮節和敬業精神。在平時，他不把愛國當作口號喊；但是在國家遭逢危難時，他可以為國家犧牲生命。

桃李樣的人生正好相反。這種人沒有崇高的理想，（說得更確實一點，是沒有勇氣樹立一個崇高的理想。）所追求的只是個人一時的名利。這種人也沒有嚴正的操守，為了達到目的，脅肩諂笑不以為病，巧取豪奪不以為恥，甚至作奸犯科的事情都幹得出來。而他的經營所得，往往揮霍在吃喝玩樂上，美其名為享受人生，並以此傲視同儕。這種人竄上來很快，一旦出了紕漏，倒下去也很快。由於貪圖享受是人之常情，因此這種桃李樣的人生對一般人相當有誘惑力。

在選擇松樣人生的人看來，桃李樣的人生多麼無知，多麼可悲；反過來，在選擇桃李樣人生的人看來，松樣人生又何其想不通，何其可憐。這就叫做人各有志，又叫做「道不同，不相為謀」。人應該有選擇自己所喜愛的生活途徑的權利，因此，松樣人生是社會安定進步的基礎，這種人值得我們尊敬；桃李樣人生只要不到觸犯刑章的程度，我們也無權加以禁止。問題在後者和監牢只有一線之隔，極容易一腳踩入法網。如果享受人生竟連鐵窗滋味也要去領略一番，那就不像話了。

現在請看這首詩的末四句，李白表示了他的意見：「願君學長松，慎勿作桃李。」這個「君」，李白指的當然是這首詩的受主韋侍御黃裳，但我願意用來指每一位的讀者甚至全國同胞。名利不是毒蛇猛獸，當兩者隨著你對社會的貢獻自然降臨到你的身上，你無須迴避；但是把兩者當作人生追求的目標，那卻不足為訓。同樣的，生活有適度的享受，也沒有什麼不對，但是享受也絕對不能當作人生追求的目標。你說是不是？李白最後說：「受屈不改心，然後如君子。」這就把松和君子相比了。松經歷了冰雪風霜，挺立青蔥如舊；人豈能一遇到挫折就改變初衷，放棄理想？真是樹猶如此，人能不自勉？

令人擔憂的是目前社會上有些青少年也選擇了桃李樣的人生。他們讀書不用功讀書，工作不認真工作，每天只知道結伴吃喝玩樂，為社會製造了不少問題。我曾在公共汽車上無意中聽到了一女二男三個十六七歲的青少年的一段談話。男的說：

「昨晚玩得真痛快。人生能這樣子多玩玩，教我少活幾年我都願意。」

「我本來就認為人活得長命短命無所謂。」女的緊接著發表意見：「假使我只活了十七歲就翹辮子，但我什麼都已痛快玩過，我覺得我的生命比那些活了七十歲卻什麼也沒有玩過的老古董有意義多了。」

「我舉雙手贊成！」另一個男的附和著。

三人哈哈大笑，旁若無人。包括我在內的許多公車乘客不禁為之側目。

我不知道他們昨晚玩了什麼，一直高興到第二天；但我心裏真為之驚愕，為之難過。高中都還沒有畢業的年齡，怎麼會有這種頹廢的念頭？

我看我得多多鼓勵人選擇松樣的人生，摒棄桃李樣的人生才是。我得再舉出一首李太白的大作來，請大家讀一讀。李太白有〈古風〉五十九首，這首是第四十七首：

桃花開東園，含笑誇白日。
偶蒙春風榮，生此豔陽質。
豈無佳人色，但恐花不實。
宛轉龍火飛，零落早相失。
詎知南山松，獨立自蕭颸。

——《李太白全集》卷二

這首詩同樣以松和桃花比喻兩種不同的人生典型，並且強調桃花之不足取和松之可貴，只是在結構上和前一首頗有不同。這首詩前八句全說桃花，末二句才推出南山松來。首二句說出桃花盛開時的得意樣子。次二句說桃花本身沒有什麼，只是沾了春風的光，才能開如此美麗的花。接著說，花雖美似佳人，但恐怕虛有其表，禁不起考驗。一旦到了秋節，桃花早已零落得失去蹤影。那時就只有南山之松在蕭瑟的風聲中挺立如舊了。「宛轉龍火飛」一句，李白用了晉代張協七命中「若乃龍火西頹，暄氣初收，飛霜迎節，高風送秋」的意思。東方蒼龍七宿，第五宿為心宿。心宿是火星（非太陽系九大行星中的火星），故此稱為龍火。

李白是對松有偏好的。他在另一首〈於五松山贈南陵常贊府〉詩裏，還直截了當地說過：「為草當作蘭，為木當作松。蘭幽香風遠，松寒不改容。」的確，在所有樹木中，松是最富有莊敬自強處變不驚精神的一種。我在紙上松呀松呀松了半天，說穿了只有一個願望，但願國家和每一位同胞都向松學習，而以桃李為殷鑑。你想，桃李憑藉春風雖也十分光耀，但這光耀多麼短暫；一旦春風不再來，還能光耀個什麼？

以色事他人

李白有一首樂府詩〈妾薄命〉，很值得你細讀一遍。它不但告訴你一段歷史故事，一個文學典故，還告訴你一點人生的道理。詩是這樣的：

漢帝重阿嬌，貯之黃金屋。
咳唾落九天，隨風生珠玉。
寵極愛還歇，妒深情卻疏。
長門一步地，不肯暫迴車。
雨落不上天，水覆難再收。
君情與妾意，各自東西流。

以色事他人

昔日芙蓉花，今成斷根草。
以色事他人，能得幾時好？

——《李太白全集》卷五

我先講一段歷史故事。這個故事記載在舊題班固撰的《漢武故事》這本書裏。

漢武帝四歲那年，就被父王漢景帝封為膠東王。他從小不但聰明，而且有手腕，很會討別人的歡心。尤其在父王面前，更是畢恭畢敬，應對有如成人。因此上自太后，下至侍衛，沒有一個不對他刮目相看。一天，景帝之姊長公主劉嫖把他抱在膝上，問他：「孩子，你要娶妻子嗎？」他回答：「要。」劉嫖於是一一指著身邊的一百多個美女問他：「你看這個好嗎？」「那個好嗎？」他都回答：「不好。」最後劉嫖指著自己的女兒阿嬌問他：「阿嬌好否？」他這才笑著說：「若得阿嬌作婦，當作金屋貯之也。」劉嫖聽了大為高興，就一再要求景帝同意這門親事。景帝終於同意。

故事講到這裏，成語也已經說出來了，那就是「金屋貯嬌」。不過今人使用這句成語，都寫成「金屋藏嬌」。「金屋貯嬌」的「嬌」，專指劉嫖和她丈夫陳午所生的女兒阿嬌。武帝看不上宮中百餘美女，就愛上阿嬌，可以說情有獨鍾。所以，「金屋貯嬌」本來是表示一個丈夫對妻子的寵愛。但是今人所謂「金屋貯嬌」的「嬌」，卻指做丈夫的背著妻子私下往來的女子；「藏」這種「嬌」的「金屋」，有人名之為「小公館」。「金屋貯嬌」意味著愛情走私。改「貯」為「藏」，唸起來是比較響亮，但整句成語的意思卻變壞了，原來正大光明的好事變成了偷偷摸摸的勾當，實在殺風景。這不知道是誰的惡作劇。

知道了「金屋貯嬌」的故事，李白這首〈妾薄命〉的頭二句「漢帝重阿嬌，貯之黃金屋」，就完全不必解釋了。接著「咳唾落九天，隨風生珠玉」兩句，顯然由晉代夏侯湛的那篇〈抵疑〉中「咳唾生珠玉」一句化出。夏侯湛原句指高高在上的大人物隨便說句話都會被人們看成珠玉，李白則藉此形容阿嬌嫁給武帝後得寵的情形。只是李白在「咳唾」下加上「落九天」，在「生珠玉」前加上「隨風」，更增加了夏侯湛原句所沒有的氣勢，顯得阿嬌高高在上，人們對她阿諛奉承唯恐不及。李白這首詩每四句為一段，每段換韻。第一段用入聲「屋」、「玉」，第二段換平聲「疏」、「車」，第三段換平聲「收」、「流」，第四段又換上聲「草」、「好」，調配得非常有節奏。而在第一段中，首句「漢帝重阿嬌」的「重」是個關鍵字。何以見得「重」？由漢帝「貯之黃金屋」見得；由阿嬌「咳唾落九天，隨風生珠玉」見得。

為了解釋第二段四句，我得把阿嬌的故事繼續講下去。現在我依據的是《漢書・外戚傳》，不再是《漢武故事》。

話說漢武帝即了帝位，阿嬌就名正言順登上皇后寶座，史稱陳皇后。她獨擅皇帝的寵愛，顯得嬌貴無比。本來是阿「嬌」，做了皇后簡直成了阿「驕」。遺憾的是她結婚十幾年，就是生不出一個兒子。求子的錢花了九千萬，仍然沒有一點消息。這時，武帝開始冷落阿嬌，而衛子夫漸漸得寵。阿嬌為此妒嫉得不得了，想盡辦法要置衛子夫於死命。她越是這樣做，越失掉武帝的心，武帝越寵衛子夫。終於武帝忍無可忍，把她的皇后廢了，命她退居長門宮。說得通俗一點，這就叫打入冷宮。衛子夫先生了三個女兒，第四胎總算天從人願，生了個兒子。武帝大為高興，把她立為皇后。史稱衛皇后。

看了以上的故事，詩的第二段四句也就清清楚楚。但我還是要補充發揮幾句。「寵極愛還歇，妒深情卻疏」，是兩句非常發人深省的名言。當一個人在「寵極」之際，如果恃寵而驕，縱情享樂，而不知謀求使寵愛持久之道，繼之而來的必然是「愛還歇」。因為人和人的感情如果停止培養，就會遞減甚至消失。同樣，當一個人在「妒深」之際，如果一意孤行，發洩心中妒火，而不知冷靜下來檢討全局，繼之而來的也必然是「情卻疏」。因為放任妒火，只會傷害彼此感情。阿嬌就是不懂以上的道理，糊裏糊塗把自己送入了冷宮。

「長門一步地，不肯暫迴車」，這兩句自然而然使我想起了司馬相如的〈長門賦〉。在〈長門賦〉裏，別居在長門宮的陳皇后非常想念武帝，希望他來看她。她親自準備好酒菜，但從黃昏等到第二天黎明，就是不見武帝降臨。這中間她聽到殷殷雷聲，以為是武帝的車聲；出門一看，那有武帝的影子。這篇賦寫一位廢后一夜之間由期待君王降臨而終於失望的心理，非常深刻。我猜想李白寫下「長門一步地，不肯暫迴車」時，心裏面就想著他的老鄉司馬相如這篇〈長門賦〉。只是司馬相如的賦從陳皇后這邊寫，她癡癡地等武帝去看她；李白卻從武帝這邊寫，他不肯去看她。

〈長門賦〉收在《昭明文選》。《文選》編者還在賦前加了一段序，大意說：陳皇后本來很得武帝寵愛，後來由於妒嫉得罪了武帝，退居長門宮。她在那裏愁悶悲思，後來聽說蜀郡成都有個司馬相如是天下作文好手，就送去黃金百斤，請他為她寫一篇解悲愁之辭。相如就寫了這篇〈長門賦〉，使武帝明白陳皇后對他的一片情意。終於，陳皇后又得到了武帝的寵愛。這段序文的目的，無非在提高〈長門賦〉的知名度。你看，這篇賦能使武帝和陳皇后破鏡重圓，多了不起！這樣的作品還能不先睹為快？可惜重圓的事，《漢書》並未記載，十九靠不住。李白說：「長門一步地，不肯暫迴車。」顯然也不相信重圓之說。倒是百斤黃金的稿酬，看得我心裏癢癢的。〈長門賦〉全文不過五百字左右，折算起來，差不多一斤黃金五個字。這恐怕是世界上最高的稿酬吧！這種好事遇到一次，一輩子都吃喝不盡了。

當我讀到「長門一步地，不肯暫迴車」這兩句，我的心裏真難過。「一步地」形容距離之短，但儘管近在咫尺，武帝也不肯「迴車」到長門宮看陳皇后，連「暫迴車」都不肯。我不是替陳皇后一個人難過，她的下場自己要負大部分責任。我難過的是人類為什麼會具有這種形態的感情：當兩情相悅，天涯猶咫尺；當情意消失，咫尺似天涯。前者是我所樂見，後者使我感到人世太冷漠了。溫暖一點不好嗎？

詩的第三段四句，旨在說明大錯鑄成，無可彌補；恩情既斷，不能再續。所以，這四句仍然是「長門一步地，不肯暫迴車」的進一步申論。只是「長門一步地，不肯暫迴車」專就武帝和陳皇后的事件來說，第三段四句則是擴大為一般夫妻的離合之理。其中「水覆難再收」一句，也包含著一個夫妻仳離的故事。故事出在王嘉《拾遺記》：太公望原配馬氏。由於太公望只會讀書，不事生產，馬氏下堂求去。後來太公望佐武王伐紂有功，有了齊國，馬氏要求再和他做夫妻。他就拿了一盆水，傾覆於地，然後教她把水收回。結果她只收得泥土。太公望就說：「若能離更合，覆水定難收。」這個故事和陳皇后的故事同中有異。同，都是由一方遺棄另一方；異，馬氏是以遺棄人的一方要求重合，陳皇后是以被遺棄的一方要求重合。最後的結果都是「各自東西流」。當然，你一定要找破鏡重圓的例子也不見得沒有，但就算破鏡重圓了，那條深深的裂痕呢？誰能把它消除？

詩的最後四句，李白為陳皇后事件作了個結論，也向世人揭示了一個真理。陳皇后昔為受人賞愛的芙蓉花，今成遭人棄置的斷根草，為什麼？原因不必外求，就在陳皇后自己身上。因為她得到武帝的賞愛，完全是憑她的美色，美色不可久恃，色衰則愛歇。如果她在美色之外，還有才德，那麼一旦年暮色衰，她仍可憑才德得到武帝的禮遇。不但絕不會被趕到長門宮去，連皇后的寶座都很可能保住。可惜她不懂這個道理。李白就這樣揭示了一個真理：以色事他人，能得幾時好？

好個「以色事他人，能得幾時好」！《晚鳴軒愛讀詩》非把李白這首詩收進去不可。漂亮的女士讀了這首詩，會明白漂亮不足恃，必須在學問品德上力求進步，才能長保對方的敬愛。不漂亮的女士讀了這首詩，也能減少甚至消除自己沒有美貌引起的抱憾。沒有美貌，至少不會陷入「以色事他人，能得幾時好」的不幸情況。在贏得對方永遠的敬愛上，再漂亮的人也得像自己一樣在學問品德上進修充實。以上是就女方而言，其實男方也是一樣。小白臉型的男人也許容易得到女士一見傾心，但如果除了一副小白臉之外就一無是處，他能夠長期擁有這位女士才怪！相反的，有些面貌醜得驚人的男士，照樣能以他的其他長處娶得嬌妻。嬌妻還以「很性格」來誇獎這位男士的醜臉哩！

最後，我要把對「以色事他人，能有幾時好」這兩句詩的解釋跳出男女之間的範圍，擴大到一般人與人相處的道理。這時候，「色」字就排除了性別的因素。人與人相處時阿諛奉承的表面工作，都可稱為「色」。孔子說過：「巧言令色，鮮矣仁。」曾子也說過：「脅肩諂笑，病于夏畦。」子路也說過：「未同而言，觀其色，赧赧然，非由之所知也。」可見孔聖人師徒對這種「色」的憎惡。一個人沒有獨立的人格和真才實學，只知道巧言令色逢迎對方，也許對方一時不察落入他的圈套，使他得意一陣子，但遲早會認清他的底細，把他一腳踢開。我這樣子來解釋「以色事他人，能得幾時好」，可能更得李白本意。這首詩固然從阿嬌的故事寫起，但當寫到「以色事他人，能得幾時好」時，我想作者的思想必然已涉及整個人與人相處的道理。甚至反過來說，作者此詩的主旨本來就在講整個人與人相處「以色事他人，能得幾時好」的道理，用阿嬌的故事開端，不過是藉這個眾所周知的故事來做引子罷了。這樣說，也並非沒有可能。因此，當你讀了李白這首詩和在下這篇說詩雜文，你記得了阿嬌的故事和「金屋貯嬌」、「金屋藏嬌」的成語固然好，但最重要的，還是請切記「以色事他人，能得幾時好」的做人道理；不但以此一道理警惕自己，並且利用機會把此一道理告訴別人。

但覺高歌有鬼神

一個人平時非常拘謹，三思而後言；一旦酒醉發論，往往就成了沒遮攔，把平時不會說不肯說的話一五一十傾吐無遺。一個人平時非常虛偽，口是而心非；一旦酒醉發論，也往往真情流露，不能再編造假話。你看，中唐詩人孟郊就在〈酒德詩〉中說過：「酒是古明鏡，輾開小人心。醉見異舉止，醉聞異聲音。」酒後的話儘管咬字不清，層次錯亂，但往往句句發自肺腑，如假包換。因此在我的印象中，有幾位熟人，他們在酒醉時比清醒時顯得可愛多多。

杜甫本來就是率真的人；一旦酒醉，從他的話裏更是找不出一絲虛情假意。我把他那首〈醉時歌〉鈔錄下來，願你仔細讀一讀。

諸公袞袞登臺省，廣文先生官獨冷。
甲第紛紛厭粱肉，廣文先生飯不足。
先生有道出羲皇，先生有才過屈宋。
德尊一代常坎軻，名垂萬古知何用。
杜陵野客人更嗤，被褐短窄鬢如絲，
日糴太倉五升米，時赴鄭老同襟期。
得錢即相覓，沽酒不復疑。
忘形到爾汝，痛飲真吾師。
清夜沈沈動春酌，燈前細雨簷花落。
但覺高歌有鬼神，焉知餓死填溝壑？
相如逸才親滌器，子雲識字終投閣。
先生早賦歸去來，石田茅屋荒蒼苔。
儒術於我何有哉？孔丘盜跖俱塵埃！
不須聞此意慘愴，生前相遇且銜杯。

——《杜詩詳註》卷三

這首詩有一條原注：「贈廣文館博士鄭虔。」提起鄭虔，就令人想起「鄭虔三絕」的故事。此人擅長畫山水，有詩名，書法也好。有一次，他親手寫了自己的詩，又配上畫，末了大書「鄭虔三絕」四字，獻給唐玄宗。從這個故事，可見這位仁兄自負得可以。唐代天寶九年，玄宗皇帝由於賞識鄭虔才藝，有意讓他在自己身邊做官；但繼而想想，此人做事不大認真，還是給他一個輕鬆點的職位吧。於是就在國子學增設了一個廣文館，命他做博士。那時候所謂博士可是官名，職司教授，和今日以博士為學位的意義不同。據《新唐書．百官志》的記載，廣文館有博士四人，助教二人。可見廣文博士並不只鄭虔一個，他只是第一個做這種官的人。當他接到派令，卻不知道該到那裏去上任，因為他從來不曾聽說有個廣文館。他去向宰相打聽，宰相告訴他說：「皇上在國子學增設了一個廣文館，來安置你這種賢士。後世人都知道你是我朝第一位廣文博士，這不是大大的好事嗎？」鄭虔這才到附設在國子學的廣文館上任。館裏有學生六十人，都是修習進士科的；另外在東都洛陽還有十名學生。後來廣文館的房子漏水，有關單位未加修理，鄭虔只得借用國子學的房舍授徒。這一來，所謂廣文館，也就自然而然廢止。杜甫作這首〈醉時歌〉時，鄭虔還在做廣文博士。

鄭虔的生平，記載在《新唐書．文藝傳》中。其實，即使歷史家漏掉了他，單憑杜甫這首〈醉時歌〉，他的大名還是會永遠傳下來。從這個角度看，你交一位詩人朋友也挺不錯的。固然在物質上他往往自顧不暇，不能給你「經援」；但一旦他把你的大名寫入詩歌，你就有了萬世之名。當然，交詩人朋友，要交杜甫這種詩人朋友；如果交一個不成氣候的詩人朋友，他自己都不免「身與名俱滅」，那還能顧到你？

〈醉時歌〉的前八句為一段，旨在歎息鄭虔懷才不遇。你看杜甫口口聲聲「廣文先生」「廣文先生」，還有「先生」「先生」稱呼得何等熱絡！真是酒醉情懷，比平時加倍熱烈。詩一開始就劈頭一句「諸公袞袞登臺省」，顯得諸公個個得意，不是登上御史臺，就是躋身中書省、尚書省、門下省。「袞袞」一詞，如果看成形容詞，形容「諸公」，意為繁多；如果看成副詞，形容「登」字，意為繼續不盡。緊接著第二句「廣文先生官獨冷」，立即和首句形成一熱一冷的強烈對比。一個對比不夠，再來兩句「甲第紛紛厭粱肉，廣文先生飯不足」，形容一富一貧的強烈對比。假使廣文先生是碌庸才，「官獨冷」，「飯不足」，都是活該。偏偏「先生有道出羲皇，先生有才過屈宋」，不是活該「官獨冷」「飯不足」的。「羲皇」，本來指伏羲氏，但因陶淵明曾在給他的兒子們的信中說過：「常言五六月中，北窗下臥，遇涼風暫至，自謂是羲皇上人。」因此這裏「羲皇」一詞，無疑也有陶淵明的影子。「屈宋」，不消說是指屈原和宋玉。說廣文先生道出羲皇之上而才過屈原宋玉，一定有人認為捧得太高了。但這原是昔人的習氣，昔人在讚美一個人的時候，總愛拿古人來比擬，藉以抬高此人的身價。事實上，他根本沒有拿古人和此人認真比過，因此我們也不必斤斤計較。杜甫把廣文先生說得這般高明，無異是對第一句「諸公袞袞登臺省」的「諸公」施了一招回馬槍：「諸公」也「道出羲皇」而「才過屈宋」麼？還是「諸公」之中賢不肖都有呢？終於杜甫不能太大意：「德尊一代常坎軻，名垂萬古知何用？」這兩句已不是專為廣文先生而發，而是為普天下德尊而不得意，名垂後世而生前志不得伸的人士而發。比杜甫大約早了三百年的鮑照在〈擬行路難〉中說過：「自古聖賢盡貧賤。」杜甫的朋友李白也在〈將進酒〉中說過：「古來聖賢皆寂寞。」這和「德尊一代常坎軻」是一個意思。一個知識分子一生最大的願望是學以致用，為國家盡忠，為人民造福，而不是釣一個自己看不到的身後之名。所以杜甫要說：「名垂萬古知何用？」一般注家都引了《晉書．張翰傳》所載張翰的話來注這一句。張翰說：「使我有身後名，不如及時一杯酒。」我想，兩者之間是頗有出入的。李白〈行路難〉中的「且樂生前一杯酒，何須身後千載名？」才真正用了張翰的語意。

第一段的八句詩明為廣文先生慨嘆不遇，暗中何嘗沒有為作者自己抱不平的寓意。照朱鶴齡的注解，這首詩當是天寶十三年春天所作。那年杜甫四十三歲，還沒有得到一官半職，正在長安過自稱「衣不蓋體，嘗寄食於人，奔走不暇」的苦日子。比起廣文先生來，杜甫的境遇更慘。那麼，當他為廣文先生慨嘆不遇，能不借他人酒杯，澆自己塊壘？

詩從第九句到十六句為第二段，作者自敘生活情況以及和廣文先生的交情。前一段從廣文先生落筆，作者置身幕後；這一段從作者自身落筆，廣文先生已居於賓位。杜甫家在杜陵，又是在野之身，故此自稱「杜陵野客」。由「被褐短窄鬢如絲」一句，杜甫的襤褸憔悴之狀可見。由「日糴太倉五升米」一句，杜甫的貧窮困苦之狀亦可見。天寶十二年八月，京城久雨，米價大漲，朝廷撥出太倉米十萬石減價賣給貧民。杜甫也在貧民之列。但杜甫雖是窮苦不堪，和廣文先生走動卻很勤，那是由於二人志同道合之故。「襟期」意同懷抱。接下去五言四句，即據「時赴鄭老同襟期」一句進一步說明二人交情之深。在古時禮節繁縟，朋友間能夠你你我我，不拘俗套，那真成了忘形之交。這位廣文先生大概酒量很不錯，喝起來又痛快，使杜甫傾倒不已。

從十七句到二十二句為第三段，敘述二人對飲時的情景。「清夜沈沈動春酌」，交代了對飲的時間：春天，深夜。「燈前細雨簷花落」，交代了對飲的場景：燈前，外面下著細雨，簷前的花朵在細雨中飄落。此時此景，兩個同病相憐的朋友相對而飲，能不喝他個酣暢淋漓？前一段「痛飲真吾師」的「痛飲」一詞，在此處又作了另一番呈現。他們當然不是喝悶酒，他們會談時事，談學問，談人生的際遇，想說什麼就說什麼，沒有什麼好顧忌的，因為雨聲已把他們和整個世界隔離。他們不但要放言發論，還要慷慨高歌哩！前一段「忘形到爾汝」的「忘形」一詞，在此處又作了另一種發揮。當他們高歌的時候，誰還管明天會「餓死填溝壑」。他們心裏充滿著一種奇異的感覺，覺得身邊有鬼神，而鬼神正以同情無奈的眼光看著他們。

我真喜歡「清夜沈沈動春酌」這四句詩，雖然我從來沒有過這種經驗。每當「清夜沈沈」，「燈前細雨簷花落」的時候，我總是伏在書桌上面對十五燭光的枱燈爬格子。家裏人都已入眠，整個臺北市也已寂靜下來，而我卻還手握白金牌鋼筆在格子上爬呀爬呀。我不只一次自問：這是幹麼？為了名？杜甫不是說過「名垂萬古知何用」？為了利？沒有稿費生活還不是勉強可過？那麼，究竟是為了什麼？直到有一夜，我照樣在格子上爬呀爬呀，剎那之間，我領略到「但覺下筆有鬼神」的莊嚴感，我才算得到了答案。我所謂「但覺下筆有鬼神」，不是鬼神助我文思，而是鬼神鑒我此心。

「相如逸才親滌器，子雲識字終投閣」二句，旨在說明有才有學的人面臨困境是常事。這二句和第一段各句遙相呼應，但第一段語調激越，意多不平，這兩句卻相當平和，有已經看穿了想通了的意味。司馬相如在臨邛以鳳求凰曲贏得了卓王孫新寡的女兒卓文君的芳心，帶著夤夜來奔的她逃回成都老家。但由於相如太窮，生活沒有著落，文君不得不厚著臉皮向娘家要求接濟。卓王孫恨她私奔，分文不與。文君沒奈何，和相如重返臨邛，開了家小酒店。文君當鑪，相如就身著犢鼻褌（相當於今之圍裙），充當「僕歐」，並在店前洗杯盤。卓王孫知道後，氣得趕快分給文君奴僮百人，錢百萬，唯一的條件就是要他們離開臨邛，別在這裏丟卓家的臉。文君這一招真高明，輕易就得到偌大一筆財產，真是知父莫若女。這個故事記載《史記．司馬相如傳》。但杜甫這句「相如逸才親滌器」，顯然已把相如和文君的桃色事件過濾掉，只取相如親自滌器市中一節。意思是：以相如這種逸才，尚且淪落到滌器市中的境地，那麼廣文先生和俺老杜受點貧窮的罪，又有什麼稀奇？下一句「子雲識字終投閣」，子雲是揚雄的字，投閣一事記載在《漢書．揚雄傳》。此事說來話長，但不能不說，如今長話短說。王莽是靠符命起家的。所謂符命，是指天降祥瑞應以為人君受命徵兆的符。王莽想做皇帝，就製造了許多符命事件，例如從地下掘出刻著「王莽當為天子」

字樣的碑石之類，目的在使世人相信他是天所授命的天子。當時獻符命的，王莽都有重賞。但他做了皇帝之後，恐怕別人也學他這一套奪走他的天下，於是想禁絕符命之事，再有獻符命的，不但不賞，反加誅罰。這時劉棻獻上符命，王莽就把他放逐邊地，同時逮捕與此事有關的人治罪。劉棻獻來的符命是用古字寫的，劉棻自己不懂古字，曾向揚雄請教，於是揚雄也受株連。那天揚雄正在天祿閣上校書，聽說辦案人員來抓他，嚇得從閣上跳下來，幾乎跌死。後來王莽認為揚雄雖教劉棻古字，但並不知情，因此放過了他。這就是「子雲識字終投閣」的故事。杜甫使用這個故事，除了說明有學問的人也會因學問而受罪外，還有點特別為廣文先生而發。因為鄭虔曾經被人檢舉私撰國史，貶謫十年之久。

詩的最後六句是第四段。杜甫先告訴鄭虔：「先生早賦歸去來，石田茅屋荒蒼苔。」既然幹廣文博士這個冷官連飯都吃不飽，還是學陶淵明賦歸去來兮吧！田雖貧瘠，屋雖簡陋，生活總還有個著落。接著「儒術於我何有哉？孔丘盜跖俱塵埃。」則是杜甫自己發牢騷。鄭虔好歹已經出仕過，賦歸去來兮是理所常有。自己一生刻苦學儒，以經世濟民為最高理想，卻連一官半職都未到手，賦歸去來兮也不夠資格。這情形實在比鄭虔還慘。於是杜甫埋怨起儒術來：「儒術於我何有哉？」不但如此，還大膽地加上一句：「孔丘盜跖俱塵埃！」孔子是聖人，盜跖是大盜，在平時，杜甫絕不會把他們相提並論。但今夜酒醉，感慨生平，就什麼話都說得出口了。可是你別以為杜甫真的厭棄了儒術，從此改行；也別以為他真的認為聖人和盜賊在某些地方可以等量齊觀。他只是酒後發洩牢騷而已。等他酒醒了，心情平靜了，他自然又會捧著儒術不放，他自然又會服膺聖人的一言一行而不齒盜賊的行徑。杜甫這種心情，我最能了解。我一生雖以教書為職志，但偶然遇到一二被我「當掉」的學生來糾纏，或者看到幾篇文理不通不知如何下筆批改的讀書報告，真是厭煩得很；有時甚至毫無理由，也會萌生對教書的厭倦感，心想早點退休算了。這也只是一時的情緒，過不多久，我教書又變得十分起勁。這種情形，通俗一點叫做「做一行怨一行」，學術一點叫做「職業性疲勞」。杜甫酒後一反常態，大發牢騷，使我感到無比的真實，無比的親切。我喜歡杜詩，就因為杜詩最能給我真實感、親切感。

最後，詩歌以「不須聞此意慘愴，生前相遇且銜杯」作結。無論怎樣不得意，但是慘愴有什麼用？你我都還不曾餓死填溝壑，還能在燈前細雨簷花落的沈沈清夜動春酌，那麼為何不喝個酣暢淋漓？杜甫以這兩句來安慰廣文先生，同時也以此自慰，更以慰普天之下懷才不遇的人們。

這一頓酒，不知杜甫和廣文先生痛飲了多久。這一首〈醉時歌〉，至今已流傳了一千二百多年。

安得廣廈千萬間

當夏秋之交颱風來臨，把府上的屋頂吹壞了，風雨灌進屋裏，使府上災情慘重，這時你心裏會怎樣？罵建築商偷工減料？還是想到這時候一定有許多人家在受和自己同樣的罪，因而為他們擔憂？我想多半是罵建築商偷工減料吧？這時候自顧不暇，那會想到別人家受罪的事。

我自己就是這樣。每次颱風來襲，晚鳴軒的一邊磚墻滲水，另一邊落地玻璃窗底下雨水不斷灌入，客廳靠窗的一半成了澤國，我的反應就是罵建築商偷工減料，同時抱怨學校工務單位怎麼肯驗收這種房子。但是杜甫不然，他不罵建築商，他只是替所有遭受風災之苦的人發愁。杜甫不罵建築商，你可以說，他住的是茅屋，茅屋本來就禁不起大風的吹襲，所以他沒有理由罵替他蓋茅屋的人；但是，他在自己飽受風災之際，還能想起其他同病相憐的人，並且為他們發出呼籲，這種推己及人的仁愛精神，不是挺難能可貴嗎？

請你讀一讀杜甫這首〈茅屋為秋風所破歌〉如何？

八月秋高風怒號，卷我屋上三重茅。
茅飛渡江灑江郊，高者挂罥長林梢，下者飄轉沈塘坳。
南邨群童欺我老無力。
忍能對面為盜賊，公然抱茅入竹去。
脣焦口燥呼不得，歸來倚杖自嘆息。
俄頃風定雲墨色，秋天漠漠向昏黑。
布衾多年冷似鐵，嬌兒惡臥踏裏裂。
牀頭屋漏無乾處，雨腳如麻未斷絕。
自經喪亂少睡眠，長夜沾濕何由徹？
安得廣廈千萬間，大庇天下寒士俱歡顏，風雨不動安如山？
嗚呼，何時眼前突兀見此屋？

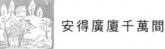

吾廬獨破受凍死亦足!

——《杜詩詳註》卷十

整首詩可分四段:一至五句為首段,記秋風吹破茅屋,捲走茅草。六至十句為次段,嘆鄰村頑童欺凌自己。十一至十八句為三段,寫風雨之夜屋漏難眠。十九至二十三句為四段,為天下寒士發出呼籲。在用韻方面,一至五句用「肴」「豪」韻,六至十二句用「職」韻,十三至十八句用「屑」韻,十九至二十一句用「刪」韻,二十二及二十三句用「屋」「沃」韻。兩相比照,第一段五句同押一韻;第二段起,段落與換韻未採同一步調。

首段五句,事實上已把題目「茅屋為秋風所破」點得一清二楚,這就是開門見山的直敘法。「八月秋高風怒號」的「怒號」一詞,已寫出風勢之強。緊接著一句「卷我屋上三重茅」,連蓋在屋上的三重茅草都被捲走,這樣形容風勢之強,顯然又超過了「怒號」一詞所形容的程度。又接著一句「茅飛渡江灑江郊」,風竟然能把三重茅草吹渡江面灑落在江的彼岸,這樣形容風勢之強,更超過了上文「卷我屋上三重茅」一句所形容的程度。這開頭三句一句比一句來勁,使人覺得風越吹越厲害。四五兩句是第三句的補充說明。因為第三句「灑江郊」是籠統的說明，「灑」在「江郊」那裏？答案是：「高者挂罥長林梢，下者飄轉沈塘坳。」罥，音眣，結也，繫也。塘坳，指淺的池塘。意思說：茅草落點高的掛在林梢，有些還在樹梢上纏住了，彷彿打了結；落點低的隨風飄來轉去，最後沉在池裏。茅草應該不會下沉，但因池水甚淺，一束束的茅草一落下就到底，因此用「沉」字也說得通。你看，杜甫好好的三重茅屋頂，一下子被風吹成這個樣子，真是災情慘重。

俗語說：「福無雙至，禍不單行。」杜甫那天就是禍不單行。屋頂的三重茅草被吹到對岸，固然災情慘重，但只要茅草還掛在樹上或沉在池底，風定之後都去撿了回來，整理一番，好歹還可以遮蔽屋頂，大不了三重茅變成二重茅或者一重茅罷了。偏偏那裏的頑童和杜甫過不去，把茅草抱起來走入竹林不見了。任憑杜甫叫得脣焦口燥，對方也不理會。杜甫除了「歸來倚杖自嘆息」，又能如何？

我每次讀到這首詩的第二段，總是情不自禁地為杜甫的遭遇難過，而對那些抱走杜甫茅草的頑童十分憎惡。你們和杜甫活在同一時代，住在同一地帶，而且有緣相見，這真是你們了不得的榮幸。你們應該對杜甫敬禮有加才是，怎麼忍心欺凌他？

在第三段詩裏，風定了，天黑了，雨卻下了起來。這就叫做「屋漏偏逢連夜雨」，我們這位詩聖又得多受點罪了。這一夜，杜甫真難入眠。難以入眠的原因有三；第一是「布衾多年冷似鐵」，第二是「嬌兒惡臥踏裏裂」，第三是「床頭屋漏無乾處，雨腳如麻未斷絕」。只要有其中之一就已夠人消受，何況杜甫三者俱全，慘哉！慘哉！

你嘗過「布衾多年冷似鐵」的滋味嗎？如果你是年輕人，我想多半沒有嘗過。以目前臺灣一般的生活水準，棉被大概等不到「冷似鐵」的程度就已汰舊換新，至少也已加入幾斤新棉花重新彈過一遍。尤其目前流行的所謂太空被，又輕又暖，享受彷彿絲棉被，價錢卻相當低廉，用舊了上百貨公司買一條新的，算不上什麼負擔。所以，我想，這一代的年輕人多數不知道「布衾多年冷似鐵」的滋味。不過不知道無所謂，就憑想像也能了解杜甫這句詩的意思。棉被老了，不再有彈性和熱力；杜甫也老了，身上乾癟癟冷冰冰。兩個老傢伙在一塊，那能產生熱氣，帶來暖流？這就難怪杜甫要抱怨老棉被「冷似鐵」；其實如果老棉被有知，它一定也會抱怨杜甫像個石膏人。我小時候在大陸老家也蓋過這種老棉被。它的年齡比我父親還大。蓋在身上，硬硬的，冷冷的，的確不是滋味。但這種老棉被也有一個好處，就是早晨醒來無需鬧鐘。大概用不著等到天亮，腳後頭冷冰冰的感覺就會把人凍醒。我從小就養成早起的習慣，老棉被功不可沒。

「嬌兒惡臥踏裏裂」，這句詩大概會博得天下父母的莞爾一笑，除非這個做父母的從來不曾和孩子同睡一床過。孩子的睡相，實在反覆無常。原來頭在東邊，過了一會說不定頭已轉到西邊來了。原來和大人平行而眠，大人一覺醒來，說不定他已和大人垂直相交，一雙小腳不偏不倚正擱在大人肚子上。大人為了讓孩子睡得安穩，盡可能不要擠壓孩子，因此不得不節節退讓，退到床邊一隅之地。尤其是快進國校的孩子，白天玩得野，晚上的睡相也就加倍惡劣。你看杜甫這位「嬌兒」，竟然把老棉被的裏子都踏裂了，其惡臥的程度，可以想見。在這種情況下，杜甫還能安心睡大覺？

最糟糕的，還是「床頭屋漏無乾處，雨腳如麻未斷絕」。一旦臥房多處漏水，你那裏還敢安心睡覺？休說擔心一旦睡著，雨水漏到床上把棉被淋濕，單是那滴滴答答的漏水聲，就夠你「尋尋覓覓，冷冷清清，淒淒慘慘戚戚」。這屋漏之夜，我想杜甫準是一夜不曾合眼。他得時時注意漏水的範圍有無增加或轉移，以便採取應變之計；他也要照顧一群不識愁滋味照樣惡臥的孩子，使他們不沾濕受涼。從「自經喪亂少睡眠」一句看，安史之亂以來，由於流離貧窮，他一直睡得很少。只是此夜屋漏特別嚴重，使他的處境更為狼狽不堪而已。「長夜沾濕何由徹」，徹即徹曉，天亮。你看杜甫多麼盼望快點天亮。

「茅屋為秋風所破歌」就在這不眠的漫漫長夜醞釀而成。杜甫心想，如果自己住的是建築講究的廣廈，而不是茅屋，那有多好！第一，屋頂不會被秋風吹破。第二，免得被鄰村頑童欺侮。第三，風雨之夜也照樣可以安心睡大覺。然而他轉念一想，只有自己一家「風雨不動安如山」，那有什麼意義？讀聖賢書而只知道為自己謀，實在愧對古聖先賢。終於，他發出了「安得廣廈千萬間，大庇天下寒士俱歡顏，風雨不動安如山？」的呼籲。這首詩前面一直在訴說自己的苦難，到了快結束時卻突然歸結到為普天之下的寒士請願，實在出人意料之外。就是這出人意外的一個突變，杜甫民胞物與的襟抱和神奇莫測的詩才都作了最完足的呈現。不特此也，杜甫還一鼓作氣，再緊跟兩句「嗚呼，何時眼前突兀見此屋？吾廬獨破受凍死亦足！」雖然杜甫這首詩並沒有真的為天下寒士爭來廣廈千萬間，但是他這一份熱情和好心，已足夠使天下寒士為之感激涕零。

杜甫是一位值得我們敬愛的詩人，不是嗎？

百馬飲一泉

百馬飲一泉，一馬爭上游。
一馬噴成泥，百馬飲濁流。
上有滄浪客，對之空歎息。
自顧纓上塵，裴回終日夕。
為問泉上翁：何時見沙石？

——李益〈飲馬歌〉．《全唐詩》卷二百八十二

這也是一首寓言詩。寓言詩通常不會以華豔之詞驚險之句的面目出現，因之他帶給讀者的往往不是純藝術層面的滿足，而是使讀者進入深沉的思維，從探索詩的寓意

一直思維到問題的深處。

看到「李益」這個名字，研究唐人小說的朋友可能立刻聯想到蔣防所作的《霍小玉傳》。在這篇小說中，李益是個負心的人。他和霍小玉相戀，始亂終棄，害得小玉飲恨而死。小玉臨終時，誓言要向李益報復，使他和妻妾不得安寧。後來小玉鬼魂果然使出種種手段，使李益疑心妻妾有外遇，於是休的休，殺的殺。李益最愛一個從廣陵得來的名姬營十一娘，為了防範她有外遇，自己出門時，就拿一個大浴盆把營十一娘覆蓋在床上，並且在四周貼上封條簽上字。回家時，他細細檢查過封條簽字，才放她出來。以上是小說家言，雖未必完完真實；但《舊唐書・李益傳》說他「少有癡病，而多猜忌，防閑妻妾，過為苛酷，而有散灰扃戶之譚聞於時。故時謂妬癡為李益疾」。由此可見，李益當時是被世人公認的吃醋大王，不成問題。

看到「李益」這個名字，熟讀唐詩三百首的朋友可能會想起他的那首〈江南詞〉：「嫁得瞿塘賈，朝朝誤妾期。早知潮有信，嫁與弄潮兒。」這樣的詩句，真難為他寫得出來。再不然，就想起他那首〈夜上受降城聞笛〉：「回樂峰前沙似雪，受降城下月如霜。不知何處吹蘆管，一夜征人盡望鄉。」（以上兩詩均引自《全唐詩》卷二百八十三）這首詩，曾是當時最受歡迎的流行歌曲。唐代流行歌的歌詞，往往採取著名詩人的詩歌。王昌齡、高適、王之渙三位詩人，還曾在一處酒店聽歌打賭，以誰的作品被譜成流行歌曲多來決定三人名次哩。《舊唐書．李益傳》也記載李益每作一首詩，教坊樂工就來高價求取，配上樂譜向御前演唱。這情形不像今日的流行歌曲和詩人橋歸橋路歸路，彼此缺少合作。

〈江南詞〉和〈夜上受降城聞笛〉二詩雖然膾炙人口，而且被蘅塘退士編選唐詩三百首時加以收錄，但是很抱歉，二詩都不能列入《晚鳴軒愛讀詩》。《晚鳴軒愛讀詩》所收李益作品，偏是以上所引的這首毫無知名度的〈飲馬歌〉。我選愛讀詩有我的原則，蘅塘退士不能影響我。請原諒我暫時賣個關子，不把原則公開。其實，讀者只消多看幾篇《晚鳴軒愛讀詩》，就不難把我的選詩原則摸個一清二楚。

這首〈飲馬歌〉的前四句為一段，後六句又是一段。前四句說了一個有關一群馬的故事：有一百匹馬共飲一處泉水。但另外一匹馬卻偏要跑到上游去飲水，飲畢又把上游清澈的泉水弄得一片渾濁。於是，在下游的一百匹馬就只好飲渾水了。看了這個故事，相信你立即會想到一句成語：害群之馬。那匹害得眾馬飲渾水的馬，不折不扣是害群之馬。害群之馬這句成語，一般辭典都舉出《莊子》書中的一段話來當出處。《莊子．徐无鬼篇》記載牧馬小童的話說：「夫為天下者，亦奚以異乎牧馬者哉，亦去其害馬者而已矣。」其實，《莊子》書中的「害馬者」，與後世所謂「害群之馬」，意思並不完全一樣。倒是李益這首〈飲馬歌〉的前四句，把一匹害群之馬如何害群的故事，說得清清楚楚。國文老師以後如果遇到死心眼的學生打破砂鍋問到底，問你害群之馬如何害群，你就把這首〈飲馬歌〉的前四句背給他聽好了，非常省事。

〈飲馬歌〉的前四句說了一個害群之馬的故事，但是整首〈飲馬歌〉的故事尚未結束。詩的後六句，就接著寫一位滄浪客目擊那匹害群之馬的惡劣行徑後的反應。當然，我先得把「滄浪客」這個名稱解釋一番。滄浪是水名。在《孟子．離婁篇》有這麼一段記載：有一個童子在河邊唱歌：「滄浪之水清兮，可以濯我纓；滄浪之水濁兮，可以濯我足。」孔聖人聽了，就對身邊的門徒們說：「小子聽之，清斯濯纓，濁斯濯足矣。自取之也！」纓，冠系也，就是繫帽子的帶子。你看，孔聖人是最懂得利用機會教育的，不是嗎？明白了這段故事，詩的後六句就一目了然了。「上有滄浪客，對之空歎息」，為什麼？因為這位滄浪客想洗帽帶，可是水這般渾濁，洗足還差不多；洗帽帶？那不是越洗越骯髒？他不知道怎麼辦，只能對著一川濁流歎息不已。他「自顧纓上塵」，帽帶實在髒了，非洗不可。但是泉水始終渾濁不堪，他只好等待復等待。「裴回終日夕」，可見他等待之久。「裴回」，一般寫作「徘徊」。最後，滄浪客終於忍耐不住，他問另一位泉上翁：「何時見沙石？」能看到水底的沙石，就表示泉水又十分清澈了。整首詩就以「何時見沙石」一句問話結束，沒有再寫下去。於是，這句問話就深深地印在讀者的記憶中，夠讀者想了又想。事實上，這個問題泉上翁也答不出來，他還不是像滄浪客一樣在期盼泉水早日清澈見底？但是要泉水清澈見底，先要沒有「爭上游」把泉水「噴成泥」的害群之馬。誰有把握使害群之馬從馬群中消失？沒有把握；誰又能回答「何時見沙石」這個問題？作者沒有讓泉上翁回答，正是作者的聰明處，也是作者的無奈處。等會兒本文結束時我得學他半招。

「害群之馬」這句成語，按理說只適用於馬的世界，不該流行到人類世界來。因為馬這種動物，不會讀書，沒有聖人教他做「馬」處世之道。故此馬類出現一二自私自利的害群傢伙，勢所難免。人類則不然，從小就讀聖賢之書，不讀書的也自有父兄教他做人處世之道，怎麼也會出現害群之馬？你到后里馬場去看看，害群之馬難得一見；放眼人類社會，害群之馬何其多！這種現象，自詡為萬物之靈的人類難道不覺得慚愧？在譏笑別人沒有自知之明時，動輒曰「馬不知臉長」。馬如有知，不回敬一句「人不知臉厚」才怪！

人類社會，害群之馬有多少？這恐怕得採用電腦作業才能獲得答案，單憑人腦是計算不出來的。我這裏且不說歷史上的暴君、奸相、軍閥、巨盜，那些超級害群之馬為人類帶來的災禍，使千百年後的我們知道了都為之心驚膽戰，連睡覺都會做惡夢。還是找一些小小的害群之馬來談談吧。購票上車要排隊，這是現代國民應有的習慣；但是偏有些人自視高人一等，不肯排隊。就因為有些人不肯排隊，使整個秩序大亂。臺北市李市長上任不久，特地為此倡導排隊運動，並且一再在百忙之中抽空到各處巡視勸導。這事說起來實在難為情，更難為情的是無論市長先生如何熱心倡導，不排隊的市民還是不排隊。在有人維持秩序的地方他們不得不勉強排隊，在沒有人維持的地方他們依然高人一等，爭先恐後。這些市民的行為，豈非和李益這首詩中那匹害群之馬如出一轍？不是我掃市長先生的興，對付這類市民，光憑勸導是難以徹底奏效的，除非請科學家發明一種一插隊就立刻肚子痛的「排隊皮鞋」免費供他們穿著，此外別無良策。再如，有許多公共場所為了維護空氣清潔，都設有顯著的「禁止吸菸」或「請勿吸菸」標示。可是就有人相應不理，在那裏吞雲吐霧如故。公共場所的空氣因而污濁不堪，害得許多在場的同胞受罪。這種缺乏公德心的癮君子也是害群之馬。對付這種人，以文字標示來禁止或勸阻吸菸都無效，也得請科學家發明一種「吸菸頭痛儀」安裝在公共場所，使誰吸菸就誰頭痛，才能奏效。再如，駕車要遵守交通規則，本是天經地義的事，不但為了他人安全，也是為了自身安全。但偏有些駕駛人駕起車來比誰都神氣，橫衝直闖，忽左忽右，簡直隨心所欲。馬路彷彿是他們家的私產。許多血淋淋的車禍，都是這些人造成。這些人也是害群之馬。白紙黑字的交通規則管不住他們。在他們眼中，交通規則無異包燒餅油條用過的舊報紙，不值一顧。要使他們安安分分駕車，如果不能派給他們每人一位交通警員隨身「侍候」（交警薪津應由駕駛人自行支付，不能浪費納稅人的辛苦錢），那也只有請科學家發明一種一違規就漏氣的「安全輪胎」，替他們的車子免費安裝，除此之外，也是別無良策。像這種日常生活中所見的害群之馬，要說一時也說不完。你別看這些都是小小的害群之馬，輕則擾亂社會秩序，重則危害大眾生命，殊不能等閒視之。

我在臺北市已住了三十多年。據我的經驗，無論教育或法律，似乎都沒有力量使日常生活中的害群之馬不再害群。至於什麼「動物」，什麼「週」，無非是官樣文章，應景而已。等到「運動」結束，「週」一過去，害群之馬害群如故。因此，李益這首〈飲馬歌〉，真是於我心有戚戚焉。假使我是這首詩中的馬，準是「百馬飲濁流」中的一匹。假使我是這首詩中的人，那就是只會「對之空歎息」的滄浪客。我也想問問泉上翁：「何時見沙石？」但我既不是這首詩中的馬，也不是這首詩中的人，我是現時代的臺北市民。因此我要問的是：

什麼時候才能在應該排隊的地方人人自動排隊？

什麼時候癮君子才能人人不在公共場所製造空氣污染？

什麼時候公共汽車的服務才能到達起碼的要求？

什麼時候計程車駕駛才能人人不拒載短程？

什麼時候駕駛人和行人才能人人遵守交通規則？

什麼時候社會上才沒有各種各樣的黃牛？

什麼時候商人才個個不動詐欺消費者獲取不法利潤的歪腦筋？

什麼時候……？

還君明珠雙淚垂

我想你一定聽到過「三角戀愛」這個名詞，這個名詞給你的印象，一定是件麻煩事兒。試想：雙邊戀愛都不簡單，從甲方開始追求乙方到雙方在「少篤篤篤」聲中步入結婚禮堂，不知道要忍受多少焦慮、失望、悲傷。對有些談起戀愛來就顯得笨手笨口的年輕人來說，經由父母之命媒妁之言的舊式婚姻倒反而省事得多。一旦雙邊戀愛演變成三角戀愛，那情形就更為錯綜複雜了，而當事人所身受的種種煎熬，也因之大大加重。三角戀愛又有兩種情況：一種是發生在未婚男女之間，這還比較好辦。三個當事人經過幾番風雨之後，兩個終成眷屬，另一個少不得會垂頭喪氣一陣子，然後再重整旗鼓，物色對象。還有一種發生在已婚男女之間，這麻煩可就大了。因為那時受罪的已不僅僅三位當事人，連家庭子女都會受到波及。所以我想，如果在男女之間不能避免三角戀愛的事件發生，那就寧願避重就輕，讓它發生在未婚男女之間的好。

我想是我想，但事實上，發生在已婚男女之間的三角戀愛還是難免。你看中唐詩人張籍的這首樂府詩：

君知妾有夫，贈妾雙明珠。
感君纏綿意，繫在紅羅襦。
妾家高樓連苑起，良人執戟明光裏。
知君用心如日月，事夫誓擬同生死。
還君明珠雙淚垂，何不相逢未嫁時？

——〈節婦吟〉．《樂府詩集》卷九十五

年長的讀者，如果在二十年前經常收聽收音機播放歌曲，可能對這首詩不會陌生。因為我記得在那年頭，電台經常播放用這首詩譜成的一首藝術歌曲。只是近一二十年來，我已久矣乎不曾聽到這首歌，看樣子它已不再流行。因此，年輕的讀者可能根本不知道這首詩曾經譜成一首歌曲。

這首詩以一個有夫之婦的口吻寫出，她寫了這首詩和那位追求她的男士絕交。詩中的「妾」是這位婦人自稱，「君」則指那位多情的男士。

詩的前四句道出了她和那位男士之間愛情的滋生發展。「君」明明知道「妾」已是有夫之婦，竟還要贈送給「妾」象徵愛慕之情的「雙明珠」，這一番「纏綿意」，不由得「妾」不感動。感動之下，「妾」不但接受了這份禮物，而且還「繫在紅羅襦」。事情到了這般地步，三角戀愛已發展到關鍵時刻，她必須在丈夫和情人之間作一個選擇。要丈夫，那就得和情人斷絕；要情人，那就得下堂求去，和情人另組家庭。反正不能拖著不解決，否則後果堪虞。

詩的第二個四句，就寫這位婦人內心的衝突和苦惱。她既不願背棄「誓擬同生死」的夫君，也不忍辜負那位「用心如日月」的情人。對丈夫，且不說有過同生死的誓言，在道義上，她也不能使「高樓連苑起」的家庭蒙羞，使「執戟明光裏」的夫君被譏。「執戟明光裏」一句，是借漢朝的典故表示夫君的官做得不小。漢朝有明光殿，在未央宮西。殿上以金玉珠璣為簾箔，晝夜光明。又漢朝的郎官，職司宿衛侍從。所以「執戟明光裏」，原意謂在明光殿作郎官。再說到對情人，她也不忍辜負。天下這麼多年輕美貌的女子，他偏偏對已是有夫之婦的自己情有獨鍾，這一番纏綿情意，要割捨真是談何容易。這就使她為難了，她該怎麼辦？

她終於以壯士斷腕的魄力作了一個決定，詩的最後兩句就是她的決定。「還君明珠雙淚垂，何不相逢未嫁時」，這一個三角戀愛的故事就到此落幕。

讀了這首詩的頭四句，我心中暗叫「不妙！」讀了第二個四句，我又替這位擁有兩個男人左右為難的女子發愁。讀完最後兩句，我才叫聲「好險！」如釋重負。在這整個事件中，我認為那個半路裏殺出來的「君」最不可原諒。我不知道此「君」是光桿還是有婦之夫。假如是光桿，天下窈窕淑女多得很，幹麼偏偏看中一個有夫之婦窮追不捨？假使是有婦之夫，背著自己妻子去追求別人的妻子，更不成話說！這位「妾」的做法也大有問題。你既然念念不忘「妾家高樓連苑起，良人執戟明光裏」，而且「事夫誓擬同生死」，怎麼又接受了那個「君」的情意？怎麼又接受了那個「君」的「雙明珠」？你這樣做是由於對方的盛情難卻，因而收下再說？還是由於日子過得平淡，因而想找點刺激？前者顯得你缺乏主見，沒有是非；後者更是玩火的行為。無論如何，你是千不該，萬不該！要不是你在最後關頭終於頭腦清醒，懸崖勒馬，「還君明珠」，那你勢必成為家庭的罪人。果真如此的話，這首詩也就不可能列入《晚鳴軒愛讀詩》了。

這首詩沒有提到那位「執戟明光裏」的「良人」是否知道妻子這段隱情。如果他根本不知道，算他運氣好。既然妻子最後還是和那位第三者斷絕了，夫妻還是夫妻，他還是不知道有這檔事的好。如果他知道了而不露聲色，靜候妻子自己作一了斷，那是他的修養好，幸虧他沉得住氣，妻子才有「還君明珠」的機會。整個事件本身對他的妻子就是一次很冒險的教育，相信在她下定決心「還君明珠」時，必然已領悟到夫婦這一倫的尊嚴。經過這次教訓，在未來的歲月她將更有把握貫徹「事夫誓擬同生死」的初衷。即使再有別的男士向她示愛，她一定會有妥善的因應之道來加以拒絕，不會落到「還君明珠雙淚垂」的不堪境地。

這首詩的題目，《樂府詩集》，四部叢刊本《張司業集》，洪邁《容齋三筆》都題作〈節婦吟〉，《唐詩紀事》題作〈節婦吟寄東平李司空〉，《全唐詩》題作〈節婦吟寄東平李司空師道〉。由於題目有「節婦」二字，而詩中女子卻是背著丈夫另外結交男朋友的腳色，因而曾有不少古人發言抨擊張籍荒唐，這個樣子的女子怎麼配稱為節婦。例如元代俞德鄰在《佩齋輯聞》一書中說：「禮：男女授受不親，婦人從一。理不應受他人之贈。今受明珠而繫襦，還明珠而垂淚，其愧於秋胡之妻多矣！尚得謂之節婦乎？」又如清人唐汝詢在《唐詩解》一書中說：「繫珠於襦，心許之矣。以良人貴顯而不可背，是以卻之。然還珠之際，涕泣流連，悔恨不及，彼婦之節，不幾岌岌乎？」這兩位古人站在禮教的立場大張撻伐，稱得上義正詞嚴。他們指責此女不該受珠繫襦，深合我心。但有幾句話，我卻覺得未免過分了點。

例如他們一致認為此女「還君明珠」之際不應該「雙淚垂」，似乎不大近人情。「還君明珠」出於理智抉擇，「雙淚垂」卻是感情流露。如果此女「雙淚垂」而不「還君明珠」，那是要不得。如果她「還君明珠」而「不淚垂」，卻也不易做到。只要她能迷途知返，「還君明珠」，那就由她「雙淚垂」，又有何妨？又何必再加苛責？

又如俞德鄰說此女比起秋胡之妻來慚愧多多，還配稱為節婦嗎？言下之意，要像秋胡之妻那樣才配稱為節婦。這種論調，實在陳義過高，休說今人，就是古人也未必完全贊同。秋胡之妻故事最早見於劉向的《列女傳》。大意說：魯國秋胡子結婚五天，就隻身遠赴陳國做官。五年後，秋胡子才回國。在他快到家時，看到路旁有一採桑女子，由於心裏喜歡她，就亮出金子出言調戲。但女子拒不接納。秋胡子回家見過老母，使人去喚妻子回家相見，沒想到那採桑女子就是自己的妻子。他的妻子也發現了剛才調戲自己的無聊男子就是自己的丈夫，不覺大為傷心。她出言把丈夫教訓了一頓，並且說：「我不願見你改娶別人，但我也不願另嫁！」然後跑出家門投河而死。你看，這位女士自殺得多冤枉！如果一定要像秋胡之妻那樣才配稱為節婦，我寧願少見幾個節婦算了。到了元人石君寶的《秋胡戲妻》雜劇，故事就改為團圓收場。那裏面的秋胡之妻也為丈夫的輕薄無行感到傷心，本來也想自殺，但由於婆婆等人的勸慰，丈夫又連連賠罪，終於打消死志，夫妻重歸於好。石君寶這一改動，真是深合我心。

再如唐汝詢的論調：「以良人貴顯而不可背，是以卻之。」他一口咬定詩中女子終於「還君明珠」，和情人分手，乃是由於她害怕她的本夫有權有勢，因此不敢不和情人斷絕。這種說法，不無誇大女方罪過之嫌。此女明明說：「事夫誓擬同生死。」難道唐汝詢沒有看到這句表白？我不同意唐汝詢這種論調，我寧願把「妾家高樓連苑起，良人執節明光裏」二句看作此女對丈夫門族道義上的考慮，把「事夫誓擬同生死」一句看作此女對夫妻情分上的考慮。

還有，唐汝詢責備此女「還珠之際，涕泣流連，悔恨無及」，前八字直據原詩「還君明珠雙淚垂」句，後四字也得之於「何不相逢未嫁時」句。但這末一句的用意，我認為是此女用來安慰那位被她決絕的男士，希望他不至於太難受，並非真的悔恨相逢太晚。如果她真的悔恨相逢太晚，請問她以後如何和丈夫共同生活？如何貫徹「事夫誓擬同生死」的初衷？因此唐汝詢能據「何不相逢未嫁時」一句斷言此女「悔恨無及」，我卻不作如是想。這使我想起，後人引用這首詩，有把末句寫成「恨不相逢未嫁時」的。事實上，本文所提到的收有這首詩的各種版本，末句都作「何不」，而非「恨不」。「何不」一詞，含蓄婉約，恰到好處；改作「恨不」，那就淺俗乏味，大殺風景。

我並無意為此女辯護，我的道德觀念根本不允許已婚男女之間再發生三角戀情，我只是對這首詩和俞、唐等禮教君子的言論表示一己的看法而已。

張籍幹麼要寄這麼一首以已婚男女三角戀愛為題材的詩寄給東平李司空？實在有點費解。洪邁《容齋三筆》對這個問題有一個解答：張籍已經接受了另一位節度使的聘請，在他的幕府任職。這時，駐在鄆州的節度使李師古又以重金禮聘，請張籍到他的幕府做官。張籍辭謝不受，就作了〈節婦吟〉寄給李師古（《全唐詩》作李師道。師古是兄，師道是弟。師古死後師道繼任節度留後）。此一記載是否可靠，不無問題。試想，一位節度使禮聘張籍為僚佐，是一件很正式的事。張籍無論接受與否，都該好好回話，豈能以一首〈節婦吟〉作答？那不是太輕佻了？張籍不是那種人。譬如有人在甲大學任教，忽然乙大學也送來了聘書，此人礙難接受，就寫了一首〈節婦吟〉寄給乙大學校長，告訴他「還君聘書雙淚垂，何不相逢未嫁時」。那位乙大學校長先生看了如果不拍桌子大罵混球，我就佩服他修養到家。

晚鳴軒談詩雜文一向避免考據，因此對張籍這首〈節婦吟〉的寫作動機究竟是在討論何謂節婦，還是如洪邁所記藉此拒絕李師古的禮聘，還是別有寄託，就此打住。希望讀者也不必為這些問題傷腦筋，還是就詩論詩，多多注意這首詩所暴露的感情問題。在舊禮教時代，這種已婚男女的三角戀情都會出現在詩人筆下；那麼今日男女平等社交自由的時代又將如何？今日，職業婦女越來越多，於是夫妻白天各自上班，男的有女同事，女的有男同事，發生三角戀情糾紛的可能顯然比古代大大增加了，你能不特別謹慎戒慎？無論已婚未婚，男士絕不可在有夫之婦面前扮演多情種子，送她「雙明珠」；已婚的女士也不該接受除了丈夫之外任何男士的「雙明珠」。否則，錯誤的第一步一旦跨出，蒙受傷害的豈止自己一個？多讀幾遍〈節婦吟〉，也許有助於你處理複雜的感情問題吧？

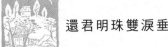

身窮心不窮

人生的境遇，有窮有通。處於通達之境，事事稱心，物物如意，於是生活愉快滿足，這不稀奇。處在窮困之境，事事受挫，物物匱乏，照樣能夠生活得愉快滿足，這才了不起。處於通達之境的愉快滿足是自然而然的，不需學習。處於窮困中照樣愉快滿足，那就完全是後天的修養，一般人不容易修養好到這般地步。但是，人生誰能那麼好運，一帆風順，通達一世？誰都會遇到失意窮困的時候，因此人人應該學一學如何處窮。學處窮，白居易那首〈我身〉詩就值得你一讀再讀。

我身何所似？似彼孤生蓬，
秋霜剪根斷，浩浩隨長風。

昔游秦雍間，今落巴蠻中。
昔為意氣郎，今作寂寥翁。
外貌雖寂寞，中懷頗沖融。
賦命有厚薄，委心任窮通。
通當為大鵬，舉翅摩蒼穹；
窮則為鷦鷯，一枝足自容。
苟知此道者，身窮心不窮。

——《白氏長慶集》卷十一

這首詩的前四句，以蓬喻人。蓬，又名飛蓬，莖高尺餘，葉頗似柳葉，邊緣有粗鋸齒，常自葉腋分枝，一到秋天，枝梢開花。由於它末大於本，極不耐風。強風一吹，不是從根部斷裂，就是連根拔起，隨風而逝。詩人以蓬喻人，不外三種用法。第一種用法，可以《詩經．衛風．伯兮》為例：「自伯之東，首如飛蓬。豈無膏沐，誰適為容？」此以蓬乘風而飛的樣子比喻人頭髮亂而不梳理。第二種用法，可以曹植〈吁嗟篇〉為例：「吁嗟此轉蓬，居世何獨然？長去本根逝，夙夜無休閒，東西經七陌，南北越九阡。……流轉無恒處，誰知吾苦艱？」此以蓬隨風飄轉各地比喻作者自身年年播遷，無處可安身立命。第三種用法，可以白居易這首詩的前四句為例，以蓬比喻人命的短暫脆弱。不論一個人多麼美麗，多麼顯赫，有多少華屋，有多大事業，時候一到，也就像蓬被「秋霜剪根斷，浩浩隨長風」，要多留一時一刻都休想。

接著四句包括兩個今與昔的對比。前一個對比是「昔游秦雍間，今落巴蠻中」。上句「秦雍間」指長安一帶，白居易原來在朝廷任官。此句著一「游」字，可見其時輕鬆得意。下句「巴蠻中」指忠州，今四川省忠縣。白居易此時正任職忠州刺史。此句著一「落」字，可見此時甚不得意。後一個對比是「昔為意氣郎，今作寂寥翁」。在朝廷任職時年輕氣盛，故稱「意氣郎」；在忠州作刺史時年老寂寞，故稱「寂寥翁」。白居易作這首詩時，不是在四十八歲那年，就是在四十九歲那年。以現在的社會習慣來說，四十八九歲正是人生盛壯之年，那配稱「翁」。我今年五十有四，儘管「而視茫茫，而髮蒼蒼，而齒牙動搖」，也還不敢自稱為「翁」哩！但是古人早婚，一般人到四十歲已做了祖父輩，而且他們的平均壽命也不及今人高，因此四十一過，就一個個「翁」了起來。

當白居易寫下「昔為意氣郎」一句時，我想他心中一定想到了元和十年被貶官的那段痛苦的往事。就由於那段往事，「游秦雍間」的白居易才變成了「落巴蠻中」的白居易。元和十年六月的一個拂曉，宰相武元衡在上朝途中被一群刺客所殺。這一意外事件震驚了長安城，嚇得另外兩位宰相以及滿朝文武手足無措。就在這時，白居易第一個上報告給皇帝，請朝廷立即逮捕那夥刺客治罪。宰相嫌白居易多管閒事，就以一個莫須有的罪名，把他貶官。他先被貶到江州做司馬，過了幾年又調到忠州做刺史。武元衡被刺時，白居易正擔任太子左贊善大夫，是東宮的官，不是諫官。依照習慣，諫官還不曾對宰相被刺事件向皇帝提建議，別人不應該搶先上報告。但白居易一時激於義憤，便顧不得傳統習慣，第一個向皇帝上了報告。這激於義憤的做法，充分表現了他是一個「意氣郎」。

頭四句以蓬比喻人命的短暫脆弱，是人生共有的悲哀無奈。次四句作者自述由得意而失意，是作者個人的悲哀無奈。但是從第九句「外貌雖寂寞」語氣一轉，作者擺落了所有的悲哀無奈，展示了一片君子坦蕩蕩的胸懷，這真是令人意想不到的轉變。「中懷頗沖融」，表示他不在乎人命的短暫脆弱，也不在乎「今落巴蠻中」，相反的，他的內心相當沖融。沖融，此處作沖和自在解。接下去「賦命有厚薄，委心任窮通」二句，就用來解釋為何作者在「今落巴蠻中」、「今作寂寥翁」之際，還能「中懷頗沖融」。因為作者明白上天所賦與人的命運厚薄不齊，既然如此，何不委棄心機，一任窮通？這樣不是省下了許多徒勞無益的煩惱？

上天賦與人的命運的確厚薄不齊，這種情形在古代專制時代尤其顯著。單以一個人的出世來說，如果生在皇帝家裏，將來不是皇帝就是王侯；生在農家呢？免不了也當一個日出而作日入而息的農夫。這你能用什麼來解釋？命也！運也！即使到了現代，一個人出生在怎麼樣的家庭，對他的一生仍有非常重大深遠的影響。而出生在怎麼樣的家庭並不是由自己選擇的，仍然得歸諸命運。我對命運的態度是這樣的：我反對一個人把一切歸諸命運，因而不積極奮鬥；因為命運雖然決定了你做誰家子女，但是在未來的歲月裏，你仍然能掌握若干的自主之權。只是當你已盡力而為仍然毫無所獲，或者所獲還不及不怎麼努力甚至坐享其成的人來得多，這時以「賦命有厚薄」的觀念來解釋，則大大有助於驅除牢騷，使生活過得心安理得。你看，白居易就是這樣。

一個人要如何處「通」？白居易告訴你：「通當為大鵬，舉翅摩蒼穹。」這兩句，他是用《莊子》的寓言來作比喻。《莊子．逍遙遊篇》說：「鵬之背，不知其幾千里也。怒而飛，其翼若垂天之雲。」又說：「鵬之徙於南冥也，水擊三千里，摶扶

搖而上者九萬里，去以六月息者也。」當然，如果你不曾讀過《莊子》，對這兩句詩一樣能懂，一樣能明白作者的喻意。作者無非說：正如大鵬一飛沖天，當一個人通達得意的時候，要為個人的生命創造最高的價值。這意思和「進則兼善天下」相通，只有兼善天下才能使個人的生命價值發揮到極致。一個人要如何處「窮」？白居易告訴你：「窮則為鷦鷯，一枝足自容。」這兩句話也是出於《莊子》。〈逍遙遊篇〉說：「鷦鷯巢於深林，不過一枝；偃鼠飲河，不過滿腹。」鷦鷯是小鳥。同樣的，你不讀《莊子》，對這兩句詩也能懂，也能明白作者的喻意。作者無非說：正如鷦鷯只需一枝就可容身，當一個人窮困失意的時候，安分守己，一樣能過活。這意思和「退則獨善其身」可不盡相同。「獨善其身」似乎利己的意味重了點。白居易是能夠處窮的，在貶官期間，他種花植柳，飲酒賦詩，依然享有生活的情趣。縱或有感傷，也只是淡淡的而已，比起一般人在貶謫期間的表現來，他該算是修養最好的了。

這首詩從第九句「外貌雖寂寞」到十二句「委心任窮通」，作者說明了自身為何處窮不憂。十三句「通當為大鵬」到十六句「一枝足自容」，又進一步說明了處通處窮之道。最後兩句「苟知此道者，身窮心不窮」，就是這首詩的結語。此道，指前文「賦命有厚薄，委心任窮通」的道理。一個人能夠明白這個道理，縱然身處窮困，心也怡然。白居易在另一首〈把酒〉詩中還說：「窮通諒在天，憂喜即由己。是故達道人，去彼而取此。」正由於身之窮通不完全由人自主，但心之窮通卻完全操之在我。既然「身窮」為人生所不免，因之「心不窮」的修養也就更顯得重要了。

全詩十八句，後十句是重心所在，因之後十句的結構也較前綿密。由「寂寥翁」引出「外貌雖寂寞」四句，由「任窮通」引出「通當為大鵬」四句，層層推進，有條不紊。而末句的「身窮」二字，照應第九句「外貌雖寂寞」；「心不窮」三字，照應第十句「中懷頗沖融」。再從整首詩來看，前八句主要在講「身窮」，後十句主要在講「心不窮」，因之末句以「身窮心不窮」作結，就把全詩網羅無遺，多麼乾淨俐落。

朋友，當你看到你昔日的同學一個個在社會上脫穎而出，各有成就，而你卻依然抱著一個小小的職位，過著清苦的歲月，你是否有「舊巢共是銜泥燕，飛上枝頭變鳳凰」的感慨？我想難免吧？但是你最好自省一下，你已逝的歲月是怎麼過的。如果你一直沒有努力奮鬥，那麼，落到今日這般地步，怨不得天，尤不得人。如果你已盡了你最大的努力，仍然不能脫離困境，那就問心無愧了；你的不得意，只是「賦命有厚薄」而已。既然錯不在你，那就「委心任窮通」吧！當你能夠「委心任窮通」的時候，也就接近「身窮心不窮」的境界了。只要「心不窮」，「身窮」又有何妨？從古以來的懷抱難伸之士，都由於體悟了「賦命有厚薄，委心任窮通」的道理，重新從窮困中拾回人生的樂趣。你為什麼不能？

下輯

晚鳴軒愛讀詞

歲歲長相見

白居易有一首〈贈夢得〉詩云：「前日君家飲，昨日王家宴，今日過我廬，三日三會面。當歌聊自放，對酒交相勸。為我盡一杯，與君發三願：一願世清平，二願身強健，三願臨老頭，數與君相見。」（《白氏長慶集》卷二十四）看了這首詩，大為白居易與劉禹錫（字夢得）之間的深厚友情感動。詩中第一第二兩願，乃是理所當然；誰不願意社會安和樂利？誰不希望身體健康有力？只是「三願臨老頭，數與君相見」，有點出我意外。我不在乎和朋友多久一相見，遇有事情一通電話，一切ＯＫ。我也偶然有和某位朋友「三日三會面」的時候，但總是在餐館、會場或其他公共場所，從不「前日君家飲，昨日王家宴，今日過我廬」。在我的生活中，家是我過私生活的地方，在那裡，我可以自由自在的休息，或專心專意的工作。一切業務上的往來，朋友間的交際，我都安排在服務處所或其他場合進行。如果意外地有朋友上門，往往會影響我一整天的生活秩序。基於「己所不欲，勿施於人」的古訓，我也輕易不上朋友家之門。可能就由於時世不同，生活改變，使白居易和劉禹錫之間的交往與我和朋友之間的交往有了顯著的不同。因此，我雖然曾為他們之間的深厚友情感動，但這首〈贈夢得〉詩，我並未收入《晚鳴軒愛讀詩》。

但是，比白居易晚生一百三十一年的馮延巳那首〈長命女〉詞，我卻要把它收入《晚鳴軒愛讀詞》中。請看這首詞：

春日宴，綠酒一杯歌一遍。
再拜陳三願：
一願郎君千歲；
二願妾身常健；
三願如同梁上燕，
歲歲長相見。

——《全唐五代詞》．世界版

你是不是覺得這首詞脫胎於前引白居易那首〈贈夢得〉詩？是有這個可能，但也不能百分之百的肯定，這一詩一詞各陳三願，說不定是個巧合。研究文學，切忌在看到兩家學說或兩篇作品中有某些雷同現象時，就貿然斷定時代較晚者在學步時代較早者。除非有確切的證據，否還是說得保留一點好。

這首詞，實在是平淡無奇。但是在平淡之中，自有其真理在。

在古代，女子沒有獨立的社會地位，她歸屬於男子，唯男子之命是從。《儀禮．喪服傳》說得很清楚：「婦人有三從之義，無專用之道。故未嫁從父，既嫁從夫，夫死從子。」對一個既嫁的女子來說，丈夫就是她的一切。她的榮辱貴賤，完全決定於丈夫的榮辱貴賤。在《孟子．離婁篇》齊人有一妻一妾章，就有過「良人者，所仰望而終身也」的話。因此之故，一個女子不會不重視丈夫的健康。更何況古代社會比較重視女子從一而終，夫死再嫁或離異另嫁的只是少數，再嫁或另嫁時多少得承受一點來自社會、宗教甚至自身心理的壓力。這就使一個做妻子的更要重視丈夫的健康長壽。於是這位女士說：「一願郎君千歲。」

郎君千歲，必須做妻子的也健康長壽，否則仍是人生一大憾事。因為古代社會只是重視女子從一而終，並不要求男子從一而終。在一夫多妻的社會，妻子健在，丈夫尚且可名正言順地納妾；妻亡再娶，當然更是天經地義的事了。所以在「一願郎君千歲」之後，必須緊跟一句「二願妾身常健」才能同偕白首，共享富貴。

郎君和妾身都健康長壽，如果聚少別多，那也說不上是美滿的人生。必須「三願如同梁上燕，歲歲長相見」，健康長壽才有意義。在古代，一個男人讀了一點書，或者練了幾手武藝，就把功名事業看得比什麼都重要。為了功名事業，不惜拋妻別子，遠走他鄉；甚至置家人生活於不顧的，也大有人在。而做妻子的，雖然心裡多麼不願意丈夫遠離，但絕不能以兒女私情妨礙丈夫的前途。一個妻子含辛茹苦仰事公婆俯育子女，等候丈夫求得功名事業回家團聚，往往被認為是賢妻的典型。在古代，年年歲歲不知道有多少個年輕的妻子在默默地忍受和丈夫分離的寂寞淒苦。你看，唐代關心婦女問題的詩人張籍仗義執言了：「君愛龍城爭戰功，妾願青樓歌樂同。人生各各有所欲，詎得將心入君腹？」（〈妾薄命〉）「男兒生身自有役，那得誤我少年時？不如逐君爭戰死，那得獨老空閨裡？」（〈別離曲〉，以上俱見《張司業詩集》卷一）。前一首呼籲做丈夫的應該重視妻子渴望團聚的心願，不可只顧追求功名事業把妻子丟在家裡。後一首表示做妻子的寧願追隨丈夫同時戰死，也不願獨守空閨，寂寞以終。這位可敬的詩人把古代女性不敢言、也不便言的心事和盤托出，多麼了不起！他在一首離婦詩的結尾說：「為人莫作女，作女實難為？」（《張司業詩集》卷七）他是何等了解在男人至上的社會裏女人多麼難為！

這首〈長命女〉詞的「三願如同梁上燕，歲歲長相見」二句，用意與上引張籍〈妾薄命〉、〈別離曲〉的詩句一般，但語氣就十分平和，因為詞中這位女士究竟是在「春日宴，綠酒一杯歌一遍」時「再拜陳三願」，不像張籍在為婦女同胞抱不平。平和也好，激憤也好，上引詞句和詩句都表達了妻子要和夫君共同廝守的願望。也許有人會舉出秦觀詠牛郎織女一年一度鵲橋相會的那首〈鵲橋仙〉來唱反調。〈鵲橋仙〉說：

纖雲弄巧，飛星傳恨，銀漢迢迢暗度。
金風玉露一相逢，便勝卻人間無數。

柔情似水，佳期如夢，忍顧鵲橋歸路。
兩情若是久長時，又豈在朝朝暮暮。

——〈淮海詞〉·宋六十名家詞

好一個「兩情若是久長時，又豈在朝朝暮暮」！但那只是安慰牛郎織女的話，那能當真。你看《荊楚歲時記》的記載：「天河之東有織女，天帝之子也，年年機杼勞役，織成雲錦天衣。天帝憐其獨處，許嫁河西牽牛郎。嫁後，遂廢織。天帝怒，責令歸河東，使一年一度相會。」一年一度一相逢是天帝給牛郎織女的處罰，何嘗是他們自願？如果讓牛郎織女在朝朝暮暮相廝守與一年一度鵲橋相會兩者之中作自由選擇，我不相信他們寧願選擇一年一度在鵲橋相會。這情形好有一比：我沒有足夠的經濟能力購屋置產，就說：「若有公家房子住，又何必自己置產。」一旦我有了足夠的經濟能力，我還是想買一棟花園洋房的。

李之儀有一首〈卜算子〉，你讀過嗎？如果沒有，應該也聽人歌唱過吧！這也是一首藝術歌曲哩！

我住長江頭，君住長江尾。
日日思君不見君，共飲長江水。
此水幾時休？此恨何時已？

只願君心似我心，定不負相思意。

——〈姑溪詞〉．宋六十名家詞

詞中人恨什麼？就恨不能相見。連個人影都見不到，怎能知道「君心似我心」？住長江頭就同住長江頭，住長江尾就同住長江尾，如今一個住長江頭，一個住長江尾，縱使「共飲長江水」，濟得了何事？由此可見，「歲歲長相見」的第三願是多麼重要！

「一願郎君千歲，二願妾身常健，三願如同梁上燕，歲歲長相見。」不但是古代妻子的三願，我認為也應該是現代妻子的三願。如果女士們覺得「郎君」、「妾身」的稱呼有點封建意味，那就把「郎君」改為「丈夫」，把「妾身」改為「我身」，也就是了。假使再把「郎君」改為「我妻」，「妾身」改為「我身」，那就適用於現代丈夫了。一對現代夫妻願意彼此互訴這三願，必然是一對恩愛夫妻，必然能享美滿的家庭生活。

我特別要從現代社會的立場來談談「三願如同梁上燕，歲歲長相見」。可能有人以為現代通訊方便，即使夫婦的一方遠赴新大陸，另一方隨時可以花幾百元新臺幣撥一通國際電話，坐在自家客廳就可以和隔著太平洋的另一半你儂我儂一番。假如捨不得花國際電話費，那也簡單，三天五天寫上一頁航空郵簡，不過一個星期也準保送到對方手中。反正在現代，夫妻別離遠不像古代那樣嚴重。因此之故，這個「三願如同梁上燕，歲歲長相見」，現代夫妻就可以免了。這種論調，雖然並非完全沒有道理，但我還是認為現代夫妻照樣需要這第三願：「歲歲長相見。」

除了別有居心者之外，一般男女步上紅氈，就表示從此甘苦與共，白頭偕老。甘是夫妻彼此嚮往期待的，苦也是雙方準備接受的。說說笑笑固然是室家之樂，吵吵鬧鬧只要不過分，也是家之常情。只要兩口子生活在一起，這個家就名副其實。如果兩口子一東一西，長時期分離，兩邊都不成一個家，這情形就不太妙了。夫妻分離日久，可能使彼此相思之情愈篤，但也可能使彼此感情漸漸冷漠，或者發生第三者介入的事。你別以為透過越洋電話照樣可以查對方的勤，誰知道對方一面和你通話，一面在幹什麼。

我曾經有兩位高足，一位他，一位她。我眼看他和她在上我的課時眉來眼去，眼看他和她雙雙步上紅氈，眼看她在松山國際機場送他出國進修。幾年後，我又眼看他帶了另一位她回國。最後，我眼看原來那位她在桃園國際機場黯然告別國門。問題就出在「他住夏威夷，她住淡水尾。日日思他不見他，共飲海洋水。」如果當年她跟他一同踏上波音七四七，情形就不一樣。

所以，我認為現代夫妻照樣需要第三願「歲歲長相見」，是有原因的。我把馮延巳這首〈長命女〉詞介紹給讀者，也是有原因的。

一場愁夢酒醒時

當一篇文學作品裡含蘊著你也曾經擁有的生活經驗，或者含蘊著你想望而未能到手的事物，你一定會對這篇作品備感親切，百讀不厭。就這樣，我把晏殊這首〈踏莎行〉收入《晚鳴軒愛讀詞》，並且來閒話一番。你先看看這首詞：

小徑紅稀，芳郊綠遍，高臺樹色陰陰見。
春風不解禁楊花，濛濛亂撲行人面。
■
翠葉藏鶯，珠簾隔燕，爐香靜逐游絲轉。
一場愁夢酒醒時，斜陽卻照深深院。

這闋詞的前半是「外景」，後半是「內景」。首二句「小徑紅稀，芳郊綠遍」，對偶工整，點明了這是暮春時節。紅是花，花已零落；綠是葉，葉已茂密。李清照有一闋〈如夢令〉，把這景象稱為「綠肥紅瘦」。好一個「綠肥紅瘦」，簡直比「紅稀」「綠遍」更耐人尋味。第三句「高臺樹色陰陰見」，開始出現了樓臺。這樓臺應該就是此詞後半「內景」的場地。這句的「見」宜讀為「現」。「陰陰」是幽闇貌。如果這句是散文句子，「陰陰」一定是形容動詞「見」。但是詩句詞句變化較多，不像散文那樣簡單。這「陰陰」一詞，可以解作形容「高臺」，或者解作形容「樹色」，當然也可解作形容「見」。於是這句的語體翻譯就有下列三種可能：「幽闇的樓臺在樹叢中出現」，「樓臺在幽闇的樹叢中出現」，「樓臺在樹叢中隱隱出現」。但樓臺之所以幽闇，由於林密葉茂；樓臺在樹叢中出現所以成隱隱之狀，也由於林密葉茂。可見這三種語譯，意思仍有相通之處。

上述三句都是靜態的描寫，接著兩句就轉為動態了。由靜而動，動力來自春風。春風不但「不解禁楊花」，反而吹著楊花漫天飛舞，「濛濛亂撲行人面」。這「濛濛亂撲」四字，何等生動！何等熱鬧！楊有水楊、白楊等別。在文學上單稱「楊」時，往往是指水楊；「楊柳」並稱時，往往就指柳樹。據《本草》一書的解釋，「楊」枝硬而「揚」起，故謂之楊；「柳」枝弱而垂「流」，故謂之柳。兩者是一類的二種。在我江南老家，還有倒插楊樹就成柳樹的俗說。每年早春，楊和柳都是先葉開花。花很小，上面長有白色柔毛。等種子既熟，花就隨風飛散。因為花小有毛，能在風中飄浮甚遠，於是有了「水性楊花」、「顛狂柳絮」等等說法。

在我老家，小河邊經常是長了許多楊和柳，尤其是柳樹最多。暮春時節在小河邊漫步，一陣風迎面吹來，楊花和柳絮正如晏殊這首〈踏莎行〉所說一般：濛濛亂撲行人面。那小花的柔毛接觸到我的臉頰，好奇妙的感覺！那年頭，我正是充滿著夢想的初中生。我曾在作文裡把這種奇妙的感覺寫作「春天阿姨正在用她溫柔的手撫摸我的臉頰」。這種肉麻兮兮的文句，如今我是再也寫不出來的了。

旅臺三十餘年，足跡所至，看到過的楊和柳加起來不過幾十棵。從前新生南路大排水溝兩側三三五五種著些柳樹，自從大排水溝由明變暗，上面全部鋪設柏油馬路，就再無柳樹容身之地。不知道是移走了？還是砍掉了？臺大、輔大都有幾棵柳樹，太少了，即使在暮春三月，寶島草長，雜花生樹，群鶯亂飛的時候，任憑那東風一陣一陣吹，也不能造成柳絮「濛濛亂撲行人面」的如詩畫面。我天天看的柳樹有五棵，就在舟山路長興街口，那地點距離晚鳴軒的四樓陽臺，直徑不過一百公尺左右。那五棵柳樹緊鄰著兩家汽車修理廠，你想，什麼草木靠近汽車修理廠還能長得好？何況這地段過往車輛又多，煙塵不絕！無論春去秋來，花朝月夕，這五棵柳樹始終是灰頭灰腦，憔悴不堪。每天我步出陽臺，望望這五棵沒人理睬的柳樹，心裡有無限的憐惜和感慨。柳兄呀柳兄！你們是生不逢時，生不逢地。你們要是早生一千幾百年，生在晉朝陶淵明家的門前，你們會得到多少照顧，多少友情。你們當然就成了陶淵明大作〈五柳先生傳〉的題材，可以追隨陶淵明永世不朽。偏偏你們生在工業污染的現代，又生在汽車修理廠的旁邊，那還能逃避被污染被棄置的命運？

楊花柳絮「濛濛亂撲行人面」的經驗距我已遠，但是這句詞句至今仍能喚醒我少年歲月的回憶。為了重溫少年歲月的點點滴滴，我曾多少次為它反覆低迴，吟詠不已。縱然它也同時帶給我深深惆悵，我也甘之如飴。

這首詞的後半前二句「翠葉藏鶯，珠簾隔燕」，依然對偶工整。前半的「小徑紅稀，芳郊綠遍」是遠景；這兩句卻是近景，鏡頭對準了綠樹圍繞的這座樓臺。樓邊樹木茂密的枝葉中，藏著許多鶯。何以知之？聽鶯的啼聲知之。不但有鶯啼，而且還有燕語，只是主人把珠簾放下，燕子只能在簾外穿梭飛翔，飛不進屋子去了。從這兩句，你一定會感覺到這家主人絕不是窮小子。

「翠葉藏鶯」寫樓邊，「珠簾隔燕」寫窗前，接下去「爐香靜逐游絲轉」，就寫到室內了。這「靜逐」兩字，用得很有分際。爐裡的香點著，一縷香煙直直地上升，由於沒有風，不會左右飄動，這是「靜」。升到高處，煙散了開來。在從窗口照進來的陽光裡，肉眼看去彷彿有千絲萬縷游絲在飄浮。散開的煙氣和游絲一接觸，彷彿在追趕，這就是「逐」。簾外有鶯啼燕語，聲音悅耳；簾內香煙一縷，無限靜謐。主人呢？主人正在午睡。啊，午睡！多令我神往的名詞！我不知道已經有多少年不曾享受午睡！就像此刻，星期六的下午，我也許應該上床去小睡一、二小時，可是雜誌主編前些日子又打電話又寫信，硬是要我寫篇稿子。我並沒有教過她，她偏要在信裡稱我「老師」。「老師」那能白叫，這篇稿子是非寫不可了。就這樣，又一個午睡的機會飛走了。

記得在單身的日子，我幾乎有午睡的習慣。午餐過後，我常是把房門一關，上床就睡。如果下午三點有課，我就兩點半起來；沒有課，多睡一下也無妨。授課的鐘點並不算多，研究工作也不是一朝一夕的事，大可好整以暇，慢慢進行。等成了家，有

一場愁夢酒醒時

了國家未來的主人翁，要睡午覺就難了。家中人口遞增，午睡機會遞減。再等到「下海」寫散文，稿約一天比一天多，午睡就成了根本不可能的事。只要還欠誰稿子，即使勉強倒在床上，也覺得良心內疚，輾轉反側了一陣，還是坐到書桌去爬格子。我說我已有幾年不曾享受午睡，一點也不假。

你看，「一場愁夢酒醒時，斜陽卻照深深院」，這位大爺多優閒！夢醒了，酒也醒了，他發現太陽已經西斜，陽光照在院子裡，也照進屋子裡。他不必急急起身，依然懶洋洋地躺著，看著「爐香靜逐游絲轉」，盡情享受午睡後的這分舒泰鬆散。人帶著醉意入夢，模模糊糊，恍恍惚惚，所以作者用「愁」來形容夢。他不愁窮、不愁苦，有的只是閒愁。中午喝酒的人，十九是有福的閒人，喝醉了就睡午覺，反正沒有什麼要緊事要趕工。像我這種忙人，中午從來滴酒不沾。我怕中午飲酒，下午就昏頭昏腦，誤了正事，那可不得了。嘴饞，也得等到晚飯時候才能淺酌一番。

一個終年忙碌沒有機會午睡的人，看了這首詞的後半，不由得不羨慕。勉強有機會午睡，但睡前得把一個鬧鐘放在枕邊，以便到時候把自己鬧醒的人，看看詞中人睡得那樣安適，也不由得不羨慕。這詞中人是誰？當然就是作者晏殊啦！晏殊生當北宋承平之際，一生仕途順遂，官做到宰相。這就難怪。看這首詞，就覺得此人一定不住在三家村中。

我的生活已與午睡絕緣，想午睡，只能讀點描寫午睡的詩詞畫餅充飢一番。畫餅固然不能充飢，但比起連畫餅都不會的人總是聊勝一籌。不是嗎？

為伊消得人憔悴

不知道你有沒有讀過王國維的《人間詞話》，如果讀過，相信你會對下面這段話很感興趣。

古今之成大事業大學問者，必經過三種之境界。「昨夜西風凋碧樹。獨上高樓，望盡天涯路。」此第一境也。「衣帶漸寬終不悔，為伊消得人憔悴。」此第二境也。「眾裡尋他千百度，回頭驀見，那人正在燈火闌珊處。」此第三境也。此等語皆非大詞人不能道。然遽以此意解釋諸詞，恐晏、歐諸公所不許也。

——《人間詞話》卷上

王氏說：「此等語皆非大詞人不能道。」我想要恭維王氏說：「非大詞人大學者，不能舉出上述詞句來代表成大事業大學問者必須經過的三種境界。」

王氏用來代表第一種境界的三句，出於晏殊的〈蝶戀花〉詞：

檻菊愁煙蘭泣露。
羅幕輕寒，燕子雙飛去。
明月不諳離恨苦。
斜光到曉穿朱戶。
■
昨夜西風凋碧樹。
獨上高樓，望盡天涯路。
欲寄采箋無尺素。
山長水闊知何處？

——毛晉刻本《珠玉詞》，下同

這應該是一首離別中男女的相思之詞。在《珠玉詞》全部一百三十幾首中，這首算不了是上上之選。和這首情景及遣辭相近的作品，可以找出好幾首來。但為了節省篇幅，我只舉一首〈踏莎行〉為例：

碧海無波，瑤臺有路。
思量便合雙飛去。
當時輕別意中人，山長水遠知何處？

■

綺席凝塵，香閨掩霧。
紅牋小字憑誰附？
高樓目盡欲黃昏，梧桐葉上蕭蕭雨。

你試著品味這兩首作品，不是一個調調兒嗎？原因就在詞究竟是流行歌曲，流行歌曲由十七八俏女郎執紅牙板演唱，就適合唱這個調調兒的歌曲。晏殊一生官運亨通，最得意時官拜集賢殿大學士、樞密使，竟然還作這種軟綿綿的歌詞，難怪拗相公王安石要譏笑他：「為宰相而作小詞可乎？」當然，換一個角度說，宰相也是人，也有他的愛好，只要他不發神經在公事房作流行歌曲，實在也不該非議。

話說回頭，「昨夜西風凋碧樹。獨上高樓，望盡天涯路」三句，放在原來那首〈蝶戀花〉中，不過寫出了詞中人對遠在天涯的情人的想念，普通得很。可是一經王國維氏慧眼賞識，把它提出來代表人生追求大事業大學問必經的第一個境界，立即顯得精神全出，意味十足。一個人要在事業上學問上成功，他跨出的第一步必然是立定志向。在「昨夜西風凋碧樹」之際，此人「獨上高樓，望盡天涯路。」不歎逝，不悲秋，高瞻遠矚，若有所待，想見他的志向必然不凡。

我們有一句成語，叫做「有志者事竟成」。這句話用來勉勵人努力則可，如果相信它是真理，那就錯了。事實上，「有志者」結果「事不成」的，恐怕比「事竟成」的還要多。「事不成」的原因，我想主要的不外兩點。其一是由於此人所立之志不切實際，根本沒有成功的可能。彷彿癩蝦蟆立志吃天鵝肉，吃得到嗎？這種志，實在算不了是志，只是小人物狂想曲而已，不必置論。其二是立志之後不夠執著，稍遇困難，便逡巡不進，半途而廢。用王國維的話說，就是沒有進入追求大事業大學問的第二境界：「衣帶漸寬終不悔，為伊消得人憔悴。」

這代表第二境的詞句，出在柳永的〈鳳棲梧〉（即〈蝶戀花〉）詞：

為伊消得人憔悴

佇立危樓風細細。
望極春愁，黯黯生天際。
草色煙光殘照裡。
無言誰會憑欄意。

■

擬把疏狂圖一醉。
對酒當歌，強樂還無味。
衣帶漸寬終不悔。
為伊消得人憔悴。

——《樂章集》．《彊村叢書》

這首詞在《樂章集》全部將近兩百首作品中也是普普通通。柳永是北宋詞壇的寫情聖手，這個調調兒的作品有的是。「衣帶漸寬終不悔，為伊消得人憔悴。」原本表示感情上的執著，但王國維把它用來代表人生追求理想過程中的執著，意義就顯得不同。

在柳詞之前，南唐馮延巳的《陽春集》就已有這樣的句子：「一晌憑欄人不見，鮫綃掩淚思量遍。」(〈鵲踏枝〉)「日日花前常病酒，不辭鏡裡朱顏瘦。」(〈鵲踏枝〉)所表現的也是一分執著。不過和柳永的「衣帶漸寬終不悔，為伊消得人憔悴」相比，馮詞的確不如柳詞明白強烈。王國維選用柳詞而不選用馮詞，也許是由於這種考慮吧！

通過了第二境，大致說來，第三境就會到來。王國維用來代表第三種境界的詞句，出在辛棄疾的〈青玉案〉詞：

東風夜放花千樹。
更吹落星如雨。
寶馬雕車香滿路。
鳳簫聲動，玉壺光轉，一夜魚龍舞。

蛾兒雪柳黃金縷。
笑語盈盈暗香去。
眾裡尋他千百度。
驀然回首，那人卻在燈火闌珊處。

——毛晉刻本《稼軒詞》卷三，與王國維所引字句稍有出入

這首詞，無異是一幅以「春城無處不飛花」為背景的都人遊樂圖。末尾「眾裡尋他千百度。驀然回首，那人卻在燈火闌珊處」三句，寫來雖俏皮可喜，但並無深意。王國維用這三句來表示人生所追求的大事業大學問終於在經過千辛萬苦之後於不經意之中完成，頓時脫胎換骨，境界全出。

寫到這裡，我想起王國維在借用晏殊、柳永、辛棄疾三位的詞句代表三種境界後，曾說：「然遽以此意解釋諸詞，恐晏、歐諸公所不許也。」我的意思是：後人解釋前人詩句，能說中作者原意當然最好，但是有誰能證明作者原意的確如此？除非起古人於地下，否則任何人都難以作此證明。即使經由孟老夫子所說的知人論世與以意逆志的途徑，也難以有百分之百的把握。所以，解詩只要解得合情合理，就不必太過計較是否正合作者原意。至於像王國維那樣借古人詞句說自己道理，那就更不必拘泥詞句原意了。王國維為那些原本平平的詞句注入了新的意義，用來代表成大事業大學問必經的三種境界，據我想，晏殊諸公可能讚許都來不及，那有不許之理？對一位作家而言，能夠探索到作品原意的讀者固然可以推許為知音，能夠為作品注入新意義新

生命的詮釋者，也許比知音更為可貴，更為可遇而不可求。

在這裡，我還有一點補充說明：前引柳永這首〈鳳棲梧〉，也曾收入歐陽修的《六一詞》，因此王國維稱「晏、歐諸公」而不稱「晏、柳諸公」。不過我相信這首詞應該是柳永的作品，像「衣帶漸寬終不悔，為伊消得人憔悴」這種句子，不類歐陽修口吻。歐公為人，豁達豪宕，似不會為情所苦。你看他高歌：「直須看盡洛城花，始共春風容易別。」（〈玉樓春〉）「尊前百計得春歸，莫為傷春眉黛蹙。」（〈玉樓春〉）對哀樂人生一副賞玩到底的樣子，他會低吟「衣帶漸寬終不悔，為伊消得人憔悴」嗎？這明明是低吟「多情自古傷離別」的柳郎中的口吻。

在代表成大事業大學問必經三境界的三組詞句中，我最喜歡「衣帶漸寬終不悔，為伊消得人憔悴」二句。除了這兩句，我簡直就想不起還有什麼句子更能代表追尋過程中的這一分執著。即使到詩文中去找，也找不到比這更適合的句子。前文提到的馮延巳的「一晌憑欄人不見，鮫綃掩淚思量遍」、「日日花前常病酒，不辭鏡裡朱顏瘦」，都覺得勁道和味道都不夠。李商隱的「春蠶到死絲方盡，蠟炬成灰淚始乾」（〈無題〉，《李義山詩集》卷五），又覺得勁味都過了頭。就是「衣帶漸寬終不悔，為伊消得人憔悴」這二句最好，柳永彷彿正是為王國維準備著的。

再就代表成大事業大學問必經的三個境界本身來說，也以第二境最為重要。古往今來，經歷第一境界的人何其多。人孰無志？而且個個志不在小，不是想成大事業，就是想成大學問，反正沒有人立志要賺夠了錢到觀光大飯店吃一客腓力牛排。但是志向立定之後，如果不能通過第二境，第三境絕不會到來。只要能通過第二境，第三境往往是水到渠成的事。第二境彷彿耕耘，第三境則是收穫。耕耘過後不能收穫是意外，但要收穫必須先耕耘。

想當年，春秋五霸之一的晉文公還是公子重耳的時候，他在外流亡十九年，一心一意想爭取諸侯的支持，回晉國做國君，重建多災多難的晉國。當他經過衛國的時候，衛文公對他不加禮遇；他在田間向野人乞食，野人竟然丟給他一塊泥土。後來他到了齊國，齊桓公看出重耳不是泛泛之輩，對他非常禮遇，給他嬌妻美妾，外加馬八十匹。重耳想想不久以前路過衛國時受的罪，今日在齊國的生活簡直是天堂。他感慨地說：「人活在世上只要安樂就好，此外還有何求？」他就想在齊國長住下去，當初的大志簡直已置諸度外。眼看著重耳已不能進入第二個境界，幸好他的隨從令狐偃、趙衰、介之推等賢士堅持復國建國的理想，再加上重耳有一位賢慧的新婚夫人姜氏，她深明大義，不願為兒女之私妨礙了丈夫復國建國的大事業。就在姜氏和狐偃等賢士的共同設計下，把重耳灌得酩酊大醉，送上車離開了齊國。重耳酒醒後恨得舉戈要刺殺狐偃，但他終於想明白狐偃這樣做是為了晉國也為了他，於是拋棄此念，重新振作起來邁向復國建國的艱難途程。就這樣，重耳進入了「衣帶漸寬終不悔，為伊消得人憔悴」的第二境。對重耳來說，這個「伊」字指的就是晉國。你想，連雄才大略的晉文公都幾乎過不了第二境，可以想知在第二境被淘汰出局的不知道有多少人。如果晉文公沒有賢妻良佐的輔助，或者雖有賢妻良佐的輔助而自己仍然不能重拾一份對理想的執著，那能成就後來的大事業？

你再看歐陽修，他小時候家境貧困，窮到買不起紙筆，只能用荻畫地練字的境地。可是當他看了韓愈的遺稿，就喜愛得不得了。從此他苦心學習古文，務必要學得和韓愈一樣，和韓愈並轡結馳。最後，他成為北宋的一代文宗，由他領導的古文運動比韓愈當年的古文運動更有成績，影響更普遍。他在古文上的成功，得力於他廢寢忘食的苦學。對他來說，「衣帶漸寬終不悔，為伊消得人憔悴。」這個「伊」就是古文。如果他沒有通過第二境，那能成就一代文宗的大學問？

讀者朋友，你現在身在那一境呢？在「昨夜西風凋碧樹。獨上高樓，望盡天涯路」之境？好得很，你已經選定了志向，邁出步向成功的第一步。只要你的志向切合實際，不是小人物狂想曲，那就有成功的希望。

在「衣帶漸寬終不悔，為伊消得人憔悴」之境？我可得趕緊給你打氣。在這決定成敗的關鍵性時刻，你務必要「持其志，毋暴其氣。」只要志能夠實現，憔悴又有何妨。如果此生不能有所建樹，長得白白胖胖又有何益？

在「眾裡尋他千百度。驀然回首，那人卻在燈火闌珊處」？那當然要恭喜你啦，好好的保持並享受那得來不易的成果吧！

楊柳岸曉風殘月

別離是詩人詞客常用的寫作題材；以別離為題材的詩詞，讀者人人能體會。這原因很簡單，因為別離是人生共有的生活經驗，猶如生、老、病、死，世人誰也不能倖免。在我讀過的訴說離情別意的詞篇中，我最欣賞的還是柳永這首〈雨霖鈴〉：

寒蟬淒切。
對長亭晚，驟雨初歇。
都門帳飲無緒，留戀處蘭舟催發。
執手相看淚眼，竟無語凝噎。
念去去千里煙波，暮靄沈沈楚天闊。

多情自古傷離別。
更那堪冷落清秋節！
今宵酒醒何處？楊柳岸曉風殘月。
此去經年，應是良辰好景虛設。
便縱有千種風情，更與何人說？

——《樂章集》．彊村叢書

「寒蟬淒切」一句點明了別離的季節。寒蟬是蟬的一種。這種蟬到秋深天寒就不再鳴叫，所以有句成語叫「噤若寒蟬」。「寒蟬淒切」，就表示秋快深了。「對長亭晚」，又交代了離別的地點和時刻。古時驛站，五里一短亭，十里一長亭，供行人歇息。「驟雨初歇」則說明了離別時的天氣。短短十二個字，就把離別的季節、時間、地點、天氣說得一清二楚，文筆簡練之至。

今人為親友餞別，都先期假菜館飯店進行；古時則流行帳飲。帳飲者，在道路旁設帷帳，備酒食，以送行者也。先期在菜館飯店餞別，燈紅酒綠，興高采烈，彷彿是在吃喜酒壽宴。臨了主人送客，照例說聲：「祝你一路順風，到時候我就不來送行了。」客人照例答道：「不敢勞駕，謝謝！再見！」應對如儀畢，握手而別，雙方如釋重負。這個樣子的餞別，談得上什麼離情別緒。帳飲則主人先在城外路邊設帳，略備酒菜，等行者來到時，邀入帳內小敘。然後行者或上馬或乘船，就此別去。上馬的踏上灞橋，穿過柳陌，漸行漸遠；乘船的駛離南浦，轉過山腳，失去了蹤影。啊，黯然銷魂者，唯別而已矣！

你可曾讀過王維的一首〈觀別者〉詩？詩云：「青青楊柳陌，陌頭別離人。愛子游燕趙，高堂有老親。不行無可養，行去百憂新。切切委兄弟，依依向四鄰。都門帳飲畢，從此謝賓親。揮涙逐前侶，含悽動征輪。車從望不見，時時起行塵。余亦辭家久，看之涙滿巾。」（《王右丞集》卷四、《四部備要本》）連看他人別離都要「涙滿巾」，一旦自己就是別離之人，其傷心自毋待言。從這首詩看，「都門帳飲畢，從此謝賓親」，無疑是整個離別過程中的高潮。在這之前，離人心中雖已充滿了離情別緒，但尚能強忍；等到「都門帳飲畢，從此謝賓親」之際，就禁不住二道熱涙奪眶而出了。如今不再有「都門帳飲」之事，而代之以菜館飯店大吃大喝，如此餞別，真不知是悲是喜。

再回頭談柳永這首〈雨霖鈴〉。從「都門帳飲無緒」到上片終了，就是這次離別的高潮，最使人黯然魂銷的臨別時刻。「都門帳飲」之所以「無緒」，正因為行者與送行者在此相見的目的在一敘情意，互道珍重，而不在滿足口腹之欲。「留戀處蘭舟催發」，可見兩情依依，難分難捨，而開船在即，勢非分手不可。不管這對情人如何為離別腸斷心碎，船夫可不理這一套，時候到了就得開船。蘭舟是木蘭舟的簡稱。五代詞人孫光憲的一首〈浣溪沙〉，有「蘭紅波碧憶瀟湘」之句，這個「蘭」字也是指木蘭舟。木蘭樹高丈餘，晚春開花，其木可為舟楫。據《述異記》的記載，春秋時巧匠魯班曾刻木蘭樹為舟，因此詩詞中提到舟船，慣稱為木蘭舟。此處「蘭舟」下用了「催發」二字，這「蘭舟」當然是指船上的船夫了。

既然已到了非分手不可的時候，在分手前，讓彼此緊握著手吧！兩個人淚汪汪地她看著他，他看著她，喉頭似乎哽住了說不出一句話。這「執手相看淚眼，竟無語凝噎」兩句，描寫得真夠淋漓逼真。在一對情人之間，彼此可以說上千言萬語的廢話，未必能說得出一句真正能表達心底情意的話語，在這離別的一剎那尤其是如此。看多了西方電影的朋友也許覺得他們此時此情只是握握手，十分不夠意思，為什麼不緊緊擁抱狂吻一番呢？但那是西洋作風。別忘了柳永是北宋時代的中國人，那時候，一對男女竟然敢在都門之外大道之旁「執手相看淚眼」，或者一位歌詞作家敢把「執手相看淚眼」之類句子譜成歌曲，已稱得上是十分「新潮」，十分「大膽」。

「念去去千里煙波，暮靄沈沈楚天闊。」兩句，我一向解釋成行者或送行者痛下決心的念頭。總不能讓「執手相看淚眼，竟無語凝噎」長時間持續下去，反正終須一別，那就「走吧！走吧！走向千里煙波，走向沈沈暮靄籠罩下的廣大的南方天地。」此處「去去」兩字疊用，顯示了多大的決心。就這樣，行者上船走了，送行者也終於踏上了歸程。

人已分離，但兩顆心仍然連在一起，他想著她，她想著他。詞的下片，是他心中的話，也是她心中的話。「多情自古傷離別」是自慰之詞。古往今來，不知道有多少有情人曾為別離傷心過，我們並非唯一的一對。只不過我們分離在冷冷落落的清秋時節，況味更難消受而已。這句「更那堪冷落清秋節」，直承詞的首句「寒蟬淒切」；前文「暮靄沈沈楚天闊」，也上承詞的次句「對長亭晚」的「晚」字。這些都可以看出作者經營的匠心。

「今宵酒醒何處？楊柳岸曉風殘月。」這兩句是這對情人分手後不久的想像之詞。都門帳飲雖無意緒，但難免借酒澆愁，如今酒力發作，才有這種似夢似幻的想像。你試著體會這兩句的語氣，活像一個有酒意的人的口吻，不是嗎？這首〈雨霖鈴〉如果以行者的口吻來唱，「今宵酒醒何處？」就意謂「今宵我酒醒時船已行到何處？」以送行者的口吻來唱，這句就意謂「今宵他酒醒時已到了何處？」詩詞由於大量省略主詞，每因詮釋者取徑不同而有了不同的解釋。這可能使部分讀者感到困惑，但是換一個角度來看，這反而使詩詞的內涵更豐富，更完足。這首〈雨霖鈴〉就是如此。

你是否覺得「今宵酒醒何處？楊柳岸曉風殘月。」兩句很美？的確美極了！那是一種淒迷寂寞之美。回憶我自己的幾次酒醉經驗，酒醒時總是睡在床上，老妻就在身旁指責埋怨。近年來我飲酒相當能節制，無論友朋們請將激將，都不能使我過量，為的就是怕萬一喝醉了，實在無顏見家中老妻。如果我酒醉時能躺在曉風殘月之下的楊柳岸邊，聽到的是鳥語，嗅到的是花香，啊，多美！我願意再醉一次。

我想起晚唐溫庭筠的〈更漏子〉詞有「簾外曉鶯殘月」之句。柳永的「楊柳岸曉風殘月」和它相比，相差不過四字，而意境迥然不同。如果後者是由前者奪胎換骨而成，那柳永真成了點鐵成金的高手。當然，這只是「如果」而已，天下名句並不一定要有所依傍才能產生。

「今宵酒醒何處」，只想到今宵酒醒之時；「此去經年」以下，就想得比較遠了。「此去經年，應是良辰好景虛設。」說出了分離中情人的心事。雖然春花還是一樣明媚，秋月還是一樣皎潔，可是身邊少了一個他（或她），那還有心情欣賞春花秋月。在元稹所撰的《鶯鶯傳》中，當張生科場失利，滯留京師之際，鶯鶯寫了封信給他。信中有這麼一段話：「自去秋已來，常忽忽如有所失。於諠譁之下，或勉為語笑；閒宵自處，無不淚零；乃至夢寐之間，亦多感咽離憂之思。」不也正是「良辰好景虛設」之意？這種感受，相信嘗過離別滋味的戀人都能體會。如果有一天，你看到好玩的，心裡就想：可惜他（或她）不在。嘗到好吃的，心裡就想：可惜他（或她）不在。這就意味著，你已經愛上了那個人。

由「應是良辰好景虛設」更進一步，就想到「便縱有千種風情，更與何人說？」風情一詞，有幾種意義，此處指深情密意。良辰好景可以虛度，但內心的深情密意不能沒有人訴說。可是此種情意不能稟報父母，不能告訴兄弟，只能悄悄向情人傾吐。如今情人遠離，奈何？

這首〈雨霖鈴〉就在這萬般無奈處結束。詞中人雖曾以「多情自古傷離別」勉強自慰，但究竟承受不住別後的寂寞無奈。臨別時的「執手相看淚眼，竟無語凝噎」的確使人心碎，但是別後經年累月的寂寞無奈似乎更令人難以忍受。

楊柳岸曉風殘月

離別為世人帶來了無數悲苦，但也為詩人詞客提供了許多寫作題材。在我讀過的抒寫離情的詞篇中，以這首〈雨霖鈴〉寫來最坦率、真摯、深刻，真不由我不喜愛。

詞是宋代的流行歌曲，柳永是宋代最受歡迎的流行歌曲作家，這首〈雨霖鈴〉又是柳永的代表作。宋人葉夢得《避暑錄話》謂：「余仕丹徒，嘗見一西夏歸朝官云：『凡有井水飲處，即能歌柳詞。』」可證柳永所作歌曲之風靡民間。再看宋人俞文豹《吹劍錄》的記載：「東坡在玉堂日，有幕士善歌。因問：『我詞何如柳七？』對曰：『柳郎中詞，只合十七八女郎，執紅牙板，歌楊柳岸曉風殘月。學士詞，須關西大漢，銅琵琶，鐵綽板，唱大江東去。』坡為之絕倒。」柳七就是柳永。這段話，表面上似在推許蘇詞豪放，不像柳詞柔靡；事實上卻隱然有蘇詞為非本色之譏。因為流行歌曲本來就該由十七八女郎執紅牙板演唱，不是由關西大漢配合銅琵琶鐵綽板唱出。關西大漢這種唱法，豈不成了唱軍歌？且不提幕士這番話別有寓意，只看他一提到柳永詞，就說：「只合十七八女郎，執紅牙板，唱楊柳岸曉風殘月。」可見柳永這首〈雨霖鈴〉當時流傳極廣，是柳永的招牌歌曲。真可惜，宋詞的聲調久已失傳，今人只能把它當作文學作品來欣賞；換言之，它的音樂生命早已消失，只剩下了文學生命。但是我們不妨閉起眼睛來想像，讓時光倒流九百幾十年，在汴京城的酒樓歌筵中，一位十七八歲的俏女郎一邊手執紅牙板打拍子，一邊用輕柔哀怨的聲調唱著「今宵酒醒何處？楊柳岸曉風殘月。」這情調將是多麼動人！至少也可以和聽鄧麗君唱「何日君再來」相比吧！

月上柳梢頭

去年元夜時，花市燈如晝。
月上柳梢頭，人約黃昏後。

今年元夜時，月與燈依舊。
不見去年人，淚滿春衫袖。

——〈生查子〉．《全宋詞》

這首小令，《全宋詞》收在歐陽修名下，並有一條案語：「案此首別又誤作朱淑真詞，見詞品卷二。又誤作秦觀詞，見緒選草堂詩餘卷上。方回瀛奎律髓卷十六又引月上柳梢頭句，以為李清照作，亦誤。」查宋本《歐陽文忠公集》所附樂府，收入此首；宋人曾慥《樂府雅詞》，此首也在歐陽修名下。此詞出於歐陽修之手，應該不成問題。

枯燥的作者考據話題到此打住，接下去專談我對這首小令的喜愛。

這首小令所抒寫的是因物是人非而興起的今昔之感。撫今思昔是人之常情，由此而來的感歎在詩詞中極為常見。我所以特別偏愛這首小令，是因為它能以短小的篇幅、平易的字句、對比的手法，把這份因物是人非而興起的今昔之感作最鮮明的呈現。

〈生查子〉的調式，上下二片，各五言四句，完全對稱，沒有換頭。作者就利用這種完全對稱，沒有換頭的調式，來抒寫今昔之感。上片寫「去年元夜時」的情景：月圓，花好，燈光燦爛，有情人相約會。下片寫「今年元夜時」的情景，一樣的月圓，花好，燈光燦爛，可是有情人分離了。前後對照，物是人非的今昔之感油然而生，悲從中來。

元宵賞燈的習俗，唐代開始盛行。根據唐人韋述《兩京新記》的記載，唐人以元宵及前後各一日為燈節，取消宵禁，供民眾賞燈。初唐詩人蘇味道有正月十五夜詩：

「火樹銀花合，星橋鐵鎖開。暗塵隨馬去，明月逐人來。遊妓皆穠李，行歌盡落梅。金吾不夜禁，玉漏莫相催。」可見元宵夜的民眾歡樂情況。到了宋代，賞燈時間增為五夜，熱鬧的情況，更甚於唐代。《宣和遺事》、《京本通俗小說》等宋人說部中有許多描寫元宵夜盛況的筆墨，不少愛情故事也在這個狂歡的夜晚發生。宋代以後，一直到二十世紀的今天，元宵對中國人來說，仍然是一個難以遺忘的節日，只是過節的盛況不及唐宋兩代而已。正由於此，這首〈生查子〉前一句「去年元夜時」，後一句「今年元夜時」，就已使我們感到親切而投入文字之中。唐末五代的詞人韋莊有一首〈女冠子〉，上片說：「四月十七，正是去年今日，別君時。忍淚佯低面，含羞半斂眉。」當事人在今年四月十七回憶去年四月十七分手情景。但四月十七是個普通日子，只對在這天發生某一特事件的當事人有意義，對一般人毫無意義，不像正月十五元宵，能立即引起人們許多有關燈節的記憶和想像。因此，且不談這二首詞的寫作技巧優劣，單拿「去年元夜時」和「四月十七」兩個起句相比，在讀者的接受與投注程度上，後者便已落了下風。

「去年元夜時」以下三句，「花市燈如晝」用來描寫元宵那晚城開不夜的一般盛況。這種盛況人人熟悉，不必多費筆墨。「月上柳梢頭，人約黃昏後」，則是不夜城中某一個特定角落的情景。此情此景，使讀者從心底裡感到美好無比。可是你是否想過，黃昏過後，玉兔東升，可以上「柳梢頭」，也可以上「柏梢頭」、「竹梢頭」……作者為何獨獨選擇了「柳梢頭」？如果「人約黃昏後」的人當時確是在柳梢頭下相約會，「月上柳梢頭」是他當時親眼所見，那樣我們就不必費神去找尋答案。否則，單獨選用「柳梢頭」，其中必有道理。我的想法是：柳條柔長，正可用來比擬兒女之情。因之「月上柳梢頭」與下句「人約黃昏後」相連相配，非常適合。至於松柏和修竹，都是高風亮節的君子象徵，「月上柏梢頭」或「月上竹梢頭」與「人約黃昏後」上下句相連，可能會產生意象上的混淆。在現實生活中，有情人約會談情，在什麼樹下都可以，甚至在孔廟門前和國父紀念館走廊上亦無不可，但是在文學作品中，尤其是在詩詞這種精緻的文學作品中，選詞用字還是有許多講求的。

下片首句「今年元夜時」與上片首句「去年元夜時」相對照，而且只改了一字。下片二句「月與燈依舊」與上片二三兩句「花市燈如晝，月上柳梢頭」相對照。下片三句「不見去年人」與下片四句「人約黃昏後」相對照。在整首詞裡，花、燈、月、柳等等都是陪襯，人才是主角。沒有「人約黃昏後」、「不見去年人」，就不會有這首詞；有了「人約黃昏後」、「不見去年人」，物是人非的今昔之感就全面呈現，然後以

「淚滿春衫袖」一句結束了這一份悲歎。「不見去年人」一句，即使不是指死別，至少也是久別，絕不會僅僅是小別。

每次我想起這首〈生查子〉，往往同時想起唐人崔護的一首七言絕句。這首絕句記載在唐人孟棨的《本事詩》中：

去年今日此門中，
人面桃花相映紅。
人面祇今何處去，
桃花依舊笑春風。

詩的前二句，相當於前引〈生查子〉的上片；後二句，相當於〈生查子〉的下片。短短四句，字句非常平易，卻能把物是人非的今昔之感呈露得如此鮮明。這首詩，有一個動人的故事。請看孟棨《本事詩》所載原文：

博陵崔護姿質甚美，而孤潔寡合。舉進士下第。清明日獨遊都城南，得居人莊，一畝之宮，而花木叢萃，寂若無人。扣門久之，有女子自門隙窺之，問曰：

「誰耶？」以姓字對，曰：「尋春獨行，酒渴求飲。」女入，以杯水至，開門設床命坐，獨倚小桃斜柯佇立，而意屬殊厚，妖姿媚態，綽有餘妍。崔以言挑之；不對，目注者久之。崔辭去，送至門，如不勝情而入。崔亦睠盼而歸，嗣後絕不復至。及來歲清明日，忽思之，情不可抑，逕往尋之。門牆如故，而已鎖扃之。因題詩於左扉曰……後數日偶至都城南，復往尋之，聞其中有哭聲。扣門問之。有老父出曰：「君非崔護耶？」曰：「是也。」又哭曰：「君殺吾女。」護驚起，莫知所答。老父曰：「吾女笄年知書，未適人。自去年以來，常恍惚若有所失。比日與之出，及歸，見左扉有字，讀之，入門而病，遂絕食數日而死。吾老矣，此女所以不嫁者，將求君子以託吾身。今不幸而殞，得非君殺之耶？」又特大哭。崔亦感慟，請入哭之。尚儼然在床。崔舉其首，枕其股，哭而祝曰：「某在斯，某在斯。」須臾開目，半日復活矣。父大喜，遂以女歸之。

這是一個動人的故事。不過後半篇敘述女子死而復活情事，明明是小說家言，不足信。前半篇說明了崔護作人面桃花一詩的背景，都還在情理之中。崔護在門扉上題詩時，與女子還沒有什麼深厚的交情，因此人面桃花一詩，雖然寫出了物是人非的今昔之感，並不悲痛，也無從悲痛，所流露的只是一分惆悵而已。反過來說，歐陽修〈生查子〉以「不見去年人，淚滿春衫袖」作結，所透露的就不僅是一分惆悵，而是深沉的悲痛。可見當事人和這位今年已不能見到之人之間的關係，並非泛泛之交，可惜沒有《本事詩》之類的書籍記下這首〈生查子〉的本事而已。

根據《本事詩》所記，崔護人面桃花一詩所呈露的今昔之感，其時間基點是清明節。但崔護在詩中根本不提清明二字，只是以桃花與人面二度比照，獲得生動的效果。歐陽修〈生查子〉則以元宵為今昔之感的時間基點，而且重複提出，前後對照，同樣獲得生動的效果。固然是由於七言絕句和〈生查子〉調式的不同，使他們作了不同的選擇，也正說明了文學技巧的多樣性。戲法人人會變，各有巧妙不同。

但願人長久

看了這個題目，相信很多讀者立刻會想起下一句「千里共嬋娟」，同時知道《晚鳴軒愛讀詞》這次要談的是蘇軾的這首〈水調歌頭〉。的確，我想談這首〈水調歌頭〉。我知道，喜愛這首詞的人很多，能把這首詞講解得很好的高明之士也不少，但我還是選它來談，因為在《東坡樂府》中，它是我最愛讀的一首。如果我不把它收入《晚鳴軒愛讀詞》，真是一大遺憾。好在我談愛讀詞是以雜文為之，東拉西扯，隨意發揮，和時下流行的賞析之作取徑不同，諒不至於落入窠臼。

明月幾時有？把酒問青天。
不知天上宮闕，今夕是何年？

我欲乘風歸去，惟恐瓊樓玉宇，高處不勝寒。
起舞弄清影，何似在人間？

轉朱閣，低綺戶，照無眠。
不應有恨，何事長向別時圓？
人有悲歡離合，月有陰晴圓缺，此事古難全。
但願人長久，千里共嬋娟。

——《東坡樂府》卷一．彊村叢書

這首〈水調歌頭〉詞牌下有一小序：「丙辰中秋，歡飲達旦，大醉，作此篇。兼懷子由。」丙辰為宋神宗熙寧九年，是年蘇軾四十一歲，在密州（今山東高密）任上。其弟蘇轍字子由，時在濟南。蘇軾歡飲達旦之地是密州城上的超然臺。此臺原是密州城上廢臺，蘇軾到任後為之修葺一新，並且由蘇轍命名為超然臺。蘇轍撰有〈超然臺賦〉，蘇軾撰有〈超然臺記〉，都提到此臺由來。

一年一度中秋佳節，皓月當空，清光千里。此情此景，一般人都難免要多抬幾次頭望望月色。如果有人吃飽晚飯就上床夢周公去，硬是對好天良夜無動於衷，那此人真是可憐復可憎。蘇軾呢？他不但登上超然臺賞月飲酒到天明，而且還趁著醉意譜下了一闋生命之歌，就是這首〈水調歌頭〉。清人謝章鋌在《賭棋山莊詞話》中曾說：「讀蘇辛詞，知詞中有人，詞中有品。」的確，蘇軾和辛棄疾的詞篇，句句發自至性至情，從不矯揉造作。讀其詞而見其人，一點也錯不了。蘇軾的《東坡樂府》中，每一首詞都或多或少呈現了他的生命境界，但以這首〈水調歌頭〉呈現得最完滿圓熟。我最欣賞這種生命境界，因此我最喜愛這首詞。

蘇軾醉了，拿著酒盃問頭上青天：「明月幾時有？」接著又問：「不知天上宮闕，今夕是何年？」這先後兩個問題是有連貫性的。問天上有明月始於何時，雖然不可能有確切答案，但總是始於極其久遠之前。既然已極其久遠，那麼天上宮闕，今夕已是何年？人間是大宋熙寧九年八月十五，天上呢？這種問題，在一般人看來，不但多餘，簡直可笑。但詩人不然。詩人的心靈不但觀照現實世界，而且探索著不可知的世界。遠在盛唐之世，詩仙李白早已有這樣的詩句：「青天有月來幾時，我今停杯一問之。」（〈把酒問月〉，《李太白全集》卷二十）比李白更早，初唐詩人張若虛也已問過：「江畔何人初見月？江月何年初照人？」（〈春江花月夜〉，《樂府詩集》卷四十七）詩人就是詩人，他們的心靈世界遠比一般人的廣大，遠比一般人的奇妙。一般人多多讀詩，透過詩篇分享他們的心靈世界，多好！

既然天上別有宮闕，別有洞天，誰不想到天宮去觀光？可能的話，千方百計弄個什麼「卡」，可以名正言順賴在天上，多美！你去看看《史記・佞幸列傳》，漢文帝貴為天子，富有四海，連做夢也要上天去。再去看看《晉書・陶侃傳》，他小小年紀，就夢見自己身上長了八個翅膀，飛上天門。天宮是許多人所嚮往的，難怪蘇軾也說：「我欲乘風歸去。」如果蘇軾真的說走就走，接下去描寫天上景物，那就成了一般遊仙之詞，不值得我讀了又讀，愛不忍釋。好就好在下文「惟恐瓊樓玉宇，高處不勝寒。起舞弄清影，何似在人間？」蘇軾生於人間，長於人間，亦必老死人間。儘管天上的瓊樓玉宇比人世的竹林茅舍豪華萬倍，但究竟不是自己的。以作客之身寄寓天上，彷彿隨風飄動的影子，身不由主，那有住在人間來得踏實，來得自在？我每讀此詞到這幾句，內心欣賞欽佩之情真是無可形容。近十年來，國內外澎湃著一股尋根熱潮，文化的根，民族的根，甚至一家一姓的根，什麼都要尋根。蘇軾不說尋根，但他早已知道他的根在那裡。

一般人都知道「水往低處流，人往高處走」，於是個個費盡心力向上攀升。有人因此成功，但並非人人成功，爬得高跌得重的也大有其人。大致說來，適度的攀升，成功有望；盲目的攀升，難免落敗。對一般青年來說，讀大學應該不算是奢望吧？可是有人焉，他的天資不適合讀大學，就憑著人一之己十久的硬拚考上了大學。經過了艱苦的四個年頭，好不容易勉強畢業了踏入社會，結果高不配低不就；而當年高職畢業就謀一份基層職位的老同學卻已在社會上有了安身立命之地。有人焉，他的資質不適讀研究所，只憑死記硬背的蠻勁通過了研究所入學考試，入學後苦就苦在摸不到研究學問的門徑。能勉強混畢業算是大幸，受不了功課壓力導致精神異常不幸後果的也大有人在。做學問，努力固然重要，天資也不可忽略。所以，人應該往高處走，但必須衡量自身的種種條件，去追求能力可及的事物，切莫不自量力，好高騖遠。請記住蘇軾這句名言：「高處不勝寒。」你能耐多少寒，才能登多少高。

蘇軾寫下「我欲乘風歸去，惟恐瓊樓玉宇，高處不勝寒。起舞弄清影，何似在人間？」這幾句，可能是別有寓意。《坡仙集外紀》就有這麼一條記載：「蘇軾於中秋夜宿金山寺，作〈水調歌頭〉寄子由。神宗讀至瓊樓玉宇二句，乃歎曰：『蘇軾終是愛君。』即量移汝州。」鄭因百先生《詞選》指出此說不確。理由是此詞作於宋神宗熙寧九年丙辰（西元一〇七六）中秋，其時蘇軾在密州，不在金山寺；而蘇軾量移汝州是貶黃州以後的事。時和地都不符，故其說不確。因百先生的考據有根有據，無可置疑。但我們並不因此就排除此詞有寓意的可能性。蘇軾原來在京城任職，因為一再批評王安石大力推行的新法，為王安石所不容，才自請外放。他先被派到杭州任通判，後來就來到了密州。明白了這段背景，再來體察「我欲乘風歸去」這幾句，老實說，一語雙關的可能性非常大。這是從探索作者原旨的立場來談這幾句詞。如果只從讀者開卷有益的立場來說，讀者只要明白「高處不勝寒」的道理，從「起舞弄清影，何似在人間」獲得啟示，就一生受用不盡。

詞的後半，和前半一樣，重點在最後幾句。開首「轉朱閣，低綺戶，照無眠。」只是表明夜已深沉，多數人進入了夢鄉，只有不眠的離人在注意月影的移動，在靜靜思維。「不應有恨，何事長向別時圓？」不正是離人的口吻？「不應有恨」一句，蘇軾是在唱石延年的反調。苕溪《漁隱叢話》前集卷五十三引迂叟詩話云：「李長吉歌：『天若有情天亦老。』人以為奇絕無對。石曼卿對：『月如無恨月長圓。』人以為勁敵。」當人們團聚之時，不大會在乎月之圓缺，只有在人們分離之際，望到天上月圓，才會興起「何事長向別時圓」的感喟。接著，作者透露了他對人世聚散的看法：「人有悲歡離合，月有陰晴圓缺，此事古難全。」他並不曾為己在密州弟在濟南手足分離悲從中來，他反而懷抱著希望：「但願人長久，千里共嬋娟。」

好一個「人有悲歡離合，月有陰晴圓缺，此事古難全」！這是多麼通達的看法！遇到可悲之事哭得死去活來，遇到可喜之事樂得昏頭忘形，這原是人之常情。但是如果通古今而觀的話，今人的悲哀，昔人都悲哀過；今人之喜樂，昔人都喜樂過。太陽底下真的沒有新鮮事兒。有此一念，然後哀樂都可適度，尤其不必為「古難全」的事悲傷個沒有完。但個人的生命有限，體驗有限，必須像蘇軾那樣熟讀群書，才能通古今而觀，才能說出如此通達的話來。拿「月有陰晴圓缺」來比喻「人有悲歡離合」，實在妙極！月如不缺，那顯得團圓時光華美滿；人如不離，那顯得團聚時欣喜幸福。因此，種種「古難全」的人世缺憾反而為人們帶來期待和希望。蘇軾此時的希望就是：「但願人長久，千里共嬋娟。」這是安慰蘇轍的話，也是安慰普天下離人的話。「嬋娟」表示色態美好，可以稱人，也可以稱物。孟郊詩有〈嬋娟篇〉（《孟東野集》卷一），云：「花嬋娟，泛春泉。竹嬋娟，籠曉煙。妓嬋娟，不長妍。月嬋娟，真可憐。……」「千里共嬋娟」，即「千里共明月」之意。

你讀過晏殊的〈珠玉詞〉嗎？在一首〈浣溪沙〉中，有句云：「滿目山河空念遠，落花風雨更傷春，不如憐取眼前人。」在一首〈少年遊〉中，也有句云：「莫將瓊萼等閒分，留贈意中人。」這類詞句所表現者為「了悟」，作者對「古難全」的人生悲歡隱然有接受之勇氣與處置之方法。你讀過歐陽修的《六一詞》嗎？在一首〈玉樓春〉中，有句云：「直須看盡洛城花，始共春風容易別。」在另一首〈玉樓春〉中，也有句云：「尊前百計得春歸，莫為傷春眉黛蹙。」這類詞句所表現者為「豪宕」，作者對「古難全」的人生悲歡有品嘗到底的意興。而蘇軾在〈水調歌頭〉所云「人有悲歡離合，月有陰晴圓缺，此事古難全。」也是一種「了悟」；而「但願人長久，千里共嬋娟」，則懷抱著期待與希望。

晏殊最富理性，歐陽修最具豪情，而蘇軾最為曠達樂觀。他們三位都是象徵北宋一朝氣運的人物。宋仁宗天聖八年（西元一〇三〇），晏殊主持禮部貢舉，拔擢歐陽修為進士第一。仁宗嘉祐二年（一〇五七），歐陽修主持禮部貢舉，又拔取蘇軾名列前茅，並且說：「吾當避此人出一頭地。」等到哲宗元祐三年（一〇八八），蘇軾主持禮部貢舉時，就取不到足以領導一代人文的人才了。再過不到四十年，北宋也就結束。

晏殊、歐陽修、蘇軾三人的生命境界，不是我們一般人所能企及。我們只要學到他們任何一位的幾分之一，無論生之旅程是如何禍福倚伏，哀樂相乘，都能安然走完全程。以我個人來說，乃所願，則學蘇子也。我願凡事都存著希望，而不戚戚自苦。但願人長久，千里共嬋娟。

也無風雨也無晴

在蘇軾《東坡樂府》中，有一首〈定風波〉詞，我年輕時讀它並不覺得怎麼樣，但如今卻越讀越喜愛。這首詞是這樣的：

莫聽穿林打葉聲，何妨吟嘯且徐行。
竹杖芒鞋輕勝馬，誰怕？一蓑煙雨任平生。
■
料峭春風吹酒醒。
微冷，山頭斜照卻相迎。
回首向來蕭瑟處，歸去，也無風雨也無晴。

——《東坡樂府》卷二．彊村叢書

詞前有小序：「三月七日，沙湖道中遇雨。雨具先去，同行皆狼狽，余獨不覺。已而遂晴，故作此詞。」所謂「雨具先去」，意謂雨具先教僕人帶走，不在身邊。走在郊外，前不靠村，後不傍店，這時最怕遇雨，偏偏蘇軾一行人在三月七日那天恰巧遇上。除了蘇軾之外，個個顯得狼狽不堪。怎樣狼狽？蘇軾筆下留情，沒有寫下來。據我猜想，無非是像雞飛狗跳，慌亂成一團。只有蘇軾不覺。所謂「不覺」，並非雨點打在臉上毫不知覺，那豈不成了木頭人？「不覺」者，不覺得淋雨有多可怕之謂也。當然誰都不喜歡淋雨，但是既然遇上了，要躲也無處躲，那就只有坦然淋之了。

人人怕淋雨。所以如此，主要是心理因素，而不是身體受不了。人人有淋浴的經驗，當你在浴室裡淋浴時，不但不害怕，還嫌蓮蓬頭出水不夠大哩！可是一旦穿戴整齊，走在路上，就唯恐淋雨了。怕什麼？怕衣服淋濕？衣服淋濕了可以洗，衣服即使不淋濕，本來也有該洗的時候。所以說，怕淋雨主要是心理因素。要使人不怕淋雨，必須從心理建設下手。這首詞開始就說：「莫聽穿林打葉聲，何妨吟嘯且徐行。」正是對症下藥。別聽那雨點穿過樹林打在樹葉上的聲音，那聲音越聽越使人心驚肉跳。這時候，何妨朗吟幾首詩，或者長嘯幾聲，讓吟聲嘯聲來表現你的定力與逸興。風雨如晦，雞鳴不已。如果自詡為萬物之靈的人一淋雨就垂頭喪氣或倉惶失措，那真是連雞都不如，以後還好意思吃雞肉？慢慢走吧，莫要奔跑。如果在街上遇雨，跑兩步就可到騎樓下避雨，當然該跑兩步；而如今身在「沙湖道中」，據《東坡志林》，沙湖在黃州東南三十里，野外之地，無處可躲，跑也是淋濕，不跑也是淋濕，那就別跑了，慢慢走吧！人生難得幾回淋，就享受這人生難得的雨中行吧！

接著，作者說：「竹杖芒鞋輕勝馬，誰怕？」芒鞋就是草鞋，竹杖草鞋最適合行走郊野。陳師道和顏生同遊南山詩就有「竹杖芒鞋取次行」之句。「輕勝馬」，意謂比騎馬行走輕便、輕快。有這一身輕便的裝備，即使途中遇雨，誰會害怕？於是作者進一步發出豪語：「一簑煙雨任平生。」此生只要有一件簑衣在身，任憑煙重雨驟，何處不可行，何處不可止。

三月初七，在黃州還是「乍暖還寒時候，最難將息」的天氣。尤其在雨後，氣溫總是比較低。作者在雨中「吟嘯且徐行」，多少仗著三分酒意。如今「料峭春風吹酒醒」，淋濕的身子就不免覺得「微冷」了。料峭，形容寒風。身子是有點冷，但是抬頭向前望，「山頭斜照卻相迎」，多可愛的晚景，絢麗、溫暖。尤其用了「相迎」二字，這對雨中歸客是何等的安慰。再回頭看看來路如何？「回首向來蕭瑟處，歸去，也無風雨也無晴。」蕭瑟處，指前文風雨「穿林打葉聲」之地。那地方，剛才曾經是風雨交加；現在如果歸去，風無有了，雨無有了，甚至連晴也無有了。死心眼的讀者說不定會奇怪，怎麼？風無有了，雨無有了，甚至連晴也無有了，那究竟是什麼天氣呢？莫非是「陰時多雲」？還是「多雲時陰」？這可是氣象預報的用語，在這裡用不上；欣賞詩詞也不能如此死心眼。我認為這句「也無風雨也無晴」，用意在和首句的「穿林打葉聲」作對照。那曾經是風狂雨驟的地方，如今卻是一片寧靜。

以上完全是從詞的表面上作說明。細細體味這首詞，可以發現作者的用意似乎不僅僅在敘說一次遇雨的經驗，而在藉此抒發自身的處世心得。只不過他始終沒有明說，而是用隱喻的方式表達。人生經驗越是豐富，越能體會隱藏在文字背後的寓意。下面且說說個人對這首詞內層含義的一點體會。

在人生途中，誰也免不了遇到逆境，受到挫折。有人面臨此境，驚惶失措，懷憂喪志，或躊躇不前，或捨正路而入歧途。也有人處變不驚，照樣邁開腳步前進，受苦就受苦，且於苦中作樂。前者從此落入「敗部」，後者則邁向成功之途。蘇軾屬於後者，所以他說：「莫聽穿林打葉聲，何妨吟嘯且徐行。」

有人坐慣了車，騎慣了馬，就不願再竹杖芒鞋，安步徐行；或者一朝踏入仕途，就不能再適應民間生活。這種人一定把功名富貴看得很重要，患得患失，終日營營。

而蘇軾不然，得官不喜，失位不憂，胸次曠達，隨遇而安。所以他說：「竹杖芒鞵輕勝馬，誰怕？一簑煙雨任平生。」這「誰怕」二字，表層意思指誰怕淋雨，裡層意思是誰怕受挫失位。

人生世間，禍福相尋。福到之時，正在慶幸，可能已伏下禍根；災禍臨頭，苦痛備嘗，也許就開始了幸福的契機。因此身在福中，要謹敬戒慎；身處禍地，要心懷希望。蘇軾當然明白這番道理。他說：「料峭春風吹酒醒，微冷。」這時光不大好過。可是他緊接著說：「山頭斜照卻相迎。」多可愛的晚景！多美好的希望！

「回首向來蕭瑟處，歸去，也無風雨也無晴。」是整首詞中最重要的幾句，尤其是末一句「也無風雨也無晴」。末一句是象徵，不是寫實。如果你看成寫實，那真會興起究竟是什麼天氣的疑問。作者泉下有知，對這樣的讀者諒必會感到啼笑皆非。這幾句所象徵的意義，我認為是這樣的：天下事，無論怎樣的艱難、痛苦、屈辱，都會過去。俗語說：「醜媳婦總須見公婆。」頭一次見面是有點為難，以後也就無所謂了。對個人來說，夫婦死別該是人生最痛苦的事情之一。活著一方當時難免哭得死去活來，痛不欲生；而過了若干時日，他（她）又會尋到幸福，尋到值得活下去的意義，而快樂地生活。當時痛不欲生是真情，後來又快樂地生活也是常情。以國家來說，民國六十八年中美斷交應該算是中央政府遷臺以後最大的打擊了。當時部分人心浮動，社會有點不安。但是斷交之後如何？太陽還是從東方升起，月亮還是向西方下山，臺北街頭照樣人如流水車如龍，飯館電影院照樣座上客常滿。所以說，天下沒有過不去的事，沒有解決不了的難題。解決得法，結果就好；解決不得法，結果就差些。但是一樣會過去。事情過後，你還是你，你還得生活。明白了這層道理，無論遇到多大的艱難、痛苦、屈辱，你將會有勇氣來面對，有方法來處置，而且永遠懷抱著希望。當一個人經過了幾次艱難、痛苦或屈辱，體會了幾次這一切過後又復歸於平靜之後，世間的榮辱哀樂將不再能困擾他。他再面臨艱難、痛苦或屈辱時，當時的心境就已「也無風雨也無晴」，不必等到事後回顧才「也無風雨也無晴」。做人處世能夠如此，真到了最高的境界。

蘇軾能說「也無風雨也無晴」，表示他已領悟這種人生境界，想必他已經歷了幾次艱難、痛苦或屈辱？一點也不錯。這首詞作於宋神宗元豐五年，是年蘇軾四十七歲，謫居在黃州。他之所以遭到貶謫，一方面由於他反對王安石的新法，為王安石所不容；另一方面由於他犯了一般聰明人的通病，好以文字諧談得罪他人。當王安石創行新法之際，他除了向皇帝上書論不便外，還曾在進士考試時，命了這麼一道題目：

「晉武平吳因獨斷而克，苻堅伐晉以獨斷而亡；齊桓專任管仲而霸，燕噲專任子之而敗；事同而功異。」意思說：西晉武帝征伐東吳，前秦苻堅征伐東晉，都有人勸阻。而西晉武帝獨斷而行，終於平定東吳，結束了三國鼎立的局面；前秦苻堅獨斷而行，結果遭到淝水之戰的慘敗。同樣是做帝王的獨斷，為何一成一敗？齊桓公專任管仲，結果成了諸侯的盟主；燕王噲專任燕相子之，反而遭到失敗。同樣是專任一位臣子，為何也有成有敗。這道題目，明明是在諷刺神宗信任王安石，將難逃失敗的命運。蘇軾反對新法並不錯，但不該藉著進士考試出這麼一道題目來指桑罵槐，難怪王安石知道了大為光火，教御史謝景出面糾彈，而且對他展開了調查。事後調查沒有結果，不了了之。蘇軾自知王安石容不了他，就自動請求調到州郡去任職，走得離王安石遠遠的。

蘇軾到了州郡，遇到對人民不便的新法，常常做了詩來諷刺。王安石黨徒李定等認為這些詩訕謗朝廷，把蘇軾逮捕送入御史臺監獄，這一次真要置他於死地。他在獄中一百多天，當然受了許多罪。最後，由於他的兄弟蘇轍請求免去自身官職為兄長贖罪，神宗皇帝也因愛才，不忍把他處死，才把他貶謫到黃州。這一百多天牢獄生涯，蘇軾可說是歷盡憂患，九死一生。從此這位絕頂聰明的才子變得英華內斂，人格感情日趨成熟，其通古今而觀的曠達胸襟亦漸漸養成。他開始能自拔於現實悲苦之外而不減其樂，處逆境之中仍能保持高曠之情操，無論人生如何苦樂相尋，而在他心中，總是「也無風雨也無晴」，而泰然處之。就靠著這份修持，他在六十二歲那年再度貶謫飄洋過海到海南島居住，在海南島他還是生活得好好的。

人生要到達「也無風雨也無晴」的境界並不容易。但願蘇軾這首〈定風波〉詞，我這篇拉拉雜雜的小文，能使你對你的人生之旅作一番省察。你正在為「穿林打葉」的狂風驟雨所苦？那就「何妨吟嘯且徐行」。你正為「料峭春風吹酒醒」感到「微冷」，且莫沮喪，抬起頭看看，「山頭斜照卻相迎」，多美多好。你已有過「回首向來蕭瑟處，歸去，也無風雨也無晴」的經驗？好極了，願你以「也無風雨也無晴」的心境來面對人間萬事，在未來的歲月，還有什麼可以發愁的。

覺來小園行徧

最近有過一次午夜夢迴後轉輾反側不能入眠，乾脆下樓到大院子裡踱步以消磨漫漫長夜的經驗。在來回踱步時，蘇東坡的〈永遇樂〉和岳武穆的〈小重山〉自然而然展現在我的記憶中。東坡這首〈永遇樂〉一向膾炙人口，我也深深愛讀。岳武穆存詞僅只三首，〈滿江紅〉人人熟悉，我年輕時十分愛讀；如今呢，我更喜愛另一首〈小重山〉。

先看東坡居士的〈永遇樂〉：

明月如霜，好風如水，清景無限。
曲港跳魚，圓荷瀉露，寂寞無人見。

紞如三鼓，鏗然一葉，黯黯夢雲驚斷。夜茫茫，重尋無處，覺來小園行徧。

天涯倦客，山中歸路，望斷故園心眼。燕子樓空，佳人何在，空鎖樓中燕。古今如夢，何曾夢覺，但有舊歡新怨。異時對，黃樓夜景，為余浩歎。

——《東坡樂府》卷一．彊村叢書

這首詞在調名下有小注：「彭城夜宿燕子樓，夢盼盼，因作此詞。」說明了作詞的動機。唐張建封鎮徐州，有愛妾盼盼。有一天，張建封邀宴白居易，命盼盼出來勸酒，一座盡歡。後來張建封去世，盼盼心念舊情，不肯再嫁，住在彭城張氏舊宅中的燕子樓，十有餘年。白居易作了一首絕句送她：「黃金不惜買蛾眉，揀得如花三四枝。歌舞教成心力盡，一朝身去不相隨。」言下之意，在指責盼盼蒙受張建封厚愛，張死了，盼盼竟然不以身相殉。盼盼反覆讀後，哭著說：「我不是不能死，我顧慮的是如果我以身相殉，會影響我公的名譽，所以我才勉強活著。」從此盼盼怏怏不樂，不食十日而死。《白氏長慶集》卷十五〈燕子樓〉詩的序言中提到此事，《全唐詩話》卷六也記載著這個故事。

這個故事稱得上哀豔感人，難怪二百多年後東坡居士夜宿彭城燕子樓，會夢到盼盼，並且寫下這首著名的〈永遇樂〉詞。不過我喜愛這首詞，與這個哀豔感人的故事完全無關。我對白居易多管閒事寫這麼一首絕句，使盼盼絕食而死，有著滿心的反感。我喜歡這首詞，完全是由於欣賞東坡居士在詞句中透露的人生體悟和自我肯定。

這首詞的前六句完全是寫景，但其中自有層次。「明月如霜，好風如水」，從大處落筆；「曲港跳魚，圓荷瀉露」，從小處著眼。大處小處齊觀，歸結一句「清景無限」。但作者偏把「清景無限」一句接在「明月如霜，好風如水」之後，使「曲港跳魚，圓荷瀉露」二句成為補筆，章法便錯落有致。末了補上「寂寞無人見」，越發顯得夜之深沉，夜之寂靜。

在這麼寂靜的夜裡，「紞如三鼓，鏗然一葉，黯黯夢雲驚斷。」擊鼓聲和墜葉聲驚破了作者的好夢，他醒了。醒來後百感交集，再也不能入眠，於是起床，下樓，「夜茫茫，重尋無處，覺來小園行徧。」

當一個人獨處的時候，最容易有所感觸。尤其當此「明月如霜，好風如水」的靜靜良夜，「小園行徧」的東坡居士豈能無所思，無所感？問君何所思？問君何所感？東坡居士思想起自己是「天涯倦客。山中歸路，望斷故園心眼。」東坡居士有感於「燕子樓空，佳人何在，空鎖樓中燕。」空間的阻隔使他思想起前者，世事的變易使他有感於後者。東坡居士是眉州眉山（今四川省眉山縣）人，這首詞是宋神宗元豐元年知徐州時所作。一個作客異地的人，望月懷鄉，是最自然不過的事。古詩十九首中就有過「胡馬依北風，越鳥巢南枝」的句子。連鳥獸都有懷鄉之情，何況是人！東坡居士所感的「燕子樓空，佳人何在，空鎖樓中燕」，這三句與上片「重尋無處」一句相呼應。此詞本為「夜宿燕子樓，夢盼盼」而作。東坡居士的夢境如何？我無意猜想，也無從猜想。即使東坡居士本人想要重尋，也絕對尋不到。夢究竟是夢！燕子樓雖在，但當年的女主人早已作古。縱然樓能鎖得住燕子，不讓牠飛走，又那能鎖得住匆匆流走的歲月，以及隨著歲月消失的情和愛、愁和恨。

東坡居士在有所思有所感之後，想通了：「古今如夢，何曾夢覺，但有舊歡新怨。」夢是虛幻的，而且是短暫的；人生是真實的，而且是漫長的。夢不過是睡眠時片刻的幻覺；人生幾十個寒暑，卻是實實在在地活過來的。怎麼可以把人生和夢相比？這是因為當一個人活著時，過了一天又一天，過了一月又一月，過了一年又一年，覺得日子很長，但當他回顧過往的年年歲歲，卻彷彿像夢醒後回顧夢境一般，重尋無處。就這樣，人生如夢的感喟就成了文學作品中常見的主題。

在我國文學中，把這個主題發揮得淋漓盡致的，不是詩人，而是小說家。遠在一千五百多年前，劉宋時代劉義慶撰《幽明錄》，首先創造了一個把人生和夢比照的故事架構。故事很簡單，原文僅只一百多字。大意說：

賈客楊林到焦湖廟求神。廟巫問他：「你想不想娶一個好妻子？」楊林表示願意。廟巫就教他走近一個柏枕，枕上有一小洞，楊林不自覺的進了洞中。洞中有朱樓瓊室。在那裡，楊林娶了趙太尉的千金，先後生下六子。孩子長大後，個個都做秘書郎。過了幾十年，楊林都沒有思歸的念頭。一天，忽然好像夢醒一樣，發現自己正在柏枕旁。原來幾十年的得意生活，只是一個夢。

這個故事，雖然把人生和夢扯在一起，但看不出有什麼明顯的寓意。到了唐代沈既濟的《枕中記》，敘述半生不得意的盧生在夢中歷盡榮華富貴後醒來，指點他迷津的道士告訴他：「人生之適，亦如是矣。」這一來，人生如夢的主題就豁然展露了。

話說回來，東坡居士在有所思有所感之後，想通了：古今如夢！在他的〈念奴嬌〉

「大江東去」一詞中，他也說過：人生如夢！他還有一首〈西江月〉，第一句就是「世事一場大夢」。既然人生如夢，那就應該把世事看淡些，不必為悲歡離合戚戚於心。但是世人多不能忘懷舊歡新怨，可見要從夢中醒悟是何等不易。

我曾想過，說「人生如夢」這句話的人，不外三種：第一種是消極到了極點，完全失去鬥志的人；第二種是大徹大悟，參透人生的人；再有一種是人云亦云，並無深刻體會的人。其中以第三種人最多，不久前才感歎過人生如夢，立刻又忙著做夢；第一種人較少，都是些精神和身體不夠健全的弱者；第二種人最少，非具有高度智慧又經歷重重磨練不克臻此。東坡居士絕不是第三種人，也絕不是第一種人，那當然是第二種人啦。雖然他說：「何曾夢覺，但有舊歡新怨。」可能不僅僅指世俗之人，也許他對自己也有這麼一絲不滿，但他能夠說出這樣的話，就已高人一境。我說他是第二種人，雖不中亦不遠矣。

這首詞，每次我念到「古今如夢，何曾夢覺，但有舊歡新怨」，於我心有戚戚焉。我也常有人生如夢的感覺，但我絕不是消極到了極點，完全喪失鬥志的人；也絕不是人云亦云，對人生缺少深刻體會的人；只是距離大徹大悟，參透人生的境界仍然十分遙遠，不能望東坡居士之項背。每念一次「古今如夢，何曾夢覺，但有舊歡新怨」，我的心靈彷彿減少了一份塵俗，增加了一份清明。我愛讀這首詞，主要的原因在此。

這首詞的末了，「異時對，黃樓夜景，為余浩歎。」這就是東坡居士之所以為東坡居士的道理所在。這兩句意思說：今夜我宿燕子樓，夢到並且追思此樓昔日的女主人盼盼；等我一旦浩然歸去，徐州人也將對著黃樓，懷念昔日興建此樓的太守蘇東坡。東坡居士無論處境如何艱難，總有一份自我的肯定。這不是狂，也不是妄，而是一種自許，一種自信。

再看岳武穆的〈小重山〉：

昨夜寒蛩不住鳴。
驚回千里夢，已三更。
起來獨自遶階行。
人悄悄，簾外月朧明。
白首為功名。

舊山松竹老，阻歸程。
欲將心事付瑤琴。
知音少，絃斷有誰聽。

——《金陀粹編》卷十九

此詞無論內容技巧，與前一首〈永遇樂〉頗多相似之處：

「昨夜寒蛩不住鳴。驚回千里夢，已三更。」相當於〈永遇樂〉的「紞如三鼓，鏗然一葉，黯黯夢雲驚斷。」都寫深夜夢被驚醒。

「起來獨自遶階行。人悄悄，簾外月朧明。」相當於〈永遇樂〉的「夜茫茫，重尋無處，覺來小園行徧。」都寫夢醒後不再入眠，在月下徘徊。

「白首為功名。舊山松竹老，阻歸程。」相當於〈永遇樂〉的「天涯倦客，山中歸路，望斷故園心眼。」都是抒寫鄉愁。既然懷鄉情切，為何不歸去來兮？一句話，「白首為功名」！岳武穆在〈滿江紅〉中說：「莫等閒白了少年頭，空悲切！」用意與「白首為功名」一貫，率直真切，正是英雄詞人的作風。請莫把「為功名」的古人看成官迷，功名是古人肯定自己人生意義的主要途徑。東坡居士「天涯倦客」，還不是為了功名，只是不曾直說而已。

「欲將心事付瑤琴。知音少，絃斷有誰聽。」和〈永遇樂〉「古今如夢」以下幾句就旨趣各異了。據宋人陳郁所著《藏一話腴》的說法：岳武穆一向反對與金人謀和，而南宋高宗及秦檜等大臣志在苟安，武穆的主張不被接納。當宋金和議達成之際，武穆上賀講和敕表有云：「莫守金石之約，難充谿壑之求。」表示金人不可信，其野心欲望無窮。武穆〈小重山〉詞云：「欲將心事付瑤琴。知音少，絃斷有誰聽。」正是指這件事。以岳武穆的時代背景與政治立場來考察，陳郁的說法是可以相信的。東坡居士的一生經過仁宗、英宗、神宗、哲宗、徽宗五朝，其時北宋雖漸漸由盛轉衰，但終究還保持著相當安定的統一局面，因此東坡居士的慨歎多屬於個人身世方面。而岳武穆生逢亂世，宋室南渡，國破家亡，而他又是守土有責的軍事將領，發而為詞，自然有更多的孤忠悲慨。於是東坡居士說：「古今如夢。何曾夢覺，但有舊歡新怨。異時對，黃樓夜景，為余浩歎。」而岳武穆則說：「欲將心事付瑤琴。知音少，絃斷有誰聽。」

那天夜裡，我做夢回到了離別四十年的故鄉，在荒山之中找尋我父我母的墳墓。墳墓沒有找到，夢就醒了。看看壁上的掛鐘，二時剛過。四周萬籟俱寂，只有樓下小池邊的幾隻老蛙，發出斷續的鳴聲。我在床上輾轉反側，久久不能成眠。是蛙鳴擾人，使我心煩？還是想起了已故的父母，使我心悲？既然睡不著，乾脆坐起，披衣，下樓，在院子裡踱步。踏著月光，迎著夜風，踱著踱著。東坡居士曾經這樣踱過，寫下了〈永遇樂〉；岳武穆曾經這樣踱過，寫下了〈小重山〉；如今，我一再輕吟著這兩首詞，踱著，踱著。

桃溪不作從容住

儘管是橫槊賦詩的魏武帝，也曾經發出短歌：「對酒當歌，人生幾何？譬如朝露，去日苦多。……」他感慨人生在世能有多久？還是有酒就飲，邊飲邊歌吧。他把人生比作清晨的露水，等不到日上三竿，就已乾掉消失。更不幸的是在這短暫的人生，過去的日子還是苦多樂少！以魏武帝一代霸才，尚且把人生看得如此悲苦無奈，何況一般世人。

人生為何如此悲苦無奈呢？我想用周邦彥的一首〈玉樓春〉詞來作解答。請看這首詞：

桃溪不作從容住。

秋藕絕來無續處。
當時相候赤闌橋，今日獨尋黃葉路。

■

煙中列岫青無數。
雁背夕陽紅欲暮。
人如風後入江雲，情似雨餘黏地絮。

——《片玉詞》上．宋六十名家詞

「桃溪不作從容住」一句，借溪水從不隨意停留，比喻時間不斷流失。看到流水就想起時間不斷流失，二千幾百年前孔聖人就在川上說過：「逝者如斯夫，不舍晝夜。」（《論語．子罕》）今日的國中生也常在作文時寫下「光陰像流水一般，不斷逝去」。豈止今日的國中生，我自己在小時候也不只一次寫過這種句子。小時候舊小說看多了，作起文來特別喜歡賣弄一兩句成語。例如「光陰似箭，日月如梭」這兩句，我就常用。記得小學五年級時作文，我一開頭就搬出「光陰似箭，日月如梭」兩句。後來作文簿發下來，級任伍老師在這兩句旁邊密密地加了一排圈，看得我心花怒放，暗自慶幸小技得售。六年級時作文，我又搬出「光陰似箭，日月如梭」，滿心想再拿密密一排圈過過癮。沒想到級任陸老師批改作文時，把我叫到他的面前問我：

「你射過箭嗎？」

我搖搖頭。

「看過人家射箭嗎？」

我又搖搖頭。

「你家有沒有織布機？」

我搖搖頭。

「看過別人運梭織布嗎？」

我還是搖搖頭。

陸老師勃然變色，說：

「那你說什麼『光陰似箭，日月如梭』！」

他說罷飛快地在我的作文簿上寫了幾個字，然後把作文簿向我一扔。我緊張地接過作文簿一看，原來他用紅筆題了「陳腔濫調，俗不可耐」八個大字。當時我又羞又窘，不知道是怎麼走回座位的。從此以後，我在陸老師面前不再寫「光陰似箭，日月如梭」，而改用「光陰像流水一般，不斷逝去」。流水我總是見過的，學校門前就有，這一下你陸老師該沒有話說了吧？這是四十多年前的往事，如今回想起來，不禁莞爾。

話說回頭，「桃溪不作從容住」這一句，好就好在這個「桃」字。如果把「桃」字換成「清」字「長」字，那麼整句句子給人的印象就和「光陰像流水一般，不斷逝去」沒有什麼兩樣。就是這個「桃」字，引起了讀者廣大的聯想和鮮明的印象，一時覺得花落水流，人生一切美好事物瞬息之間都告消逝。這就夠使讀者驚心而動魄了。人生竟是如此悲苦無奈！

緊接著一句「秋藕絕來無續處」，把由「桃溪不作從容住」一句所導致的悲苦無奈更推進一層。人生誠然短暫，好景儘管不長，但我們如能充分把握這短暫的人生，盡情享受這不長的好景，也還不算虛度。可惜的是人總是不斷犯錯，糟蹋掉大半人生，錯過了許多好景。看了「秋藕絕來無續處」一句，你可能聯想起「藕斷絲連」這句成語。不錯，藕斷了，絲還連著，但那只是極短暫的連，到最後絲必然跟著斷掉。藕斷不能再續，正如破鏡不能重圓。縱然用強力膠把破碎了的鏡片黏合在一塊兒，硬是使它重圓，可是這鏡面的裂痕如何消除？這「秋藕絕來無續處」一句的用意，就在

桃溪不作從容住

借秋藕容易折斷，斷了不能再續，來比喻人生容易犯錯，錯了無可彌補。

這闋詞的上半，用「桃溪不作從容住，秋藕絕來無續處」二句來說明人生所以悲苦無奈的原由，接著兩句「當時相候赤闌橋，今日獨尋黃葉路」，就是人生悲苦無奈的例證。「當時」、「今日」承首句「桃溪不作從容住」。就因為「桃溪不作從容住」，「當時」才變成了「今日」。「相候赤闌橋」、「獨尋黃葉路」上承次句「秋藕絕來無續處」。是什麼錯誤使得一對情人分手，由「相候」變成「獨尋」？讀者無庸深究。這錯誤也許來自他，也許來自她，甚至可能來自第三者，反正是陸放翁在〈釵頭鳳〉一詞裡所說的「錯！錯！錯！」秋藕斷了，不能再續；情人分手了，獨尋又有何補？

「當時相候赤闌橋，今日獨尋黃葉路」，這兩句寫來非常見功夫。不但字面對得好，平仄對得好，連意境也對得好。「相候赤闌橋」，何等令人羨慕！有情人可等，就是等得兩眼發直兩腿發痠，心裡也還是甜甜的。「獨尋黃葉路」，真是不堪之極。在黃葉路上獨尋，冷冷清清，淒淒慘慘戚戚，能不黯然欲泣乎？赤闌橋象徵兩情相悅時的絢麗人生，黃葉路象徵情人絕去後的落寞心情。由這兩句，讀者應該可以看這位詞人練字造境的上乘功夫了吧。《絕妙詞選》「當時相候赤闌橋」一句刻成「當時無奈鳥聲哀」，意味就差太多了。

作者以愛情的得而復失來作「秋藕絕來無續處」的例證，無非是因為愛情是人生最深刻難忘的經驗。但是請問，有多少人能幸運地一戀成功？等到再戀三戀，甚至四戀五戀，早已成了情場老油條，那還有初戀時那分虔誠和純情？什麼事都是破題兒第一遭最感動人心，但卻什麼事都是第一次最容易犯上錯誤，這真是無可奈何的事。

讀者朋友，祝福你曾經擁有或正在享受「相候赤闌橋」的絢麗人生，更願你不要嘗到「獨尋黃葉路」的淒苦況味。我就以這樣的祝福來感謝你抽空閱讀《晚鳴軒愛讀詞》。不過，有一個「但書」，「相候赤闌橋」也要有個限度，可不能一輩子都在「相候赤闌橋」。

後半闋的前二句寫景。縱目遠眺，入眼的是「煙中列岫青無數」，景色何等美好。但是緊跟上一句「雁背夕陽紅欲暮」，才知時間已近黃昏。黃昏一到，暮色轉濃，人們將再看不到美麗的青色山脈，一切歸於黑暗。這就和前半闋首句「桃溪不作從容住」扣上了。由於「桃溪不作從容住」，「煙中列岫青無數」的美景也難久駐。這句「雁背夕陽紅欲暮」是極具匠心的。如果省掉「雁背」二字，只是正面描寫夕陽，尋常筆法而已。加上「雁背」二字，視線就落在天際飛雁身上，讓由紅轉暗的夕

陽投影在白色的雁背，多美！

接著兩句為整闋詞作了飽滿有力的結束。「人如風後入江雲」，還是照應首句「桃溪不作從容住」。雲在天空飛，飛到江心上空時速度就特別快，因為那裡的風大。「風後入江雲」是身不由主的，人同樣的身不由主。你今年十八歲，明年必然十九歲，你休想在十八歲多停留一年。即使你不惜冒偽造文書罪的險，把年齡報小一歲，也瞞不過你自己和你的親友。你不想老，但非老不可。你不願死，但非死不可。為什麼？因為「桃溪不作從容住」。自從人類意識到時間的存在，時間就從來不曾為誰留駐過。不僅在生老病死上「人如風後入江雲」，由不得自己作主，甚至由「相候赤闌橋」的絢麗人生跌落到「獨尋黃葉路」的悲慘境地，有時也不是當事人自己的抉擇，而是在身不由主或懵然無知的情況下發生的。人生在世，究竟有多少事可以完全由自己作主，而不是風後入江之雲？在完全由自己作主的事情中，又有多少是做得完全正確？

事實上，人既不能事事自己作主，自己作主的事也難免常常出錯。如果人是沒有感情的動物，朝生暮死，無知無覺，那也罷了。偏偏人是有感情的，而且感情有似「雨餘黏地絮」，執著到這般地步。柳絮這東西，晴天時候春風吹動，就飛舞到半空。

一陣雨過後，柳絮就黏著地面，再不和地面分開。「情似雨餘黏地絮」，也就是「春蠶到死絲方盡，蠟炬成灰淚始乾」的執著表現。你看，那個「當時相候赤闌橋」的幸運兒，一旦失去了幸運，他還不是「今日獨尋黃葉路」？他幹麼如此想不開？就因為「情似雨餘黏地絮」啊！由此可見，感情這東西，固然為人生帶來了許多歡樂，但也帶來了許多痛苦。

走筆至此，周邦彥這闋〈玉樓春〉也就談完了。人生之所以有許多悲苦無奈，想你已從這闋詞裡得到解答。老實說，這不是一闋令人快樂鼓舞的詞，但卻是一闋令人深思細想的詞。我們既然生而為人，不得不面臨許多悲苦無奈之事，要逃避也逃避不了，倒不如鼓起勇氣面對現實，把箇中原因思量一番，你說是不是？

來往洪濤裏

在北宋詞人中，陳瓘不算是著名的一位。他的詞，《全宋詞》輯錄的不過二十多首，但他的一首〈卜算子〉，抒寫他對人生的領悟，很有道理，值得大家一讀。

身如一葉舟，萬事潮頭起。
水長船高一任伊，來往洪濤裡。

■

潮落又潮生，今古長如此。
後夜開尊獨酌時，月滿人千里。

——《全宋詞》

短短八句，相當口語化，這是作者的一貫作風。但其中道理，非對人生有深切體驗者道不出。

上片四句，以汪洋中的一葉孤舟來比喻人生境遇。人生像什麼？

李陵說：「人生如朝露，何久自苦如此？」（《漢書．蘇武傳》）

曹操說：「對酒當歌，人生幾何？譬如朝露，去日苦多。」（〈短歌行〉）

潘岳說：「獨悲安所慕，人生若朝露。」（〈內顧詩〉）

以上諸人是把人生比作朝露。

老聃說：「人生天地之閒，若白駒之過郤，忽然而已。」（《莊子．知北遊》）

呂后說：「人生一世間，如白駒過隙，何至自苦如此乎？」（《史記，留侯世家》）

以上兩說是把人生比作白駒過隙。

曹丕說：「人生如寄，多憂何為。」（〈善哉行〉）

曹植說：「俯觀五嶽間，人生如寄居。」（〈仙人篇〉）

曹氏兄弟認為人生如寄。

李白說：「浮生若夢，為歡幾何？」（〈春夜宴從弟桃花園序〉）

蘇軾說：「人生如夢。」（〈念奴嬌〉）

這兩位大詩人用夢來比喻人生。

把人生比作「朝露」、「白駒過隙」、「寄」，都極言人生之短暫；把人生比作「夢」，不但極言其短暫，兼有虛幻之意。而陳璀說：「身如一葉舟，萬事潮頭起。」把個人比作一葉舟，用一葉舟行駛在浪潮中來比喻人生，那意義又大不相同。那不是短暫，不是虛幻，而是渺小、危險、艱苦、無助。

一個人自少年到成年，都會面臨三大課題：學業、愛情、事業。這三大課題每一個都是困難重重。就學業來說，這一代的孩子從入學起就飽受升學壓力，年級漸高，壓力漸重。國中畢業考高中是個大關口，是否考取直接影響將來接受高等教育的機會，間接影響一生的發展。高中畢業考大學又是一個大關口，且不說能否考上志願院系，擠入大學的窄門就千辛萬苦。進了大學，除少數有意繼續深造的青年外，多數人都不再有升學壓力，可以鬆一口氣了。所以在大學的新生訓練上，主持的師長有時會用輕鬆的口吻告訴新鮮人：「從大一開始，就是諸位遲來的童年。諸位應該好好珍惜才是。」新鮮人聽了這話，直覺的反應可能哈哈一笑。如果細細一想，恐怕欲哭無淚，那裡還笑得出來。想想過去整整十二年的中小學歲月是怎麼過來的？徬徨過，沮喪過，憤怒過，哭泣過，應該是無憂無慮不識愁滋味的歲月這般熬過，遲來的童年真能彌補嗎？還有那更多的被拒於大學窄門之外的青年，又有什麼來彌補？求學是人生的必經階段，但在目前的教學制度與社會風氣下，升學考試帶給青少年過重的壓力。青少年彷彿是汪洋中一葉扁舟，一次又一次的考試就像一波又一波的浪潮，這一葉扁舟的處境是多麼艱苦！

愛情是一個美麗的名詞。但要享受愛情的芬芳，必然同時飽嘗愛情的苦澀。在自由戀愛的婚姻制度下，很少人能心裡想娶誰就娶到誰，也很少人能心裡想嫁誰就嫁給誰。我曾經在教文學史講到放翁詞時，問上課的六十多位女同學：如果由你選擇，你願意選擇父母之命媒妁之言的舊婚姻制度，還是選擇自由戀愛的新婚姻制度？使我驚奇的，舉手表示選擇前者的女同學竟然比選擇後者的多得多。下課後我細想這個問題，舊婚姻制度確乎也有它的優點，只是一些文學作品把古代少數婚姻悲劇描寫得十分悲慘動人，造成世人的錯覺，以為舊婚姻制度一無是處。如果舊婚姻制度真的一無是處，那能行之二三千年而不改？古代幸福美滿的婚姻多得是，只是習慣上文學作家不選擇這種題材寫作而已。不過目前既然已經流行自由戀愛的新婚姻制度，青年男女也就無可避免的要鼓起勇氣，投入情場作戰士。這是一場錯綜複雜的艱苦戰役，直到走上紅毯，才告一個段落。步下紅毯之後，伴著興奮的新婚生活而來的，仍然是一連串的苦澀。因為夫妻究竟是兩個不同的人，不可能對萬事萬物觀點一致。彼此溝通協調需要莫大的耐心，這是一項艱辛而持久的工作。年輕人一旦踏上紅毯就沾沾自喜，以為愛情的追求已圓滿達成，那是只知其一不知其二的想法；必須真正做到白頭偕老，才是愛情的圓滿結果。看看報紙上多少情變婚變的悲劇，就可知愛情得來不易，保持更難。個人好像汪洋中的一葉扁舟，追求愛情保持愛情過程中的種種變化，彷彿一波又一波的浪潮。這一波又一波的浪潮可以蕩舟，可以覆舟。

至於事業，是個人用來肯定自身人生價值的主要途徑。但要建立一番事業，談何容易。要建立事業，除了學有專長，還得先有一份學以致用的職業，退可以餬口，進則作為創建事業的必要歷練。目前臺灣地區人口密度奇高，好的職位競爭者眾多。要在眾多競爭者之中脫穎而出，殊非易事。即使有了理想的職業職位，想要創建事業，還需深思熟慮的策畫、夙興夜寐的經營。即使幸運地創建了一份事業，要在同業競爭中屹立不搖，日有進境，也還需要持續不懈的努力。個人彷彿汪洋中的一葉扁舟，來自各方面的競爭者彷彿一波又一波的浪潮。這一波又一波的浪潮可以使這一葉扁舟飄蕩不前，甚至覆滅。

你看，「身如一葉舟，萬事潮頭起。」人生在世，是何等渺小、危險、艱苦、無助！

接著，作者說出了個人歷盡世事後的心得：「水長船高一任伊，來往洪濤裡。」既然在追求學業的過程中無可避免的會遭遇挫折，在追求愛情的過程中無可避免的會遇到挫折，在求職創業的過程中也無可避免的會遭遇挫折，正好像汪洋中一葉扁舟，無可避免的會遭到浪潮的衝擊，那麼，人生要如何才能平安度過一生？這一葉扁舟要如何才不致翻覆？只有一個辦法：「水長船高一任伊」。「水長船高」這句成語，出自《傳燈錄》所載繼徹的話：「水長船高，泥多佛大，莫將來問，我也無答。」長，今亦作漲。「水長船高一任伊」，包含了二種意義：其一是處變不驚，無論環境多麼險惡，自身必須沉得住氣，把握住方向；其二是掌握自然之勢，順應自然之勢。唯有做到「水長船高一任伊」，小舟才能安然「來往洪濤裡」，人生才能化解種種困難並且有所建樹。

下片「潮落又潮生，今古長如此」二句，又是看透人生的警句。這二句的用意是：世事險惡，人生多苦，乃是亙古如此。因此人們不必心生畏懼，踟躕不前。在你之前的世人都活過了一生，在你之後的世人也將活過一生，他們能，你為何不能？不要怕升學壓力，不要怕情場多苦，也不要怕謀職創業艱難，這一切都會有個著落。著落有好有差，但都能走完一生。

「後夜開尊獨酌時，月滿人千里。」月滿之夜開尊暢飲，多麼愜意；可是，「獨酌」，「人千里」，卻帶來一份月圓人未圓的寂寞淒苦。人生就是如此，難得十全十美。最好不要過分為缺陷的一面慼慼於心，還是多多珍惜美好的一面吧。

這是一首外表樸素而內涵深厚的小詞。請不要挑剔它的詞句不夠華美，音韻不夠鏗鏘，多多體會它所透露的人生哲理吧。

學詩謾有驚人句

《晚鳴軒愛讀詞》先後已寫了不少篇，離結集出書之日不遠，最近整理這些稿件，發現一篇篇愛讀詞，都出自男性詞人之手，竟沒有一篇是女性詞人的作品。記得幾年前《晚鳴軒愛讀詩》出書之後，有一位女性讀者來信問我：「歷代女性詩人不少，有作品傳世的也不少，為什麼《晚鳴軒愛讀詩》都是男性詩人的作品？你是否存有重男輕女的偏見？」接著她開列了十幾位從古到今的著名女性詩人名字。這樣的反應，完全出於我的意料之外。我回信告訴她兩點：第一、我絕對沒有重男輕女的偏見。第二、《晚鳴軒愛讀詩》就詩談詩，愛讀的就談，不愛讀的不談，從來不考慮這首詩是男人寫的還是女人寫的。過了幾天，這位女士又來信問我：「那麼，你不談女詩人的詩，表示她們的詩你都看不上，是不是你認為她們的詩沒有價值？」我又回信告訴她：「《晚鳴軒愛讀詩》選詩，有我個人的原則，這與詩本身有沒有價值是兩回事，請不要混為一談。」這封信付郵後，我想她可能再來一封信追問：「你說你選詩有個人的原則，你的原則是什麼？」結果沒有。我想她可能已從《晚鳴軒愛讀詩》書中尋得了這個問題的答案。

這次《晚鳴軒愛讀詞》，我選了一位女性作家的作品來談。並不是因為怕女性讀者指責我有重男輕女的偏見，才在《晚鳴軒愛讀詞》中給了女性詞人一席之地，而是因為這位女性詞人的作品，我一向喜愛。這位女士是誰，相信你一猜就著，就是自號易安居士的李清照。今年（七十三）八月十九日，在國立臺灣師範大學綜合大樓五樓舉行了一整天的紀念李清照九百年學術討論會。這個學術會議由國家文藝基金會主辦，林文月教授主持，而我，則是舉辦這次會議的提案人。

易安居士文、詩、詞都佳。只可惜現存作品不多，詩文僅存十餘篇，詞集名《漱玉詞》，出於後人掇拾，所輯存的詞大概不過原書的五分之一。就憑現存少數作品，已足足可以看出她是一位不世出的天才女性。

且不說我最愛讀的〈漱玉詞〉是那一首，先談談這位天才女性的為人。

她自負詞才高人一等。她嫌一般〈詠梅詞〉落入俗套，特別寫了一首〈孤雁兒〉

詞作為示範。為了提醒讀者，還特別為〈孤雁兒〉寫了幾句序言：「世人作梅詞，下筆便俗。予試作一篇，乃知前言不妄。」她又寫了一篇詞論，批評柳永詞「詞語塵下」，批評張先、宋祁等人之詞「破碎何足名家」，又批評晏殊、歐陽修、蘇軾之詞「皆句讀不葺之詩耳，又往往不協音律者。」又批評王安石、曾鞏之詞「人必絕倒，不可讀也。」此外，還批評晏幾道詞「苦無鋪敘」，賀鑄詞「苦少典重」，秦觀詞「少故實，譬如貧家美女，雖極妍麗丰逸，而終乏富貴態。」黃庭堅詞「多疵病，譬如良玉有瑕，價自減半矣。」這個的詞不行，那個的詞不行，那麼，究竟誰的詞行呢？她自負詞才高人一等，由此可以想見。

她也自負詩才高人一等。她有一首〈分得知字韻〉詩。詩云：「學詩三十年，緘口不求知。誰遣好奇士，相逢說項斯。」由此詩可以得到她自負詩才的信息。唐代項斯字子遷，江東人。工詩，起初未為人知。後來他以詩卷謁見楊敬之，敬之非常喜愛他的詩，特別作了一首詩送給他：「幾度見詩詩盡好，及觀標格過於詩。平生不解藏人善，到處逢人說項斯。」這首詩不久流傳到長安，於是項斯就成名了。事見《唐詩紀事》卷四十九。

她輕視爭名逐利的庸俗世人。你看她這首〈夜發嚴灘〉詩：「巨艦只緣因利往，扁舟亦是為名來。往來有愧先生德，特地通宵過釣臺。」東漢嚴光一名遵，字子陵，年少時與光武帝同遊學。光武帝即位，嚴光變名換姓，隱居不見。後來光武帝找到了他，請他出仕，他還是推辭不就，隱居富春山，耕釣以終。後人名其釣魚之處為嚴陵瀨。事見《後漢書．逸民列傳》。易安居士認為爭名逐利的世人在坐船經過嚴陵瀨時，想想這位逸民的高風亮節，應該自覺慚愧。當高宗紹興四年，金人再次南渡，她由臨安府去金華避難，有意「特地通宵過釣臺」，並且寫下這首〈夜發嚴灘〉詩。其不屑與爭名逐利的庸俗世人為伍的心態，在此流露無遺。

她對歷史有屬於她自己的見解。請看她這首〈詠史詩〉：「兩漢本繼紹，新室如贅疣。所以嵇中散，至死薄殷周。」當年竹林七賢的嵇康為了反抗蓄意奪取政權的司馬氏，在給山濤的信中，批評商湯與武王得國之不當，終於被司馬昭所害。易安居士在這首〈詠史詩〉中，藉著批評西漢東漢之間王莽所建的新朝為不該有的贅疣，認同嵇康鄙薄湯武的言論。這不是普通讀過一點書的女子所能有的見解。朱子在〈游藝論〉一文中就提到易安居士這首詩，並且說：「如此等語，豈女子所能？」

她又對國家時事非常關切。當紹興三年，僉書樞密院事韓肖胄、工部尚書胡松年奉旨出使金朝時，易安居士作了古律詩各一章以寄意。詩中有這麼一段文字：「不乞隋珠與和璧，只乞鄉關新信息。靈光雖在應蕭蕭，草中翁仲今何若？遺氓豈尚種桑麻？殘虜如聞保城郭。」又說：「欲將血淚寄山河，去灑東山一抔土。」此詩所流露的故國之思，多麼沉痛！她又有兩句詩批評當時的士大夫：「南渡衣冠少王導，北來消息欠劉琨。」當五胡亂華之際，晉室南遷，是王導一心謀國，使風雨飄搖中的局勢得以漸趨安定。《世說新語．言語篇》有這麼一條記載：「過江諸人，每至美日，輒相邀新亭，藉卉飲宴。周侯（顗）中坐而歎曰：『風景不殊，正自有山河之異。』皆相視流淚。唯王丞相（導）愀然變色曰：『當共戮力王室，克復神州。何至作楚囚相對！』」國家多難，就需要王導這樣有鬥志的忠臣。至於劉琨，正是祖逖聞雞起舞的伙伴。五胡亂華之際，他一直留在北方與異族周旋，以恢復中原為己任。可惜南宋士大夫缺少王導、劉琨一流人物，才使易安居士有「南渡衣冠少王導，北來消息欠劉琨」的悲慨。和她同時的南渡詞人朱敦儒，在〈水龍吟〉一詞中也有過「回首妖氛未掃，問人間英雄何處？」的句子。國家多難，人才何處？能不同聲一歎？

寫到這裡，大致已替易安居士的為人描繪出一個輪廓。她是一位絕世天才。凡天才都有一份高人一等的自我期許和一份難以掩藏的鋒芒，她也是如此。天才如果是男性，他必然有機會在社會上馳騁一番，成功固然可喜，失敗也已盡興。可惜易安居士偏是女性。在男主外女主內的舊社會，她能有什麼作為？她只能在閨閣之間讀書吟詩，煮酒分茶，賞花打馬（案：打馬，一種類似彈碁的遊戲。李清照撰有《打馬圖經》）。如果是普通的婦女，這樣的生活已算很充實很幸福了，可是對易安居士來說卻不然。她雖身為女性，但她的心靈和高級知識分子的士大夫一樣，擁有整個世界，歷史、民生，她無不關懷，雖然社會環境只允許她扮演一個閨閣女子的角色，但她絕不甘心僅僅扮演閨閣女子的角色。這位絕世才女，一生就掙扎在這樣的矛盾之中。

我最愛讀的《漱玉詞》，就是這首最能看出藏在易安居士心靈深處的自我期許和矛盾掙扎的〈漁家傲〉。當我讀這首詞時，我覺得易安居士就活在其中。詞云：

天接雲濤連曉霧。
星河欲轉千帆舞。
彷彿夢魂歸帝所。
聞天語。
殷勤問我歸何處。

我報路長嗟日暮。
學詩謾有驚人句。
九萬里風鵬正舉。
風休住。
蓬舟吹取三山去。

這是一首紀夢之詞。首二句「天接雲濤連曉霧，星河欲轉千帆舞。」寫景。一般的解釋，這二句都是夢中所見之景。我曾有過另一種解釋：上句是作者未成眠時所見實景。這種景色，在殘夜將逝，黎明將臨之際，肉眼常可望見。次句由「星河欲轉」而「千帆舞」，則漸漸由實景變為幻景。把星河中的無數星星看成點點帆影，點點帆影在浩浩河流上飛駛舞動，這時，作者也已由醒著漸漸入夢。第三句「彷彿」以下，則都是夢醒後追記夢中所遇所感的文字。我這種說法和一般的解釋孰優孰劣？很難說；那一種說法符合作者當年填詞時的原意？更是難說。我提出來，只是聊備一說。試想，誰能起作者於地下，向她老人家求證。

接著，「彷彿夢魂歸帝所，聞天語，殷勤問我歸何處。」這三句，作者的高度自負與自我期許就隱隱然流露出來了。連老天爺都要向她殷勤一番！讀者應該注意，這三句之中，重用二個「歸」字。在詩詞中，無意間重複使用同一字或同一詞語，往往成為敗筆。但有意重複使用同一字或同一詞語，反而是作者凸顯寓意或表現技巧甚或二者兼而有之的巧妙安排。以易安居士的詩詞造詣，應該不會有這類敗筆。「歸」者，從那裡來，回那裡去。唐代大詩人李白絕世天才，賀知章稱之為「謫仙」。謫仙者，本係仙才，並非凡俗，只是因故偶然謫居人間。易安居士夢魂飛升天界，而說是「歸帝所」；老天爺殷勤問她「歸何處」，她的答覆是「蓬舟吹取三山去」；此中消息，不難探知。

我第一次讀這首〈漁家傲〉，讀到「彷彿夢魂歸帝所，聞天語，殷勤問我歸何處。」我的直覺是——好大的口氣！我的第一個聯想，是想到北宋另一位絕世天才東坡居士〈水調歌頭〉一詞中的上片：「明月幾時有？把酒問青天。不知天上宮闕，今夕是何年？我欲乘風歸去，唯恐瓊樓玉宇，高處不勝寒。起舞弄清影，何似在人間？」此詞雖非紀夢之作，但作者同樣有「乘風歸去」的遐想。不過東坡居士低迴再三，還是留在人間。而易安居士一夢就魂歸帝所，毫不猶豫，其氣魄之大，遠過東坡居士。當然，這只是我一時的聯想，並未進一步考慮到這二位絕世天才作詞時的特殊背景。

下片以「我報」二字開端，正是作者回答天帝之詞。「路長嗟日暮，學詩謾有驚人句。」是她嗟歎目前的處境：路長日暮，空負一身詩才，而無所用。她自負詩才高人一等，前文已有說明。但這句「學詩謾有驚人句」，她坦然言之，何其率真。由此可見易安居士之所以為易安居士，的確有異於眾人。

「九萬里風鵬正舉。風休住，蓬舟吹取三山去。」這三句是作者自述願望。「九萬里風鵬正舉」，用《莊子．逍遙遊》故事：「鵬之背，不知其幾千里也。怒而飛，其翼若垂天之雲」；「鵬之徙於南冥也，水擊三千里，摶扶搖而上者九萬里。」三山，指蓬萊、方丈、瀛州。《史記．封禪書》記載：「此三神山者，其傳在渤海中。去人不遠，患且至，則船風引而去。蓋嘗有至者，諸僊人及不死之藥皆在焉。其物禽獸盡白，而黃金銀為宮闕。未至，望之如雲。及到，三神山反居水下。臨之，風輒引去，終莫能至云。」這三句巧妙地連用兩個典故，使內涵變得很豐富，同時她的心願也在這裡流露無遺。

易安居士的心願是什麼？藉大鵬起飛的風力，將這一葉蓬舟吹送到海外仙山。仙山本非常人所能至，「蓬舟吹取三山去」一句是反用其意。易安居士不但在這首詞中表露了此一心願——離開紛擾的人世，走向世人所不能至的仙山，在另一首〈曉夢〉詩裡，也有過同樣的表露。請看〈曉夢〉詩的前四句：「〈曉夢〉隨疏鐘，飄然躡雲霞。因緣安期生，邂逅萼綠華。」在這拂曉的夢境中，她的夢魂同樣登躡雲霞，與安期、萼綠華輩仙人打交道。《列仙傳》記安期先生故事：「安期先生者，瑯琊阜鄉人也。賣藥於東海邊。時人皆言千歲翁。秦始皇東遊，請見，與語三日三夜，賜金璧度數千萬。出於阜亭，皆置去，留書以赤玉舃一量為報，曰：『後數年，求我於蓬萊山。』始皇即遣使者徐市、盧生等數百人入海。未至蓬萊山，輒逢風波而還。立祠阜鄉亭海邊十數處云。」由此記載，可見蓬萊山正是安期先生所居之地。那麼，這首〈曉夢〉詩所透露的作者的心願，與「風休住，蓬舟吹取三山去。」所透露的正復相同。作者竟是如此渴望離開紛擾的人世，而嚮往神仙世界！

為什麼她如此嚮往神仙世界？我的回答是：不是為了仙丹，不是為了長生，只為了尋求一個能自我充分發揮的環境。這是我從她的作品中體悟出來的答案。可惜的是，在那個時代，能使這位曠世才女充分發揮自我的環境，竟是和仙山一樣的渺茫，一樣的無處尋覓。

（本文所引易安居士詩文，均據河洛版《李清照全集》。）

老來可喜

有一位老前輩氣呼呼告訴我他之所以開會遲到，是因為公車過站不停。那輛公車上明明只有稀稀疏疏幾個乘客，司機卻硬是不肯停車讓他搭乘。原因無非是嫌他免票乘車。我勸慰這位老前輩不必為此生氣，那位公車司機準是對自己的健康沒有信心，想想自己不會有免費乘車的一天，才會對免費乘車老人如此缺乏敬意與同情。

有一位退休了的同行向我訴說公保門診中心的醫師態度如何冷漠。他起了一個大早去排隊，等了三小時才掛到號，又等了二小時才輪到他看病，結果那位醫師三言兩語就把他打發走，費時不過三分鐘。他原想多訴說一番病情，但看看醫師不理不睬的樣子，只得識相一點，把座位讓給已等在一旁的另一求診者。我也安慰他不必為此生氣。公保門診中心的醫師都是一時之選，不但有醫術，而且有醫德。那位醫師態度冷漠，準是心裡有事，否則不會冷落衣食父母的老年病人。說不定他辛辛苦苦看病賺來的錢交給夫人去上會或放高利貸，結果吃了倒帳，心情不好，醫德暫時打個折扣，也是常事。

還有一位剛退休不久的熟人打電話向我發牢騷：他屆滿六十五歲被強迫退休，因為他老了；但是他要再等五年屆滿七十歲才能享受各種老人福利，例如火車半價、公車免費之類，目前他還不夠老。這豈非意味著社會嫌棄老人而且苛待老人？究竟是六十五歲算老人還是七十歲八十歲才算老人，無關緊要，但總該有一個共同的標準。怎麼可以強迫老人早早退休，卻遲遲享受老人福利？我回答他：您老兄就爭一口氣活到民國一百一十年，那時候您壽逾百齡，成了臺北市的人瑞，少不得市長先生會在重陽節那天抱著大包小包的禮物登門拜訪，表示敬老之忱。您剛才的牢騷留到那時候向市長先生發作，豈不是好。

諸如此類，我聽到過許多老人的抱怨，似乎人一老，活著苦惱多多。有感於此，這次《晚鳴軒愛讀詞》得選一闋歌詠老人之樂的作品來發揮一番，為老人們打氣。諸位老前輩，請擦亮您的老花眼鏡，看看宋人朱敦儒這闋〈念奴嬌〉吧！

老來可喜，是歷徧人間，諳知物外。
看透虛空，將恨海愁山，一時挼碎。
免被花迷，不為酒困，到處惺惺地。
飽來覓睡，睡起逢場作戲。

■

休說古往今來，乃翁心裡，沒許多般事。
也不蘄仙不佞佛，不學棲棲孔子。
懶共賢爭，從教他笑，如此只如此。
雜劇打了，戲衫脫與獃底。

——《樵歌》卷一．彊村叢書

劈頭一句「老來可喜」，開門見山，毫不含糊。接著用一個「是」字連貫整個上片，敘述「老來」為何「可喜」，「老來」有何「可喜」，一氣呵成，流暢之極。

「老來」為何「可喜」？是因為已「歷徧人間，諳知物外」。人間和物外是兩個相對的名詞，也是相對的世界。人間自然指我們生活的世界，物外則指世外。佛教稱我們居住的世界為器世間，器即器物，因此世外也就稱為物外。人老了，由於多年生活經驗的累積，不但對人世間的事事物物看透了，連世外之事也聽得多，知得多。這種境地，絕不是年輕人所能到。譬如說，一個人沒有做祖父母，那能了解祖父母對孫兒女之愛是怎麼一種滋味？不曾見過社會上千奇百怪的詐騙伎倆，一旦遇上，那能免於上當？人老了，體力難免衰退，但智慧卻告成熟。智慧的成熟不能全靠讀書，還要靠實際的生活體驗，老年人就憑豐富的實際生活體驗，到達了「歷徧人間，諳知物外」的境地。

正因為「歷徧人間，諳知物外」，於是能「看透虛空，將恨海愁山，一時挼碎。」稱恨海，可見恨之深；稱愁山，可見愁之重。年輕人恨何其多：情人變心，可恨；親友寡情，可恨；同事不夠意思，可恨；甚至師長規過責善，亦可恨。年輕人愁何其多：學業不理想，發愁；婚姻不和諧，發愁；工作不順遂，發愁；情侶分別有離愁，生活潦倒有窮愁，甚至吃飽了飯無所事事也還有閒愁。一旦陷入恨海，落在愁山，心情不再平和，理性不復清明，什麼離譜的事情都做得出來。只有老人，可恨的都已恨過，發愁的也已愁了，知道恨最誤事，愁能傷身，兩者於事都無補。看透了這一點，於是生命中不再懷恨，不再發愁，等於將深深的恨海和重重的愁山，「一時挼碎」。

挼，兩手切摩也，今北方尚有此語。

老年人還有可喜之處：「免被花迷，不為酒困，到處惺惺地。」人到老年，花已看夠，還會被花所迷嗎？當然不會！還看花嗎？看！酒已喝夠，還會被酒所困嗎？當然不會！還喝酒嗎？喝！如果這花是指女色，好好色是人性中極其自然的部分，不因年齡貧富而有所不同。老年人當然一樣好好色，只是面對美色，是在欣賞，是在讚美，止於此而已。絕不會驚豔之後就神魂顛倒，廢寢忘食，非把她追求到手不可。至於酒，年輕人血氣方剛，逞強好勝，明明酒量只有一西西，卻禁不起三朋四友的三言兩語慫恿，就仰起脖子張大嘴巴牛飲起來，結果能不「倒也！倒也！」醜態畢露者幾希！年紀一老，木雞養到，任憑對方勸將激將，我只是適量而飲。你看，「到處惺惺地」，這一句何等傳神！看花就看花，喝酒就喝酒，看花不迷，喝酒隨量。其他事物亦無不如此，這不是「到處惺惺地」嗎？借用一句孔聖人的話，就是「七十而從心所欲」了。

再看「飽來覓睡，睡起逢場作戲」，啊，太好了！睡眠與飲食是人類保持健康的兩個主要因素，而老年人都擁有了。臺灣地區豐衣足食，民生樂利，只有吃得過飽的人，沒有吃不飽的人，但睡眠不夠的人卻多得很。早上在街頭，在車上，或者在辦公室，在教室，在工廠，有人焉，兩眼發紅，兩臉發白，精神恍惚，行動遲緩，準是昨天熬夜，睡眠不足。熬夜的原因甚多，自甘墮落的行徑不談，趕功課，加班，看電視，都是正正當當的，但造成睡眠不足的結果則一樣。老年人可好，既已不必上學上班，那就早睡早起，晚睡晚起，悉聽尊便，反正可以睡個夠。年輕人每星期只有一個星期天，而老年人卻天天是星期天，你說有多好！也許你認為似這般吃飽了就睡，睡夠了再吃，會得肥胖症，使心臟不勝負荷，有害健康，其實不必擔心，你看，「睡起逢場作戲」，那不是最好的運動嗎？這「逢場作戲」四字，正是上文「到處惺惺地」的另一種說法，這意味著做什麼都隨興之所至，心裡沒有任何壓力。看書畫展覽是風雅之事，好，老夫就去風雅一番。建築公司推出工地秀，好，老夫就去一開眼界，看看工地秀究竟秀成什麼樣子，也看看這家建築公司究竟牛皮吹得多大。三毛要講演，好，老夫去捧場，一則表示老夫「人老心不老」，還能與年輕人打成一片；二則看看這女娃兒究竟有何過人之處，講起演來比皓首窮經的老教授講演更叫座。就如此這般，煞有介事地忙上半天，把身上多餘的脂肪消耗掉，還愁什麼肥胖致病？

詞的下片，繼續敘述「老來可喜」之事，只是說得比上片更坦率，更無保留。「休說古往今來，乃翁心裡，沒許多般事。」真的，古往今來的大道理，說給年輕人聽吧！對老夫就免了。你對老夫講道家的大道理？老夫「也不蘄仙」。對老夫講佛教的大道理？老夫「也不佞佛」。對老夫講儒家的大道理？老夫「不學棲棲孔子」。那時代西方的上帝尚未蒞臨中國，否則，作者勢必再加上一句「也不做禮拜」。老夫已是「歷徧人間，諳知物外」之人，何者為是，何者為非，什麼是真，什麼是假，心裡都一清二楚，還用得著旁人告訴我？

「懶共賢爭，從教他笑，如此只如此。」這真是歷盡滄桑之後體悟所得的境界。人的一生，大部分的時間和精力用在爭上，爭名爭利之外，還爭一口氣。面對著名和利，個個奮勇直前；一口氣忍不下，連性命都可以豁出去。眾人皆爭，自己想與世無爭也辦不到。爹娘告訴子女：「鄰居阿珠阿花在班上都是三名之內，兒啊，你也該加油，為爹娘爭口氣啊！」「你表哥考上了臺大醫科，第一志願，明年看你的了，可不能輸給表哥啊！」老爹老娘有命，做子女的能不爭乎？妻子對丈夫枕邊細語：「你的同班同學都當了什麼長什麼主任，就只剩下你一個是員了。」「隔壁老張又買了一層大廈，只有我們還住這幾間租來的破舊公寓！」太座如此委屈，做丈夫的能不奮起直爭乎？只有老年人，已從工作崗位退下來，脫離了爭的洪流，作為一個岸上的旁觀者。自己既懶得再爭什麼，別人也不好意思再要求你爭什麼。「懶共賢爭」的賢字，是和人說話時的尊稱，有點像今日稱對方為先生，而語氣稍亢。

人人喜歡過自己喜歡過的生活，但事實上，人人在生活給別人看。我們的一言一行，經常會先考慮到別人的觀感，萬一人別人見笑，那豈不糟糕？只有到了老年已洞達世情，不再為世俗的毀譽而戚戚於心，才能過真正適性的生活。

老夫懶得與您先生爭什麼，旁人覺得老夫可笑，那就請盡情地笑吧，笑掉大牙也與老夫不相干，因為老夫已經領悟「如此只如此」。好一個「如此只如此」！早年我看到這句話，心神為之一震，而大不以為然。我想：如果一個學生讀書不用功，慘遭留級，他不但不反省悔悟，反而說：「留級就留級，有什麼大不了！」那還得了！一個輕刑犯被送入監獄，他不但不反省悔悟，反而說：「坐牢就坐牢，有什麼大不了！」那還得了！一個重刑犯被押赴刑場，他人之將死，其言不善：「槍斃就槍斃，二十年後又是一條好漢！」那還得了！可是近年來，我的年歲由坐五而漸漸望六，再看這句「如此只如此」，竟然也有了較深的領悟。我雖然仍認為年輕人不可以有「如此只如此」的念頭，但天下事的確是「如此只如此」。年輕人人格未固定，智慧未圓熟，一旦有了「如此只如此」的念頭，有誤入歧途之虞；老年人人格已固定，智慧已圓熟，再領悟「如此只如此」，有益而無害。

詞的最後，「雜劇打了，戲衫脫與獃底。」意思說：老夫戲已演畢，鞠躬下臺，同時把戲袍脫下，給諸位獃子來繼續演出。諸位就努力表演吧！爭名也好，爭利也好，爭氣也好，為了情啦愛啦要死要活也好，反正都不干老夫的事，老夫已置身事外，恕不奉陪。

看完這闋〈念奴嬌〉，諸位老前輩是不是覺得的確如朱敦儒所言：「老來可喜」？朱敦儒為人，早年狂妄，曾有〈鷓鴣天〉詞云：「詩萬首，酒千觴，幾曾著眼看侯王？玉樓金闕慵歸去，且插梅花醉洛陽。」（《樵歌》卷上）你看此人有多狂？連自稱「楚狂人」的李太白都比不上他。中年正逢宋室倉皇南渡，他也從洛陽流亡到南方來，寫下了不少憂國愛國的著名詞篇。《宋史本傳》記載：「淮西部使者言敦儒有文武才。」「宣諭使明槖言敦儒深達治體，有經世才。」他也曾數度出仕，但因當時政治環境複雜，他並無機會一展長才。到了晚年，他什麼都想通了，於是有了上述〈念奴嬌〉之類作品。

朱敦儒是中國文學史上罕見的長壽作家，活到將近一百歲。這首〈念奴嬌〉，正是暮年作品。只有像他這樣高壽以及擁有如此豐富閱歷的老人，才能寫出這類作品。同樣的，也只有上了年紀的讀者，才能欣賞這類作品。

此生誰料，心在天山，身老滄洲

當年萬里覓封侯。
匹馬戍梁州。
關河夢斷何處？塵暗舊貂裘。

胡未滅，鬢先秋。
淚空流。
此生誰料，心在天山，身老滄洲

——陸游〈訴衷情〉．《放翁詞》．宋六十名家詞記不清有多少次，我在晚鳴軒陽臺獨自憑欄，兩眼凝望著對面不遠的蟾蜍山，口裡輕吟陸游這首〈訴衷情〉，一遍復一遍。到後來，我漸漸只吟此詞的下片，而且詞句改成了：

「共」未滅，鬢先秋，淚空流。
此生誰料，心在天山，身老滄洲。

雖然只改了一個字，卻完全表達了近年來藏在我內心深處的悲慨。漸漸地，我的兩眼模糊，對面的青山不再是蟾蜍山，而成了故鄉的龍泉山。在那裡，有數不清的我童年的足跡。

就因為如此，我愛讀這首詞。和我愛讀其他詞的原因相比，是何等的不同！知命之年早已過去，耳順之期已經在望，不會再像年輕人那樣動輒流淚。可是，陸游的有些詞篇卻能使我熱淚盈眶，特別是這首〈訴衷情〉。它使我讀著讀著就淚眼模糊，它使我體嘗到淚水流盡後心頭那份空闊和舒暢。我明白了竹林七賢之一的阮籍為何要獨自駕著牛車，任憑牛走到路的盡頭，就停在那裡痛哭一場回來。阮籍流的是時代的眼淚，陸游流的也是時代的眼淚，我如今流的也是時代的眼淚。而此時此地，流這副時代的眼淚的又豈止我一人！

誰都知道陸游是愛國詩人。他臨終的一首示兒詩：「死去元知萬事空，但悲不見九州同。王師北定中原日，家祭無忘告乃翁。」（《劍南詩稿》卷八十五）多麼使人感動。如果陸游是中原人士，對中原地區有一份鄉土之情，臨終以不能生還故土為憾，還可說是人之常情。但他卻是越州山陰（今浙江紹興）人，而金兵攻陷北宋汴京（今河南開封）那年，也就是宋欽宗靖康元年，他才二歲。他既不知道汴京多麼繁華，也不知道中原山川如何壯麗，這一切都是長大後聽說或是讀到的。這麼一個南方人竟能畢生以中原未復為念，只有國家觀念，沒有狹隘的「鄉土」觀念，你說難得不難得，可敬不可敬？

這首詞是陸游晚年回憶往事感慨生平的作品。首二句「當年萬里覓封侯，匹馬戍梁州」，正是他投身戎幕，為實踐驅逐金人恢復中原理想而努力的寫照。梁州，指今陝西、四川一帶之地。宋孝宗乾道六年七年，陸游四十六、七歲，在夔州（今四川奉節）任通判。那時王炎宣撫州陝，開府在漢中（今陝西南鄭），聞陸游之名，召他出任幹辦公事。陸游在四十八歲那年到漢中就職，並為王炎陳述進取之策，以為「經略中原，必自長安始。取長安，必自隴右始。當積粟練兵，有釁則攻，無則守。」（《宋史》卷三九五〈陸游傳〉）王炎是山西清源人，一心一意想恢復中原，和陸游志同道合，而且做事也很有魄力。因之這段日子，對陸游來說是充滿希望的日子。「當年萬里覓封侯，匹馬戍梁州。」雖然是回憶往事的口吻，讀者仍能從語句中體味到豪情英氣。「覓封侯」之上加「萬里」二字，「戍梁州」之上加「匹馬」二字，真是何其壯也！

也許有讀者對「萬里覓封侯」五字有點反感，認為陸游想做官想得入迷了。國父不是勉勵青年要立志做大事，不要立志做大官嗎？不錯，在民主時代，不做大官照樣可以做大事，因此青年應立志做大事，不應立志做大官。可是在君主時代，一個人想做大事，簡直非先做大官不可。所以古人求出仕覓封侯，固然也有純粹為一己富貴打算的，但是必然有許多人是為了實現濟世的抱負。就像陸游「萬里覓封侯」，目的正在尋求為國家中興效力的機會，絕不是為做官而做官。

接著二句「關河夢斷何處？塵暗舊貂裘。」完全失去了首二句飛揚的意氣，所有的只是失落的空虛和無奈的感喟。當年在川陝前線秣馬厲兵圖謀進取中原的壯舉彷彿一場美夢，早已消失得無影無蹤。當年穿著的貂裘也已因積滿塵土而褪色。「塵暗舊貂裘」句中著一「舊」字，不勝今昔之感。陸游和王炎志同道合，在川陝軍中幹得很起勁，可惜過不多久王炎就奉調回京，陸游也調到蜀州知州事。後來又做了四川制置使范成大的參議官。他和范成大以文字交，不拘禮法。有人譏諷他頹放，於是他乾脆自號為「放翁」。從他這個自號，不難想知他晚年的心情和生活。

在南宋和金對峙的長時期中，和多戰少。早在高宗紹興十一年，陸游才十七歲，兩國就達成了和議，南宋向金稱臣納貢，從此開始偏安之局。岳飛就在那一年被害，雖然還有不少愛國志士力主恢復，究竟是力不從心。偏安一久，收復中原的呼聲就漸漸消沉。加以杭州風光醉人，士大夫開始習慣酣歌醉舞之生活。曾有一位叫林洪的詩人作了一首詩：「山外青山樓外樓，西湖歌舞幾時休？暖風熏得遊人醉，直把杭州作汴州！」這是何等沉痛的諷刺！但是諷刺歸諷刺，對偏安的政局又能改變什麼？

但是，陸游是無論如何不甘心背負著國恥在南方苟安一輩子的。這首〈訴衷情〉的下片，就毫無保留的吐露了他的心聲：「胡未滅，鬢先秋。淚空流。」他一生最大的願望就是滅金復國。如果他還年輕，或者他能活到幾百歲一千歲，有足夠的時間等待滅金的時機到來，並且為復國大業貢獻一己的心力，他可以等待。可是歲月不饒人，自己垂垂老矣，眼看已不能在有生之年北定中原，怎不悲從中來？就讓淚水流盡，於國何補？這「淚空流」一句，何其沉痛！「此生誰料，心在天山，身老滄洲！」天山借指北方國土或邊防要塞，滄洲指水流彎曲之地，借喻隱士居處。他一心一意要上前線驅逐金兵收復中原，但事實上他只能在後方退隱終老！不甘心啊！一百個不甘心！他在一首〈夜遊〉宮詞的下片也說過：「自許封侯在萬里。有誰知，鬢雖殘，心未死。」為什麼「心未死」，不是為了封不到侯，而是為了「心在天山，身老滄洲」。

陸游終於懷著「不見九州同」的悲慨在他八十六歲那年離開了人世。而他的詩詞，八百年後的我們讀了還為之低迴感慨不已。對我來說，「此生誰料，心在天山，身老滄洲。」這三句最使我觸目驚心。我雖然還未退休，還在工作崗位上努力以赴，但終有一天會退休的。當民國三十六年我負笈來臺時，誰料想得到整個大陸會變色？更想不到自己會在臺北成家立業，一住就是幾十年。這幾年來，跑民權東路的次數多了，好些位師長也已懷著「不見九州同」的遺憾走了。如果三民主義統一中國的願望不能加速實現，勢必還有更多的人在臨終時留下「不見九州同」的遺憾。

什麼都可以交換經驗，唯獨死亡經驗無法交換，因為每個人只能死一次，死去又活來只是小說家或宗教家言而已。我不知道每人臨終的一剎那都會想起些什麼，我想，當我的那一剎那到來之際，除了想起留在世上的我妻我女我子之外，必然會想起生我養我而我未有機會反哺送終的我父我母！

——寫於辛酉年除夕

少年聽雨歌樓上

如果把人的一生分成少年、壯年、老年三個階段，這三個階段的生活顯然有很大的不同，心情也完全不一樣。蔣捷的一首〈虞美人〉，就把這三個階段的生活和心情作了一次明顯的對比。

少年聽雨歌樓上。
紅燭昏羅帳。
壯年聽雨客舟中。
江闊雲低斷雁叫西風。

而今聽雨僧廬下。
鬢已星星也。
悲歡離合總無情。
一任階前點滴到天明。

——《竹山詞》．彊村叢書

你看了這首詞，一定會注意三個「聽雨」。作者比較少年、壯年、老年的生活和心情的不同，為何要拿「聽雨」為定點來說？總該有個原因吧？當然應該有原因，否則，作者為何不說「聽鼓」、「聽笛」或聽其他什麼？據我的推想，作者可能有意用雨來象徵世事紛擾，人生多苦。至於他填這首詞時是否正逢雨天，是否真的「聽雨僧廬」下，老實說無關緊要。所謂「歌樓上」、「客舟中」、「僧廬下」，也是象徵意味多於寫實。「少年聽雨」何嘗不能在「客舟中」、「僧廬下」，「壯年聽雨」何嘗不能在「歌樓上」、「僧廬下」，「而今聽雨」何嘗不可能在「歌樓上」、「客舟中」，只是作者選取「歌樓上」象徵少年生涯，「客舟中」象徵中年生涯，「僧廬下」象徵老年生涯而已。

少年聽雨歌樓上

少年是不識愁滋味的年齡。你看辛棄疾就說過：「少年不識愁滋味，愛上層樓，愛上層樓，為賦新詞強說愁。」（〈醜奴兒〉‧《稼軒詞》卷四‧宋六十名家詞）這個年齡的人，儘管樓外風雨淒其，他照樣在歌樓中尋他的歡，作他的樂，縱然聽到雨聲，也不會怎樣理會。這是「少年聽雨歌樓上」的表層意義。儘管世事多麼紛擾，人生多麼苦惱，但這些對少年的影響不大，他照樣有心情尋他的歡，作他的樂。這是「少年聽雨歌樓上」的內層意涵。接著一句「紅燭昏羅帳」，呈現了歌樓上歡樂的景象。作者此處不從人物著筆，而從背景上落墨，是很高妙的手法。「紅燭昏羅帳」，多美！多溫馨！

如果把「歌樓」解成廣義的娛樂場所，把「紅燭昏羅帳」當作盡情享樂的象徵，那麼「少年聽雨歌樓上，紅燭昏羅帳」兩句，一樣適用於今日。以臺北為例，每逢週末或例假日，你試著到西門電影街一帶去走走，嘿！滿街都是人，壯觀之極。單是要通過西門圓環陸橋，就覺得十分艱難；腳步移動之慢，比烏龜爬行還要慢得多。這時候，你真會感到人口增加壓力之可怕；家庭計畫的口號「兩個恰恰好，一個不算少」已經不合時宜，應該改成「一個恰恰好，兩個嫌多了」才是。你再走到電影院附近，更是萬頭鑽動，一片人潮。而這組成人潮的分子，十之七八都是青少年。像我這樣視茫茫髮蒼蒼的阿公輩人物排隊在買電影票的長龍之中，顯得十分不調和。因此之故，近幾年來我的足跡幾乎與電影街絕緣。那裡是青少年的世界，讓他們去連趕幾場電影，或者在咖啡店待上半天，或者在電動玩具場消磨青春。我嘛，只配每天清晨在臺大校園跑跑走走，前後左右都是阿公阿婆，很少看到青少年，那時候青少年都還在床上好夢未迴哩。臺大之晨是屬於老人的。

不過，我一點也不嫉妒青少年，因為我也曾年輕過，也曾連趕好幾場電影。看看我自己，就知道這些青少年快活不了多久，就會進入「壯年聽雨客舟中，江闊雲低斷雁叫西風」的人生旅程。有些大學生在大一那年用在功課上的時間還不及在玩樂上的多，因而在大一將逝之際感到後悔。我總是安慰他們：高中辛苦了三年，大一輕鬆一點也是無可厚非。只要不輕鬆到荒唐的程度，而且能從大二起重整旗鼓，用心讀書，也就行了。同樣的，我也以寬容的眼光來看待正在「聽雨歌樓上，紅燭昏羅帳」的青少年。

人生進入「壯年聽雨客舟中」，就不像「少年聽雨歌樓上」那樣輕鬆愉快了。壯年或為功名，或為衣食，奔走四方。而客舟不像歌樓那樣能隔離風雨，風吹雨打，波浪洶湧，舟中人能不提心吊膽者幾希。這是「壯年聽雨客舟中」的表層意義。人一旦負起家庭責任、社會責任，就得面對種種競爭，種種打擊。那時候，生活不再是享受，而是戰鬥，一場經年累月無休無止的戰鬥。這是「壯年聽雨客舟中」的內層意涵。接著一句「江闊雲低斷雁叫西風」，把「聽雨客舟中」的情形加了一番形容。江闊則風大，雲低則雨驟。風大雨驟，客舟何等危險。「斷雁」是指離群的孤雁。孤雁在西風中悲鳴，多麼悽慘。此境此景，舟中人看了聽了，情何以堪。以「江闊雲低斷雁叫西風」來比喻一個人在社會上奮鬥時所面對的艱苦環境，這裡面真充滿了人情冷暖，世態炎涼。

壯年是人生最重要的階段，是決定一生成敗的關鍵。一個人在少年時過度的「聽雨歌樓上，紅燭昏羅帳」，樂而忘返，以致浪費了大好青春，這的確是個大損失。但如果在壯年時能夠及時努力，多少還可補救。有些我教過的學生，在校時一進教室就夢周公，一下課又變得生龍活虎，我已認定此子是朽木不可雕也，沒想到十年二十年後，他們之中竟然有人在社會上出人頭地，令我刮目相看。此中原因，就因為他在壯年時痛改前非，力圖振作，因此還能有所建立。假使一個人到了壯年還在混日子，等混過了壯年，即使有意急起直追，想為自己一生留下一點成績，究竟太晚了。岳武穆的名句：「莫等閒白了少年頭，空悲切！」當然說得不錯。但如果「等閒白了壯年頭」，那才是無可彌補的悲哀。世界上大器晚成的例子究竟不多，是不是？如果你目前正值壯年，那就請特別注意。「壯年聽雨客舟中，江闊雲低斷雁叫西風」的歲月確實是不好過，但是成功往往是隨著艱難困苦而來，不敢面對艱難困苦，等於放棄了成功的機會。

這首詞上片四句，二句寫少年，二句寫壯年。下片四句，完全是寫老年了。「而今聽雨僧廬下」，這「而今」二字與前文「少年」、「壯年」相對，當然是指老年無疑。「少年聽雨」在「歌樓」上，「歌樓」象徵尋歡作樂；「壯年聽雨」在「客舟」中，「客舟」象徵奔走飄泊；「而今聽雨」在「僧廬」下，「僧廬」象徵歸隱避世。「歌樓」接「上」字，「客舟」接「中」字，「僧廬」接「下」字，既符平仄，又合意境，凡此都可看出作者的匠心。

當一個人「鬢已星星也」的時候，大致已年老力衰，心情歸於淡泊。此後的生活，正可以「聽雨僧廬下」來比擬。星星，形容白髮。詞的最後兩句說：「悲歡離合總無情，一任階前點滴到天明。」正因為悲歡離合對一位老人來說，一切都已飽嘗，知道了這是怎麼一回事，因之能不再為悲歡離合之事動情。所有年輕人愛得要死恨得要死哭得要死的事兒，看在老人眼裡都平淡得很。俗語說：太陽底下沒有新鮮事兒。

對一位歷盡滄桑的老人來說，尤其是如此。用聽雨來象徵一個人面對世事多紛擾人生多苦惱的態度，少年時是感受未深，不加理會；壯年時是敬謹戒慎，沉著應對；到了老年，就無動於衷，「一任階前點滴到天明」了。

蔣捷這首〈虞美人〉，短短五十六字，就把人生少年壯年老年三個階段的生活和心情說得如此清楚，實在了不起。當然也有年紀輕輕就老成得像壯年人似的小夫子，或年紀一大把還在胡言亂語蹦蹦跳跳的老頑童，但這究竟是少數中的少數，可以不論。你看杜甫，「往昔十四五，出遊翰墨場，斯文崔魏徒，以我似班揚。……性豪業嗜酒，嫉惡懷剛腸。脫略小時輩，結交皆老蒼。飲酣視八極，俗物都茫茫。」（〈壯遊〉．《杜詩錢注》卷七）你看他少年意氣多盛。到了壯年，他更寫下了〈兵車行〉、〈麗人行〉以及「三吏」、「三別」等抨擊時事的名篇。老年呢？他說：「多病所須唯藥物，微軀此外更何求？」（〈江村〉．同上卷十一）「江村獨歸處，寂寞養此生。」（〈奉濟驛重送嚴公四韻〉．同上卷十二）還不是進入了「聽雨僧廬下」的境界？

再看朱敦儒。他年輕時有一首〈鷓鴣天〉說：

我是清都山水郎，天教分付與疏狂。
曾批給雨支風券，累上留雲借月章。

■

詩萬首，酒千觴，幾曾著眼看侯王？
玉樓金闕慵歸去，且插梅花醉洛陽。

——《樵歌》卷上．彊村叢書

這口氣多麼狂妄！要降雨要颳風先得他批准，他有本領向老天爺上奏章留住彩雲或借個月亮來看看，他不屑向侯王顯貴看上一眼。說這種話的人，簡直是個曠古狂小子。

再看他的一首〈相見歡〉：

金陵城上西樓，倚清秋。
萬里夕陽垂地，大江流。

■

中原亂，纓散，幾時收？
試倩悲風吹淚，過揚州。

——《樵歌》卷中

這首詞作於北宋滅亡，作者南渡之後。詞中懷念故國，渴望興復，正是「壯年聽雨客舟中」的作品。少年的狂妄之氣已經消失，有的只是一片對國家的忠愛。

再看一首他晚年作的〈鷓鴣天〉：

曾為梅花醉不歸，佳人挽袖乞新詞。
輕紅遍寫鴛鴦帶，濃碧爭斟翡翠卮。
人已老，事皆非。花前不飲淚沾衣。
如今但欲關門睡，一任梅花作雪飛。

——《樵歌》卷下

上片寫的是「少年聽雨歌樓上」的生活，下片就已進入「而今聽雨僧廬下」的境界。這時的作者和寫前一首〈鷓鴣天〉時的作者相比，不是判若二人？「如今但欲關門睡，一任梅花作雪飛。」所代表的生活態度和「悲歡離合總無情，一任階前點滴到天明」，完全一樣。

這類例子真是不勝枚舉，就此打住。

「少年聽雨歌樓上」的日子，我早已失去。「而今聽雨僧廬下」的日子，我尚未到來。其實我目前已經「鬢已星星也」，論年齡也已比蔣捷寫這首〈虞美人〉時大些（蔣捷大概只活了五十餘歲），只是因為我尚未屆退休之年，還在教育和研究的崗位上努力以赴，因此，我目前還是在「壯年聽雨客舟中，江闊雲低斷雁叫西風」的人生旅途。不虞之譽使我臉紅，求全之毀使我心悸。有時候，我真的想提前退休，去品嘗品嘗「而今聽雨僧廬下」究竟是何滋味。

你呢？看了蔣捷這首〈虞美人〉，你也會有點感觸吧？

但力行好事，休問窮通

戰國之世，楚大夫屈原忠而被逐，滿懷悲憤，因此寫下了一篇〈天問〉。題目叫做〈天問〉，實際上就是問天。篇中所提出的問題，多達一百六十七十個，有關自然現象者，有關神話傳說者，有關歷史故事者。這一問，真正反映了屈原在人生絕望之際對一切認知的懷疑和否定的心理。而那許多問題，真的也只有老天爺才能全部作答。

到了南宋，有一位詞人名叫陳人傑的，也寫了一篇〈天問〉。陳人傑的生平事蹟不詳，不知道他受過多大委屈，以至於要倣屈大夫寫〈天問〉。不過他這篇寄調沁園春的〈天問〉，我讀後倒有幾分喜愛，因此抄錄下來，漫談一番。

我夢登天，盡把不平，問之化工：

似桂花開日，秋高露冷；梅花開日，歲老霜濃。
如此清標，依然香性，長在淒涼索寞中。
何為者，只紛紛桃李，占斷春風？

■

一時列鼎分封。
豈猿臂將軍無寸功？
想世間成敗，不關工拙；男兒濟否，只繫遭逢。
天曰：果然，事皆偶爾，鑿井得銅奴得翁。
君歸去，但力行好事，休問窮通。

——《全宋詞》

上片前三句，作者自敘做夢登上天界，把心中不平之事，一一問諸化工。化工指主宰世間造化之神。人夢想登上天界，不外兩種心理因素：其一是嚮往天界，渴望一遊；其二是在世間受盡委屈，要向天公討個公道。像《史記．佞幸列傳．鄧通條》記載漢文帝做夢，想要上天，是由於前一種因素；而屈原在〈離騷〉中訴說對時政不滿對人生失意之情後，升天直叩天門，則是由於後一種因素。陳人傑這首〈沁園春〉，從「我夢登天」開始，接云「盡把不平，問之化工」。也正是後一種因素。

〈沁園春〉詞每首一百十四字，短短篇幅，當然問不了多少問題。作者先問：為什麼偏讓桂花在秋高露冷的日子才開花？為什麼偏讓梅花在歲暮霜濃的日子才開花？都不讓它們在風和日麗的春天開花？桂花和梅花的標格是如此清雅，香味是如此芬芳，卻置它們於淒涼索寞之境！為什麼只讓那庸俗的桃花李花，在春風中得意？

這一連串的問題，問得好。我讀完這一段，立刻聯想起劉宋時詩人鮑照的兩句詩：「自古聖賢盡貧賤，何況我輩孤且直！」（〈行路難〉十九首之六．《樂府詩集》卷七十）又想起唐代詩人李白的兩句詩：「古來聖賢皆寂寞，唯有飲者留其名。」（《李太白全集》卷三）這首詞的作者表面上是在問為何桂花梅花在露冷霜濃中受苦，而桃花李花卻在風和日麗時得意，事實上他是藉草木言人事，他是在為世間小人得意、庸人庸福，而君子寂寞抱不平。在《晚鳴軒愛讀詩》的〈偏為梅咨嗟〉一文中，我引用過五代韓偓的一首〈詠梅〉詩，這首詩正好用來和這闋〈沁園春〉的上片對照看。詩云：

梅花不肯傍春光，自向深冬著豔陽。
龍笛遠吹胡地月，燕釵初試漢宮妝。
風雖強暴翻添思，雪欲侵凌更助香。
應笑暫時桃李樹，盜天和氣作年芳。

這首詩有梅無桂，但一樣以梅象徵君子，以桃李象徵小人。詞的主旨在為受屈的桂花梅花執言，而詩則強調梅花根本不屑與桃李為伍。透過作品看作者為人，似乎詩的作者韓偓比詞的作者陳人傑更多了一副傲骨。

詞下片開始兩句，就在為漢代的飛將軍李廣抱不平了。《史記·李將軍列傳》：「廣為人長，猿臂，其善射亦天性也。」因此詞中稱李廣為猿臂將軍。李廣一生，與匈奴大小七十餘戰，每戰必身先士卒。部下的軍吏和士卒都有人因功封侯，連他那不怎麼成材的堂弟李蔡也因擊匈奴右賢王有功封為樂安侯，偏就是他老將軍一生不得封侯之賞。因此陳人傑要代為抱不平，請問老天爺：「漢武帝時許多軍人都因功有了封爵，列鼎而食。難道李將軍就沒有尺寸之功？為什麼他始終不得封侯？」《史記·李將軍列傳》記載，李廣對自己始終不得封侯，十分不服氣。他曾經私下去請教一位善於望氣之士王朔，說：「自從漢軍和匈奴兵交戰，我未嘗不參與。而我的部下才能不及中人，但以軍功得到封侯的已經有數十人之多。每次戰役，我無不身先士卒，卻始終無尺寸之功以得封邑，這究竟是何原故？難道是我的相不該封侯？還是我的命注定不當封侯？」王朔反問道：「請將軍您自己想想，過去是否做過使您悔恨的事？」李廣回答：「我曾經做過隴西郡太守。那時候羌人背叛，我設計騙他們投降。投降的共一百多人，我把他們騙來一日之間就全部殺了。就只有這件往事，我如今回想起來還覺得十分悔恨。」王朔說：「殺戮已經投降之人是最嚴重的暴行，這就是您將軍畢生不能封侯的原因了。」好一個江湖相士王朔，明明就在玩弄李將軍！你看他先讓李將軍自己招認平生做過至今還在悔恨的往事，然後告訴李將軍：您之所以不得封侯，就是這個原因。像這個樣子望氣看相，誰不會？

話說回來，陳人傑在為李廣抱屈之後，就進一步推論：「想世間成敗，不關工拙；男兒濟否，只繫遭逢。」如果世間之事是工者能成，拙者落敗，那麼飛將軍李廣無論如何應該先李蔡以及部下幾十位軍吏士卒先立功封侯。可是事實不然。由此可知「世間成敗，不關工拙」。那麼「男兒濟否」，必然是「只繫遭逢」了。李將軍再足智多謀，再勇敢善戰，可惜遭逢多乖，一生坎坷，終於落得無功可成，無侯可封！此事實在使人不能心服，因此作者要提出來問問天公。

作者問天就問到這裡打住，接下去「天曰」云云，就是老天爺的答覆了。老天爺第一句話是：「果然。」表示人間確有這種不平之事。緊接著一句：「事皆偶爾。」表示這種不平之事並不常見，只是偶爾發生。再緊跟一句：「鑿井得銅奴得翁。」作為偶發事件的例證，表示世間難免有些出乎情理之外的事件發生。老天爺又接著說：「君歸去，但力行好事，休問窮通。」好一個「但力行好事，休問窮通」！誰要是能終身奉行這兩句話，他將擁有充實的人生，他將擁有心安理得的生活。這是老天爺的答案，事實上正是作者對世間不平之事的看法。我喜歡這首〈沁園春〉，主要就為了這兩句所代表的處世態度。

讀這首〈沁園春〉，我心裡一直想著《史記．伯夷列傳》，我甚至拿詞和〈伯夷列傳〉作對比。由這首詞聯想到〈伯夷列傳〉是很自然的，因為詞曾為猿臂將軍李廣抱不平，而李廣的孫子李陵率五千人深入匈奴，兵敗援絕而降，太史公為李陵辯護，犯了漢武帝的忌諱，結果被處宮刑。在《史記．伯夷列傳》中，太史公曾隱隱約約透露了自身的不平。這不是一條很自然的一條聯想線索？

太史公的〈伯夷列傳〉，事實上也是一篇天問。他懷疑「天道無親，常與善人」

這兩句話。他說：像伯夷、叔齊這樣品行高潔的大善人，結果餓死在首陽山！在孔子的門人中，孔子認為顏淵最為好學，而顏淵卻連糟糠都吃不飽，結果短命而死。老天爺報施善人，究竟是怎麼一個報施法？而那個無惡不作，連人肉都吃的盜蹠，卻能夠壽終正寢！他究竟做過什麼善事？至於到了近世，不守法度，專犯忌諱的人終身逸樂，連子孫都享受富裕生活；言行謹慎，富於正義感的人卻遇到災禍。這種例子多得很，那麼所謂「天道」，是有的呢？還是根本沒有？這種問題太史公能問誰？除非問天！所以我說〈伯夷列傳〉也是一篇天問。

太史公問是問了，懷疑也懷疑了，但是並不因此以後就改變操守與小人同流合污。他接著說：「道不同，不相為謀，亦各從其志也。」「道不同，不相為謀」本是孔子的話，見《論語．衛靈公篇》，太史公借來說明儘管不善之人竟然得到好報，而善人反而遭到惡報，但我仍要死守善道，做一個善人。他又說：「歲寒，然後知松柏之後凋。」這又是孔子的話，見《論語．子罕篇》。陳人傑在〈沁園春〉的上片，曾為桂花梅花抱不平，問天公為什麼不讓它們也綻開在風和日麗的三春，與桃李共榮，偏偏要把它們改在秋高露冷和歲老霜濃的日子受罪？他不想想，如果真讓桂梅與桃李共享春光，那能顯出桂梅的「真骨凌霜，高風跨俗」？孔子說：「歲寒，然後知松柏之後凋也。」這樣說，絲毫沒有為松柏抱不平之意，相反的，還肯定了松柏的可貴品格。太史公引來這句話，正是藉此表示讓愛做桃李的去做桃李，我仍然要做松柏。太史公又接著說：「舉世混濁，清士乃見。」這就說得直截了當，不再託物言志了。桂梅之可貴，正因為它們盛開在露冷霜濃之際，怒放在桃李飄零之後。松柏之可貴，正因為它們在萬木凋傷之後依然挺立，在冰雪慘愴之際不減蒼翠。清士之可貴，正由於眾人皆醉，而清士獨醒；眾人趨利，而清士守義。在太史公之前，老子說過：「國家昏亂，有忠臣。」荀子說過：「歲不寒無以知松柏，事不難無以知君子。」（〈大略篇〉）都是一樣的意思。他們都明白：君子、忠臣、清士，都必須禁得起磨練，而橫逆之來，正是磨練自己的機會。太史公最後說：「豈以其重若彼其輕若此哉！」這句話依照我的語譯，就是「那裡因他人看重彼事我也看重彼事，他人看輕此事我也看輕此事？」他人所看重的，我可以看輕；他人所看輕的，我可以看重。我是我，他人是他人。歸根結柢，還是「各從其志」的意思。

你看，太史公先是懷疑究竟有沒有所謂「天道」，情緒性地舉了些善人得不到天公照顧而惡人反而得好報的例子，但是到後來，太史公還是很理性地執著於自己的操持，不因身受的屈辱而有所改變。這番過程，不正和陳人傑這首〈沁園春〉相似？

〈沁園春〉中作者先以滿心不平問天，但最後卻借天公之口說出「君歸去，但力行好事，休問窮通。」作結。

我寫這篇稿子時，正是省市議員及縣市長選舉投票日的前夕。所有候選人正在各自施展渾身解數，作最後衝刺。這幾天我聽了幾場政見會，內心感慨良多。有些候選人守法守分，規規矩矩談政見，表現了極好的風度與修養，非常難得。但也有些候選人言行乖張怪異，令人失望。就耳聞目睹的怪現象來說，下跪求賜票者有之，斬雞頭起誓者有之，罵人家祖宗三代者有之。這種人出來競選，真有點蹧蹋政府推行民主政治的美意。我相信多數有學養有風度的候選人會當選，言行乖張怪異的候選人會落選，但也難保沒有學養風度俱佳的候選人會落選，言行乖張怪異的候選人會上榜。我在這裡面特別對學養風度俱佳而不幸落榜的候選人致意，請不要洩氣，你在競選過程中所表現的學養風度就是你的成功，這遠比當選不當選來得重要。別為那少數言行乖張怪異的人竟然當選感到忿忿不平，他們失去的事實上遠比獲得的多。請讀一讀陳人傑這首〈沁園春〉吧，特別要記得最後幾句：「君歸去，但力行好事，休問窮通。」

問人間情是何物

讀者們看了這個題目，一定有人覺得似曾相識，究竟是誰的名句，卻不一定想得起來。告訴你，這句子出自北國詞人元好問的一首〈摸魚兒〉。人孰無情？就憑元好問「問人間情是何物」這一句，我相信你會有興趣一讀全詞。

問人間，情是何物，直教生死相許？（「問」字原作「恨」字，據二張本改。）
天南地北雙飛客，老翅幾回寒暑。
歡樂趣。
離別苦，是中更有癡兒女。
君應有語：

渺萬里層雲，千山暮景，隻影為誰去？

橫汾路，寂寞當年簫鼓。
荒煙依舊平楚。
招魂楚些何嗟及，山鬼自啼風雨。
天也妒。
未信與，鶯兒燕子俱黃土。
千秋萬古。
為留待騷人，狂歌痛飲，來訪雁丘處。

——〈摸魚兒〉．《遺山樂府》．彊村叢書

詞前有序，作者說明了寫這首詞的原因：

乙丑歲，赴試并州。道逢捕雁者云：「今旦獲一雁，殺之矣。其脫網者，悲鳴不能去，竟自投於地而死。」予因買得之，葬之汾水之上，累石為識，號曰雁丘。時同行者多為賦詩，予亦有〈雁丘辭〉。舊所作無宮商，今改定之。

乙丑指金章宗泰和五年，相當南宋寧宗開禧元年，西元一二〇五，是年元好問十六歲。他到并州去去應試，在途中從捕雁者口裡聽說了發生在當天的雁兒殉情故事。他大為感動，不但買下了這一對有情雁兒，為牠們在汾水邊築了個墓，名為雁丘，還作了〈雁丘辭〉。若干年後，有感於舊作〈雁丘辭〉無宮商，不能歌唱，才又改填了這闋〈摸魚兒〉詞。由此可見，這雁兒殉情的故事，曾使他歷久難忘。

《太平廣記》卷四百六十三引了朝野僉載的一條故事：武后時，左衛兵曹劉景陽奉命到嶺南去。在那裡，他得到了一對吉了鳥。這種鳥能解人語。劉景陽回到京城時，把雄的吉了鳥進獻給武后，雌的一隻留在家裡。雄的吉了鳥在宮中顯得很煩很怨，而且拒不進食。武后試著問牠何故如此，牠回答說：「我的老伴被劉景陽留在家裡，我現在很想念老伴。」於是武后就把劉景陽叫來問：「你為何把另一隻鳥藏起來不獻給我？」劉景陽趕緊叩頭謝罪，把另一隻鳥也獻進宮去。

這對吉了鳥算是幸運的，在一度生離之後，還能互相廝守。如果雌的終於不能回到雄的身邊，或者不幸被人類殺害，很可能雄的會絕食到底而死。在人類社會，一對相愛的男女為情而死，算不得什麼新聞，禽鳥也能為情而死，倒真是出人意料之外，難怪那一對不幸雁兒的殉情故事會使元好問久久難忘。

再請你看一個故事。這個故事把有情人和有情鳥結合在一起了。晉人干寶的《搜神記》卷十一記載著這個故事：

戰國時，宋康王的舍人韓憑娶了一位美貌的妻子何氏。宋康王看上了她，把她奪走。韓憑為此怨忿，康王就把他囚禁起來，並且罰他去築城。何氏暗中送給韓憑一封信，信中說了幾句隱語：「其雨淫淫，河大水深，日出當心。」康王很快就搜得了這封信，給身邊的侍臣看，可是沒有人能看得懂這三句話。後來總算被臣子蘇賀解答出來。他說：「其雨淫淫，言愁且思也；河大水深，不得往來也；日出當心，心有死志也。」不久，韓憑就先自殺了。何氏也暗中使身上的衣服腐蝕，趁著跟康王登臺時，從臺上跳下自殺。左右侍者想拉住她，但腐蝕了的衣服一拉就碎成片片。她死後，衣帶上留有一封遺書給康王。書中說：「你大王希望我活著，但我寧願死去。希望你能把我和韓憑合葬。」康王看了惱羞成怒，命當地人士把這對夫婦分開埋了，兩個墳墓彼此相望；而且宣稱：「你們夫婦相愛不已，如果能使兩墓相合，我從此就不再加阻撓。」一夜之間，兩個墳頭各長出了一棵大梓木；才十天，梓木已粗大到要用兩臂圍抱程度。這兩棵大樹彼此相就，樹根在地下相交，梓葉在空中相連。又有一對鴛鴦鳥，雌雄各一，經常棲息在樹上，早晚都不離開，只是在那裡交頸悲鳴。那聲音很使人傷感。宋國人哀憐這對夫婦，就把這兩棵樹稱為相思樹。南方人而且認為這對鴛鴦鳥就是韓憑夫婦的精魄。

《太平廣記》卷四百六十三引唐人劉恂的《嶺表錄異》說：嶺南有韓朋鳥，屬於鳧鷖類，樣子像鴛鴦，習慣在水邊雙飛。因為是韓朋夫婦的精魄變的，所以南人稱為韓朋鳥。水禽中鸂鶒、鴛鴦、鵁鶄，嶺北都有，韓朋鳥則是嶺南的特產。

據《搜神記》，韓憑夫婦的精魄化為一對鴛鴦；據《嶺表錄異》，韓朋夫婦的精魄化為樣子像鴛鴦的韓朋鳥。韓朋就是韓憑，敦煌變文中有〈韓朋賦〉，也寫作「朋」字。鴛鴦和韓朋鳥究竟有何差別，《嶺表錄異》中沒有細說，我也不是動物學家，無從深究。我感到興趣的是，韓憑和何氏這一對有情人，死後變成了一對有情鳥，那麼，禽鳥中的有情鳥，可以說是其來有自了。

也許讀者朋友會怪我拉拉雜雜說了許多，還沒有說到元好問這闋〈摸魚兒〉詞的第一句。我的說明是，《晚鳴軒愛讀詞》這一系列作品，和已經出版的《晚鳴軒愛讀詩》一樣，雖然目的在推廣我國古典詩詞，但不同於一般文學名著賞析之作。一般文學名著賞析之作著重字句結構的解釋分析，而《晚鳴軒愛讀詩》和《晚鳴軒愛讀詞》則並不以此為主，只是以雜文談詩詞，東拉西扯，拖泥帶水，隨興運筆，漫無章法。

我的寫作旨趣在此，希望讀者朋友也能從此一角度來看這一系列作品。

閒話表過，言歸正傳。元好問寫這闋〈摸魚兒〉，一開頭就問：「問人間，情是何物，直教生死相許？」這突如其來一問，使讀者為之心悸。這個問題，古往今來，有多少人想過？有誰得到了解答？從接著幾句「天南地北雙飛客，老翅幾回寒暑。歡樂趣，離別苦。是中更有癡兒女。君應有語：渺萬里層雲，千山暮景，隻影為誰去？」可見作者是有感於雁兒殉情之事發出此一疑問。這一對雁兒，天南地北往返雙飛了許多年。由「老翅」一詞，可見歷時之久。這期間，飽嘗了歡樂之趣與離別之苦。如今其中一隻被捕雁者所殺，僥倖脫網的一隻癡情雁兒不願獨自活下去，寧願自殺身亡。相信這隻癡情雁兒在自殺之前一定向死去的老伴哭訴過：「沒有你作伴，誰還願飛向萬里層雲，看那千山暮景？」

怪就怪在這裡：雁兒失去了伴侶，還是可以生存，不能雙飛，單飛也無妨；即使為了怕寂寞，那就另外找一個伴好了，說不定新伴的翅膀更有力，羽毛更潔白，鳴聲更悅耳。可是，牠寧願自殺也不願獨自活下去，更不願另找一個伴。這是為什麼？不為別的，只為一個情字。人也是如此。一對情人，其中一個先走一步，另一個仍然目能視五色，耳能辨五音，嘴巴可以大嚼，四肢可以運動，沒有理由不能活下去。嫌獨個兒活在世上寂寞難耐，也可以再找一個伴，說不定新伴勝似舊伴；再不然，把精神寄託到其他有意義的事物上去。可是就有人想不開，當心愛的人一旦永別，整個世界就變得毫無意義。山川不再秀麗，百花不再芬芳，山珍海味不再可口，電視節目不再賞心悅目，除一死之外，別無他途。這又是為了什麼？還是只為了一個情字。歐陽修早就說過：「人生自是有情癡。」（〈玉樓春〉）勇敢地活著，為了情；勇敢地死去，為了情。有情鳥如此，有情人更是如此。我所以同時提到有情人，因為我相信當元好問為雁兒殉情事深深感動而作此詞時，心裡必然也想到了人類社會的殉情悲劇。

下片開始，「橫汾路，寂寞當年簫鼓，荒煙依舊平楚。」作者在那裡懷古起來。雁丘就在汾水邊上，當年漢武帝行幸河東祀后土，在渡汾水時曾自作〈秋風辭〉，有句云：「泛樓船兮濟汾河，橫中流兮揚素波。簫鼓鳴兮發棹歌，歡樂極兮哀情多，少壯幾時兮奈老何！」作者感慨著：當年這條路上曾經簫鼓齊鳴，熱鬧過一陣子。如今呢？一切已歸於寂寞，只有縷縷荒煙，叢叢樹木，依然如故。楚是叢木，自高處遠望，叢木頂梢猶如剪平了一般，故稱平楚。

接著，「招魂楚些何嗟及，山鬼自啼風雨。」借古說今。上文懷古也好，此處借古說今也好，用一句俗語，都是掉書袋。書讀得多的人寫起文章來，常常會掉書袋。

掉書袋能充實文章的內容，更能使寫作技巧多樣化。但過分掉書袋，堆砌辭藻，賣弄典故，那就弄巧成拙，令讀者看了討嫌。當然，不讀書的人，所謂胸無點墨，就是有意掉書袋，也根本沒有書袋可掉。以上又是閒話，就此打住。〈招魂〉是楚辭篇名，因楚辭句尾常用「些」字，故此稱為「楚些」。〈招魂〉之作，後漢王逸以為宋玉招屈原之魂，近世學者多數相信為屈原招客死秦國的楚懷王之魂。無論是誰招誰的魂，用在此處當然是指招這一對有情雁兒的魂。「何嗟及」，語出《詩經．王風》中〈谷有蓷〉：「有女仳離，啜其泣矣；啜其泣矣，何嗟及矣。」一個婦人被丈夫遺棄，寫了這首詩來自悼；也可能是第三者寫了詩，為這位遇人不淑的棄婦發出不平之鳴。但是元好問只是用其句而不用其意。〈山鬼〉是楚辭九歌中的一篇。山鬼末四句是：「雷填填兮雨冥冥，猨啾啾兮狖夜鳴，風颯颯兮木蕭蕭，思公子兮徒離憂。」這就是「山鬼自啼風雨」一句的出處。此句給人的感覺是悲切淒厲，正好與上文「寂寞」「荒煙」呼應，使雁丘籠罩在一片冷冷清清悽悽慘慘的氣氛之中。但這只是此句的附帶作用，主要的用意應該是在指祭祀，因為九歌本來是一套祭歌。「招魂楚些何嗟及，山鬼自啼風雨。」意思是說：雁兒已經殉情而死，縱然對著雁丘招魂祭祀，於事何補？

「天也妒。未信與，鶯兒燕子俱黃土。」上一句，作者認為這一對有情雁兒不能長相廝守，雙棲雙飛，明明是老天爺心存妒忌。下一句，作者表示：我就不相信這一對有情雁兒會和普通的鶯兒燕子一樣化為黃土，與草木同朽。接著，「千秋萬古，為留待騷人，狂歌痛飲，來訪雁丘處。」作者相信：我今日為這一對有情雁兒築了雁丘，給千秋萬古的騷人詞客前來憑弔，前來狂歌痛飲。這一對有情雁兒將永遠不會寂寞。下片開始幾句，說此地自從漢武帝時曾經熱鬧過一陣後，早已變得荒涼寂寞；但結束幾句卻說，此地如今有了雁丘，將永遠成為騷人詞客徘徊吟詠之處，正是章法所在。

這闋〈摸魚兒〉就談到此處。很抱歉，到頭來也沒有說出究竟「情是何物」。這實在是個難以回答的問題；如果容易回答，元好問根本就不會發問了。情之為物，不但能使人類、禽鳥「生死相許」，唐代詩人李賀和金代詞人段成己都還說過「天若有情天亦老」（見李賀金銅仙人辭漢歌和段成己木蘭花）哩！宋代詞人張先說：「無物似情濃。」（〈一叢花〉）周邦彥說：「情似雨餘黏地絮。」（〈玉樓春〉）賀鑄說：「脈脈兩情難語。」（〈感皇恩〉）可見情之為物，濃得化不開，黏住分不散，而且難以言語形容。既然難以言語形容，自然也就沒有人能回答「情是何物」，只好讓有情人自己去體會了。

十年滴盡傷時淚

大約在七百幾十年前，金元間詞人段成己在一闋〈滿江紅〉詞中寫下了「十年滴盡傷時淚」的句子。近年來，我每次讀到這句詞，心頭總忍不住一陣悽然。十年來，國家遭遇到內憂外患一波又一波的衝擊，知識分子誰能忍得住傷時之淚。由於這句「十年滴盡傷時淚」一再引起我的共鳴，這闋〈滿江紅〉也就成了我常讀愛讀之詞。全詞如下：

光景催人，還又是西風吹袂。
青鏡裡，滿簪華髮，不堪憔悴。
一月幾逢開口笑，十年滴盡傷時淚。

倩一尊相對說清愁，花前醉。

初未識，名為累。

今始覺，身如寄。

把閒情換了，平生豪氣。

致主安民非我事，求田問舍真良計。

看野雲出岫卻飛回，元無意。

——《菊軒樂府》．彊村叢書

「光景催人，還又是西風吹袂。」換句話說，就是「一年容易又秋風」。西風吹袂，表示秋天來到，一年四季已消逝過半，因之特別容易使人們興起時光匆匆之感。

「青鏡裡，滿簪華髮，不堪憔悴。」直承上文「光景催人」。由於「光景催人」。時光不斷流失，人就漸漸衰老。從那裡最容易看出自己的衰老之狀？當然是鏡子裡。往鏡子前面一站，發現鏡中人竟然是「滿簪華髮，不堪憔悴」，真的是老了！老了！

老是大多數人一生之中必經的路程。當一個人活到五、六十歲，就會時時刻刻想到「老了」。春去秋來，一年又盡，你會想到老了；子女長大，成家立業，你會想到老了；吃晚輩的喜酒，你會想到老了；到民權東路一館或辛亥路二館參加同輩親友的葬禮，你會想到老了。有時候，自己並未想到老了，而是從別人的反應使自己覺得老了。舉例來說：有一次，老妻想看「閃舞」，我就奉命提前去排隊買票。突然我發覺很多排隊買票的青年男女都在看我，起初我有點不明所以，後來想明白了，因為我老了。不久以前，俺二老參加筆架山連峰縱走。當我們從削壁攀緣直下時，有一群年輕人為我們鼓掌。起初我還向他們揮手表示感謝；繼而想想，原來是我老了。但這種心裡想到的「老了！老了！」之感，事實上並不深刻。因為我吃得睡得，球也打得，山也爬得，一天工作十來小時，習以為常。「老了！老了！」只是心裡想想而已。只有在鏡子面前一站，那種迎面襲來的「老了」之感，真使心神為之震撼。一頭華髮，滿臉皺紋，這就是我嗎？這就是如今的我？這就是別人眼裡的我？當年的我那裡去了？

「一月幾逢開口笑，十年滴盡傷時淚。」二句，重點在下一句。因為「十年滴盡傷時淚」，才會「一月幾逢開口笑」。晚唐詩人杜牧在〈九日齊山登高〉一詩中就感慨過「塵世難逢開口笑」。此詞作者為了與下句「十年滴盡傷時淚」相對，把「塵世」改為「一月」，給人的感覺就更為具體。「開口笑」指歡樂的大笑，並非指禮貌的微笑。前者發自內心真正的歡樂，後者僅只是與人相處的禮貌。當國家多難之秋，知識分子憂國傷時之不暇，個人縱有小小可喜之事，也開懷歡笑不起來。

「倩一尊相對說清愁，花前醉。」點明了作者寫作此詞的背景。此詞有小序：「張丈信夫林亭小酌，感事懷人，用遯庵兄韻。」遯庵是作者之兄段克己的號。克己詞集名《遯庵樂府》，成己詞集名《菊軒樂府》。後人合編段氏兄弟作品為《二妙集》，詞集均收入。據小序推測，段氏兄弟，可能還有幾位知心好友，在張信夫的林亭賞花飲酒，感事懷人。這一次，他們談得很投機，很盡興，直到在花前醉倒。此詞既是「用遯庵兄韻」，應該是段克己先有〈滿江紅〉詞，而後成己步其韻。可是現存《遯庵樂府》中所收九闋〈滿江紅〉的用韻都與此詞不同，可見克己原詞不曾保存下來。

此詞下片，作者繼續抒發感慨。不用說，這些感慨都是由「感事懷人」得來的。「初未識，名為累。」正意味著「今已識，名為累」。這正是作者的經驗之談。賈誼〈鵩鳥賦〉稱：「貪夫殉財兮烈士殉名。」烈士把名看得比生命還重要。《新五代史．王彥章傳》記載：「彥章武人不知書，常為俚語謂人曰：『豹死留皮，人死留名。』其於忠義，蓋天性也。」不但烈士與忠義之士好名，世人無不好名。所以如此，我想無非是由於名能使人有成就感，能使人不朽。但天下之事，有一得必有一失，有一利必有一弊，名之所至，累亦隨之。名愈大而累愈重。一旦成為名人，欲享片刻的清福亦不可得。那時候，倒反羨慕無名之人，能照自己的意願自由自在生活，毫無外來的干擾。目前社會上正有不少人猛打知名度，甚至忘記了他究竟是幹什麼的。讀了這二句詞，應該有所反省吧！求名本非壞事，但必須實至名歸。無其實而猛打知名度，君子所不取也。

「今始覺，身如寄。」也正意味著「初不覺，身如寄。」這也是作者的經驗之談，也是上了年紀的人共有的感覺。當青少年時期，人人以為來日方長，今日過了有明日，今年過了有明年，有的是時間從頭開始。沒想到歲月就在不知不覺中流過，突然有一天，你猛地驚覺來日已無多，於是有了「身如寄」的感慨。人生至此，生活上大概有二種反應：其一是加快步伐，在有生之年，工作得更努力；另一是放慢腳步，在有生之年，好好兒享點清福。方向不同，但一樣珍惜晚景。

「把閒情換了，平生豪氣。致君安民非我事，求田問舍真良計。」作者顯然放慢了生活步調，要享受晚年清福。人到晚年，早年的豪氣消磨殆盡，應該換上一副閒情，輕輕鬆鬆度日。「致君安民非我事」一句，很容易使人聯想到詩聖杜甫。杜甫早年的理想是「致君堯舜上，再使風俗淳。」（〈奉贈韋左丞丈二十二韻〉）到晚年壯志未遂，有詩句云：「致君堯舜付公等，早據要路思捐軀。」（〈暮秋枉裴道州手札率爾遣興寄近呈蘇渙侍御〉）自己沒能做到的理想，希望年輕一代能夠做到，杜甫這種胸襟是可敬的。「致主安民非我事」，話說得直率了點，其實用意也是要讓年輕人去幹。「求田問舍」的典故出在《三國志．呂布張邈傳》。傳中記載劉備批評許汜的話：「君有國士名，而不留心救世，乃求田問舍，言無可采。」士大夫應該以救世濟民為己任，不可求田問舍，只關心一己之生活。但是對一個年老將退休的人來說，求田問舍毋寧說有其事實上需要。你想人老了，沒有田舍可以歸休，這晚年歲月怎麼過？所以作者說「求田問舍真良計」，我完全贊成。

從民國三十九年大學畢業留校服務迄今，我一直住公家宿舍。且不提單身宿舍，只說眷屬宿舍：最初住在基隆路四段，接著搬到潮州街，後來又遷入現住的舟山路。每次遷入，都是新蓋好的房子。近十年來學校不再蓋新的宿舍，我才不曾再搬家。這期間，眼看著同事們一個個購買房子，又眼看著學生輩一個個購買房屋，就只有我依然住公家宿舍。老妻有時難免看舊時眷舍鄰居一個個成了有產階級而動心，而我始終安於公家宿舍。直到近一、二年，多讀了這句「求田問舍真良計」，才漸漸有了購屋的念頭。算一算，距離六十五歲退休的年齡已經不遠。到時候假如有了新規定，退休人員要交還學校宿舍，那我要住到那裡去？年老了應該歸去來兮，但總得有個三房二廳供我居住呀。好吧，就從今日起求田問舍，預留退步。

這首詞，從開端到「求田問舍真良計」，一直是實事實說；但到了末二句，「看野雲出岫卻飛回，元無意。」卻是一筆蕩開，飛向空靈之境。這樣結束，頗出讀者意外。讀過陶淵明〈歸去來辭〉的人都知道，末二句是由〈歸去來辭〉的「雲無心以出岫」一句脫胎而來。作者似乎是以此一象徵來表示人生的仕隱進退，應該順乎自然，而後心安理得。

由「平生豪氣」、「十年滴盡傷時淚」變為晚年的「閒情」，由好名而識名之累人，由虛擲歲月而悟「身如寄」，由「致主安民」變為「求田問舍」，這一切，是作者一生的心路歷程。我們每個人也都有一生的心路歷程，是不是？

特載：

長憶葉公

顏元叔

最後一次見到葉公，是在莎士比亞大廈傍的巷頭；我從這頭走過去，他出現在辛亥路那頭。我立刻迎了上去，大叫「葉公！葉公！」他一如往常，笑瞇瞇，回叫我「顏公」。不等我開口，好像要免除我的尷尬，他就談起自己的病情來。他用平常的語調，好像在閒聊天。他說他的肺癌是纖維性的，一條條，肺部全長滿了，沒辦法切除。他說醫生說，要是他抽菸，肺癌會是一塊塊，倒是可以動手術。葉公不抽菸，而且長期以來一週爬山兩次，十分注重運動保養，居然會得這樣的肺癌，真教人莫知所從，但覺反諷之極！

近二十年前，也有十二指腸潰瘍的葉公，在獲知我得了同樣的毛病後，說：「顏先生（那時我還不到「公」的程度），我們害十二指腸潰瘍的人，是不會得癌症的。」家父也說過類似的話。葉公與我乃相顧自慰地哈哈大笑。這次會面，由於葉公自己態度輕鬆平靜，我乃提起這段舊話，他哂笑了一下，然後談到他在吃中藥，日前去檢查，好像穩定了下來。我為他一喜，乃乘機勸他何不去大陸找中醫治療。他說恐怕體力不濟，難作長途旅行；乃說，我現在的工作都減半了，指導學生的論文一半都分給了人家了。這是在他去世前一個月講的話，可見一直到臨終他大概都還在為學生論文忙著！臨別的時候，他說：「顏公，我真羨慕你。」語氣欣悅，不帶半點妒嫉或自悲。我聽了之後，不知如何回話，只有含糊應著。如今，我想起考芮基（Samuel Taylor Coleridge）的〈古老水手之歌〉（The Rime of the Ancient Mariner）的那老水手，在瀕臨死亡之際，他見著水蛇在海中翻舞，頓生美感而欣欣然，頓覺大自然之生意盎盎然，於是他得救了。也許，我就是葉公的「水蛇」，葉公肉身雖死，精神沒有死吧。

在所有的朋友中，葉公是最關心我的人之一，而且關心得恰到「要」處。多少年前，我寫報屁股文章「金」「荊」不分，鬧了個大笑話，甚至引起立委公開指責，從此我不再敢細談「中國古典詩」，消沈了下去。過了好久，一天葉公欣欣然笑著對我說：「顏先生，學生們沒有因為那件事對你改變看法，他們對你的看法是跟從前一樣。」我靦腆地說：「大概他們看我不是學中文的吧。」葉公就是這麼一位好朋友，他會把你的事記在心上，聽到能讓你寬心的話，不忘記傳給你。近幾年來，我寫了不少「捧」大陸的文章，被人家罵成「晚節不保」，媚共親赤，或者大國沙文豬等等。不罵我的親朋好友，就算我把抽印本一一寄上或奉上，不知看沒有看，反正石沉大海，絕無回響（人家說，「統派在台灣沒有市場」，我甚至可以說「統派在台灣沒有朋友，一有朋友也變成沒有朋友！」）一天，葉公在文學院東側門，跟我碰上了，他還是欣欣然而平靜地說：「顏公，你那些談大陸的文章，我看過了！」我吃了一驚，真是一驚！因為，我知道葉公對大陸沒有什麼好印象；他回過大陸一次，我問他的感覺，冀望他說幾句能附和我的情緒的話，他卻先嘆了一口氣，然後說，「一言難盡啊！」我立即閉嘴撤退，免得情緒受到傷害。基於這次的接觸，所以我那些「捧」大陸的文章，從來沒有主動給過他複印本。而現在，他居然自動說他主動讀過這些文章！這至少說他把我當一回事，把我那些淌著熱淚寫成的文章當一回事！雖然，他沒有繼續說下去，而我也不敢探求他的反應，怕他的真心話會傷害我的情感；但是，他居然主動告訴我他看過我那些文章，這就是足夠的重視了；只要葉公償以青睞，無論反應如何，我覺得他把我當成一回事來看，比那些渺無反應的朋友們更像個朋友——我的朋友，中國的「朋友」！

葉公是六十五歲從台大退休的，這只是幾年前的事。我當時說：「我也要退。」葉公說：「你還早嘛！」我說：「我想提前退。」葉公說：「不要提前，不要提前，也不要延期。時候到了就退嘛，六十五再退嘛！」他這樣叮嚀著我。我現在真是想照葉公叮嚀去做，不提早也不延遲。這裡面，我覺得葉公給了我一點什麼啟示，那就是一個「中」字，不過不及，不偏不倚；正像他走路的步調，總是不快不慢，不急不緩，那麼平勻地走著；而他的人品，假使我對他有一點認識，就是這樣，適中，堅定，一位「彬彬君子」，真正能夠體現「中庸」的積極面——不是那消極鄉愿的一面。

過去二十多年來，台大文學院一個比較大的變化，就是中文系與外文系之間有了一定程度的溝通與合作。在這事上，葉公功不可沒。比較精確地說，是外文系有求於中文系，而葉公領軍，中文系同仁作了相當熱烈的回應。在我做台大外文系學生的時候，中文系與外文系是幾乎雞犬雖相聞，而民至老死不相往來的。我做了外文系的系主任之後，提出一個相當「自我作賤」的口號，我說「外文系是為中文系服務的」，意思是說，搞外國語言文學的人，是向外汲取向內輸送，以滋養壯大中國自己的語言文學——我們不是外國語言文學的買辦，為外國服務的。為了加強外文系學生的中國文學基礎，我在外文系設立了十二個學分的「中國文學史」，而且全系必修！這個課程當初我就是請葉公以客卿身份主持的，從選課本到聘教師，由他一手包辦。為了給中國文學與外國文學闢一條交融之途，外文系在完全沒有經驗的情況下，設立了比較文學博士班，專搞中國與外國文學的比較研究。葉公是中國文學課程方面的設計人與監督者。一不做二不休，在七〇年代初期，又在完全篳路藍縷的情況下，我利用在淡江大學兼西洋文學研究所主任之便，獲得張健邦先生的大力支持，開了第一與第二屆中華民國國際比較文學會議，我任秘書長，葉公任副秘書長（也許沒有頭銜，我忘了），主持中文方面的半壁江山。第四件事，他出力最大也是最長久的，就是跟我們合辦《中外文學》月刊。

《中外文學》月刊是在二十多年前，那種中文系與外文系空前絕後的蜜月期才辦得出來的刊物，而中文系領頭跟外文系合作的人還是葉公。在開頭那幾年裡，中國文學方面的稿件全由葉公去張羅，外來稿也由葉公全權審定，說登就登。《中外文學》的半壁江山，在葉公手裡。葉公比我和胡耀恆兄（我們實際負責社務編務）可說大一輩（十歲不到吧），我們不好意思請他做副主編之類，於是乃通過他情商過幾位中文系同仁任副主編，都是幹不久就辭了，好像是顧忌中文系內部有「不屑」之聲，但是葉公一直還是跟我們合作，給我們指導。他從來沒有半句怨言，從沒說背後可能有閒言閒語；他像平原上的河流，照自己的方式流，他是一位「彬彬君子」！

也許不說出來的情緒是有所累積的，終於有一次，唯一的一次，葉公對我爆炸開來了。一天上午，我正在辦公室，葉公大跨步進來，大叫：「顏先生，我不幹了，《中外》你找別人！」我大吃一驚，問他怎麼回事。他手裡拿著一份校稿，說：「你看，我在稿子上寫得清清楚楚，這些字要嚴格照原稿排，你們居然改了過來。我不幹了，不幹了！」一生這麼大的氣，葉公在我面前是第一次——也是最後一次——我立刻說：「抱歉，抱歉，我們疏忽了，立刻改過來。」葉公還是大叫：「不幹了，你另找別人吧！」這是個大危機，葉公要不管了，《中外文學》就垮掉一半，又何況他一直是我們的戰友同志，中文系的副主編不幹關係不大，葉公不幹對士氣打擊可太大了

(而且那時《中外》還很幼稚，只辦了一、兩年吧）！於是，我原來是坐在沙發上，現在是滑下來幾乎一個膝蓋跪到地上，始終笑著向葉公道歉求情。我這人本來脾氣暴躁，那次卻一直陪著笑面，一直說「葉公，不要，葉公，不要……」終於把他說軟了，他留下來了。後來回想，葉公是個心平氣和的人，為幾個字生那麼大的氣，我猜想這情緒是累積起來的，來自他的後方。我始終沒有為這事探詢究竟，他也從不再提。有些事像氣球，吹了才大，不吹也就扁得沒事。

如今的《中外文學》，大出我們當年意料，居然活到二十開外了。我冷眼旁觀，似乎這座中文系外文系之間的橋樑，已經人跡稀少，形同廢木了。葉公多少年不管《中外》的事，我掛了幾年「發行人」的虛名，如今連這虛名也堅辭了。但願這座橋能恢復設橋的初始功能：我還是堅持「外文系是為中文系服務的」。

在十幾二十年前那段「同志感」特別紅火的日子裡，或則因為《中外文學》，或者因為「比較文學博士班」，或者因為「國際比較文學會議」，或者因為較後成立的「中華民國比較文學學會」，葉公跟中文系的同事們與我們外文系常常聚會在一起，大家熱和得很。在某次餐會上，葉公笑著說：「我們之間要是誰先走了，其他的人少不得各寫一篇文章，紀念紀念他吧。」想不到葉公自己第一個先走了，先知式做了自己的邀稿人。

我跟葉公在私人交往，不僅淡如水，甚至可說淡如氣。他跟我住在同一個社區，巷道偶然相值，總是親切地互喊「葉公！」「顏公！」聊上幾句；但是，他從沒有邀我到他的住處，我也從來不叫他來我家坐坐。我們之間的交往就是這種「親切」而「疏遠」。如今他死了，我也沒有為他掉過一粒眼淚——歷經自己的母喪父亡，也歷經幾位親友之死，六十開外的我已經沒有眼淚了（剩下的兩行老淚只為「振興中華」一事淌流著）。我對葉公的懷念不是淌淚的事，是在心上腦裡留有一塊溫潤如玉的回憶，回憶這麼一位「彬彬君子」，不急不徐地走入巷道，消失在巷道的盡頭。跟他相交二十多年的點點滴滴，像雨後的屋簷水，時而清脆地滴落在瓦罐裡。

——原載一九九四年九月《中外文學》第二六八期

附錄：葉慶炳大事年表

一九二七年（1歲）元月十四日生於浙江省餘姚縣。

一九三七年（11歲）因長期幫老師抄黑板，當時便以當老師為志。

一九四五年（19歲）入江蘇學院就讀中文系。

一九四七年（21歲）六月渡海來台，轉學入臺大中文系二年級就讀。

一九五〇年（24歲）畢業後，擔任臺大中文系助教。

一九五四年（28歲）發表《諸宮調訂律》。同年升等為臺大中文系講師。

一九五九年（33歲）八月升任臺大中文系副教授。

一九六三年（37歲）與東海大學中文系高材生賴月華女士結為連理。

一九六四年（38歲）長女思嘉出生。

一九六六年（40歲）《中國文學史》自印出版。

一九六七年（41歲）八月升任臺大中文系教授。

一九六八年（42歲）長子思義出生。

一九七二年（46歲）與朱立民、侯健、齊邦媛、顏元叔、胡耀恆等人，共同創辦《中外文學》月刊。同年亦於臺大外文系教授「中國文學史」課程。

一九七三年（47歲）擔任「中華民國比較文學學會」第一屆副理事長。

一九七四年（48歲）《漢魏六朝小說選》由弘道公司出版。

一九七六年（50歲）開始持續發表散文創作。作品《長髮為誰留》、《談小說鬼》、《中國古典文學論叢》陸續出版。

一九七七年（51歲）出版《秋草夕陽》、《唐詩散論》、《談小說妖》、《關漢卿》等書。

一九七八年（52歲）出版散文集《誰來看我》、《一通電話》、《假如沒有電視》。

一九七九年（53歲）散文集《晚鳴軒愛讀詩》由九歌出版。八月，接任臺大中文系主任暨中文所所長。九月出版《明代文學批評資料彙編》、《清代文學批評資料彙編》二書。

一九八三年（57歲）散文集《瞑色入高樓》出版。

一九八五年（59歲）《晚鳴軒愛讀詞》、《古典小說評論》出版。七月，卸任臺大中文系主任、中文所所長，擔任臺大中文系專任教授。

一九八七年（61歲） 出版《葉慶炳自選集》與《中國文學史》增訂本上下冊。

一九八八年（62歲） 於六、七月間代理臺大中文系主任、中文所所長。

一九八九年（63歲） 出版散文集《筆架連峰人生路》。

一九九〇年（64歲） 從臺大中文系退休，但仍有兼課。

一九九一年（65歲） 擔任輔大中研所教授。

一九九二年（66歲） 榮膺臺灣大學名譽教授。

一九九三年（67歲） 九月十四日因肺癌病逝，享年六十七歲。

名家名著選23

晚鳴軒的詩詞芬芳

作者　葉慶炳
發行人　蔡文甫
出版發行　九歌出版社有限公司
臺北市105八德路3段12巷57弄40號
電話／02-25776564・傳真／02-25789205
郵政劃撥／0112295-1
九歌文學網　www.chiuko.com.tw
印刷　晨捷印製股份有限公司
法律顧問　龍躍天律師・蕭雄淋律師・董安丹律師
初版　2002（民國91）年10月10日
增訂新版　2012（民國101）年12月
定價　**300元**

書號　0107023
ISBN　978-957-444-860-9
（缺頁、破損或裝訂錯誤，請寄回本公司更換）

國家圖書館出版品預行編目資料

晚鳴軒的詩詞芬芳／葉慶炳著.
－增訂新版. -- 臺北市：九歌, 民101.12

面； 公分. -- (名家名著選；23)

ISBN 978-957-444-860-9（平裝）

855　　101022367